DIS-MOI QUI TU HANTES...

OUVRAGES DE LA COLLECTION « TERREUR »

Iain Banks
Le seigneur des guêpes

Clive Barker
Secret Show (avril 93)

William P. Blatty
L'Exorciste : la suite

Robert Bloch
L'écharpe
Lori
Psychose
Psychose 2
Psychose 13

Randall Boyll
Froid devant (mai 93)
Monssstre
Territoires du crépuscule

Ramsey Campbell
Envoûtement
La secte sans nom

Matthew J. Costello
Cauchemars d'une nuit d'été

Martin Cruz-Smith
Le vol noir

John Farris
L'ange des ténèbres
Le fils de la nuit éternelle

Raymond Feist
Faërie

Ray Garton
Crucifax
Extase sanglante

Linda C. Gray
Médium

William Hallahan
Les renaissances de Joseph Tully

Thomas Harris
Dragon rouge
Le silence des agneaux

James Herbert
Dis-moi qui tu hantes
Fluke
Fog
La lance
Les rats
Le repaire des rats
L'empire des rats (avril 93)
Le survivant

Shirley Jackson
Maison hantée (mars 93)

Stephen King
La part des ténèbres
Salem

Dean R. Koontz
Le masque de l'oubli
Miroirs de sang
La mort à la traîne
La nuit des cafards
La nuit du forain
La peste grise
Une porte sur l'hiver
La voix des ténèbres
Les yeux des ténèbres

Steven Laws
Train fantôme

Charles de Lint
Mulengro

Graham Masterton
Démences
Le démon des morts
Le djinn
Le jour J du jugement
Manitou
Le miroir de Satan
La nuit des salamandres (juin 93)
Le portrait du mal
Les puits de l'enfer
Rituels de chair
Transe de mort (février 93)
La vengeance de Manitou

Robert McCammon
L'heure du loup
La malédiction de Bethany
Scorpion

Michael McDowell
Les brumes de Babylone
Cauchemars de sable

Andrew Neiderman
L'avocat du diable (mars 93)

Anne Rice
Lestat le vampire
Entretien avec un vampire
La reine des damnés
La momie

Fred Saberhagen
Un vieil ami de la famille

John Saul
Cassie
Hantises
Créature (juillet 93)

Peter Straub
Ghost Story
Julia
Koko
Mystery

Michael Talbot
La tourbière du diable

Sheri S. Tepper
Ossements

Thomas Tessier
L'antre du cauchemar

Thomas Tryon
L'autre
La fête du maïs

Jack Vance
Méchant garçon

Lawrence Watt-Evans
La horde du cauchemar (février 93)

Chet Williamson
La forêt maudite

Douglas E. Winter
13 histoires diaboliques

Bari Wood
Amy girl

Bari Wood/Jack Geasland
Faux-semblants

T.M. Wright
L'antichambre
Manhattan Ghost Story
L'autre pays (juin 93)

COLLECTION TERREUR
dirigée par Patrice Duvic

JAMES HERBERT

DIS-MOI QUI TU HANTES...

PRESSES DE LA CITÉ

Titre original :
Haunted

Traduit par Thierry Arson

PRESSECO

PAPIER RECYCLÉ
NATURE PROTÉGÉE

ISBN 2-266-04968-2
ISSN : 1144-7214

A la mémoire de
George Goodings,
fieffé coquin, tête brûlée
... et le meilleur ami du monde.

Un rêve, un souvenir

Un nom. Murmuré.

Dans son sommeil, l'enfant s'agite. Une lueur blafarde et vaporeuse s'insinue dans la chambre, mais les ombres restent lourdes.

Il tourne la tête vers la fenêtre et son visage n'est plus qu'un masque lisse, sans tache ni couleur.

Le rêve a troublé le jeune garçon dont les yeux roulent sous les paupières toujours closes.

De nouveau, ce chuchotement :

David…

La voix est lointaine, appel feutré mais impérieux. Elle hante les songes de l'enfant qui fronce les sourcils. Son bras repousse mollement les draps trempés par la transpiration, et ses lèvres s'entrouvrent sur une protestation inaudible. Le flot de ses pensées est tiré du pays des errances illimitées vers la conscience. La plainte emprisonnée dans sa gorge grossit et se libère à l'instant où il s'éveille.

Il se demande s'il a imaginé son propre cri tandis qu'il fixe le globe laiteux de la lune dans l'encadrement de la fenêtre.

Son cœur est empli d'une peine immense qui semble coaguler son sang, et le débit de ses veines se fait plus épais, plus lent, bien qu'il lutte pour faire entendre son message lourd et peut-être inutile. Mais la voix sourde, presque sifflante, dissipe une grande partie de cette lassitude.

David... insiste-t-elle encore.

Le garçon s'assied dans le lit et essuie les larmes qui ont coulé durant son sommeil. Il contemple le rectangle flou de la porte et la peur l'envahit. La peur... et la fascination.

Il écarte un peu plus les draps, se lève et se dirige vers la porte. C'est un enfant d'à peine neuf ans, de petite taille, qui marche sur le bas de son pyjama trop grand. Son visage blême, à l'expression étrangement lasse pour son âge, est couronné de cheveux sombres.

Il s'arrête devant la porte, comme devant une menace tangible. Pourtant il est perplexe. Plus même : intrigué. Quand il tourne la poignée, le contact froid du métal remonte son bras dans un courant d'énergie glacée qui se dissout dans son corps frissonnant. Il pousse le battant et l'obscurité au-delà lui semble plus dense, aspirée par son geste à l'intérieur de la chambre telle une ombre qui s'étale. Ce n'est qu'une illusion, mais l'enfant est encore trop jeune pour la considérer ainsi, et il recule, répugnant à entrer en contact avec cette nouvelle épreuve.

Sa vision s'accoutume peu à peu et la noirceur diminue, par sa propre expansion. Son pas est plus timoré que prudent lorsqu'il passe le seuil de sa chambre et s'aventure sur le palier. Descendre l'escalier équivaudrait à se risquer dans les profondeurs insondables d'un puits, et les ténèbres qu'il découvre sous lui en s'approchant de la rambarde paraissent absolues.

Mais le murmure devient pressant :

David...

Il ne peut résister à cet appel car il contient un espoir que lui seul peut comprendre, un espoir fragile que la raison commande d'ignorer mais qui pourrait être une arme, même dérisoire, contre cette fièvre qui le taraude.

Il écoute un long moment encore. Peut-être espère-t-il alors que la voix éthérée finira par éveiller aussi ses parents. Mais aucun son ne parvient de leur chambre. Le chagrin a épuisé leurs forces physiques et mentales. Terrifié, l'enfant scrute l'obscurité sous lui. Mais la voix est encore plus forte que sa peur.

Alors il descend les marches, une main effleurant le papier gaufré du mur. En lui l'incrédulité se mêle à une horreur fascinée, et ses yeux brillent d'une lueur venue de nulle part.

Au pied de l'escalier il s'immobilise de nouveau, puis regarde par-dessus son épaule pour puiser un peu d'assurance dans la présence de ses parents, mais la demeure entière est écrasée par un silence total. La voix elle-même a disparu.

Devant lui, à l'extrémité du couloir, au ras du sol, un rai de lumière ambrée l'attire. Lentement, à pas mesurés, l'enfant se rapproche de la lueur. Il s'arrête devant cette nouvelle porte close. A présent il perçoit un son, un bruissement modulé, comme si la maison soupirait. Peut-être un léger souffle de brise entrant par une fenêtre...

Il baisse les yeux et considère un moment ses orteils nus baignés par la chaude lumière rasant sous la porte. Il doit se forcer pour poser la main sur la poignée. Cette fois, le contact du métal n'est pas froid, mais humide. N'est-ce vraiment que la moiteur de sa paume qu'il ressent alors ?

Il lui faut s'essuyer la main sur sa veste de pyjama pour saisir la poignée. Même ainsi, sa prise est glissante, mal assurée. Enfin il tourne le bouton. Pendant une fraction de seconde, il a l'impression que quelqu'un retient son geste de l'autre côté du battant. Puis la porte s'ouvre sous son effort et son visage est inondé par la lumière fauve.

La pièce est constellée de bougies dont les flammes tremblent à son entrée, et une forte odeur de cire emplit ses narines. Les ombres s'agitent un moment puis s'immobilisent avec les petites flammes ambrées.

A l'autre extrémité de la pièce, sur une table couverte de dentelle, repose un cercueil de dimensions réduites. Un cercueil d'enfant.

Les yeux agrandis et fixes, le garçon avance d'un pas

traînant. A la lumière des bougies, la transpiration luit sur sa peau.

Il ne veut pas plonger son regard dans ce cercueil. Il ne veut pas voir ce corps figé, devenu horriblement étranger. Mais il ne peut faire autrement. Ce n'est qu'un enfant dont l'esprit n'est pas encore fermé au surnaturel. L'optimisme emprunte parfois des voies très étranges chez les jeunes êtres, mais il n'en est pas moins fort pour autant. Une voix a murmuré son nom et il a répondu. Et il a ses propres raisons pour accepter l'inconcevable.

Il s'approche encore. La forme dans le cercueil bordé de dentelle lui apparaît progressivement.

Elle porte une aube de communiante immaculée serrée à la taille par une large ceinture à nœud d'un bleu pâle. Elle est — elle était — à peine plus âgée que le garçon. Ses mains sont jointes sur sa poitrine en une supplique figée, et sa chevelure sombre encadre un visage détendu, presque serein dans la mort. Sous l'éclairage instable des bougies, les commissures de ses lèvres semblent réprimer un sourire.

Malgré son ardent désir de ne pas y croire, le garçon sait qu'aucun souffle vital n'anime plus ce corps fragile. Depuis deux jours, plus encore que l'absence inadmissible de sa sœur, l'immense affliction causée par le deuil l'a convaincu. Les traits crispés par le désespoir, il se penche au-dessus du visage livide. Il aimerait prononcer son prénom, mais sa gorge est contractée par l'extrême tristesse qui l'a envahi. Ses paupières battent et libèrent deux larmes brûlantes. Il est si près du visage de sa sœur qu'il pourrait déposer un baiser sur ce front glacé.

Elle ouvre les yeux.

Elle lui sourit, et toute innocence a quitté ses traits juvéniles.

Sa main jaillit pour le toucher.

Le garçon est paralysé d'effroi, la bouche ouverte sur le cri qui monte dans sa gorge, enfle et déchire brusquement le lourd silence de la maison.

Le hurlement décroît, se dissout, et l'enfant ferme les yeux pour stopper le vertige de sa raison derrière le rideau rougeoyant de ses paupières.

1

Il ouvrit les yeux et l'étonnement l'envahit comme il reprenait contact avec la réalité. Le fracas de l'acier des roues sur les rails et le rythme des légères embardées du train effacèrent les derniers lambeaux du rêve. Il cligna plusieurs fois des yeux, perturbé par ces images arachnéennes sans rime ni raison. David Ash expira lentement et pencha la tête de côté pour contempler le paysage qui défilait.

La saison avait dénudé les champs. Les feuilles, qui paraient encore récemment les arbres d'un marron agréable, étaient à présent agglomérées par la pluie sur le sol en masses sombres, telles des hardes rejetées par leurs propriétaires décharnés. Ici et là apparaissaient une maison ou un hameau nichés à flanc de coteau, brève intrusion vivante dans un paysage désolé. Le ciel grisâtre de cette fin d'automne écrasait la campagne morne d'une lueur plombée.

Avec un long mugissement, le train s'engagea dans l'obscurité brutale d'un tunnel. L'éclat bref d'une flamme révéla l'unique occupant du compartiment.

Ash éteignit son briquet et le point rougeoyant de sa cigarette marqua son visage d'ombres dures. Les yeux grands ouverts dans les ténèbres, il tentait de se rappeler ce rêve qui avait laissé son corps frissonnant sous une sueur glacée. Mais il était aussi fuyant que les autres fois.

Il souffla la fumée sans hâte. Pourquoi était-il persuadé qu'il s'agissait toujours de ce songe insaisissable qui le laissait dans un tel état ? Peut-être était-ce dû à cette très légère odeur de cire qui flottait dans l'air — non, dans son esprit — à chaque réveil, ou à cette inertie étonnante de sa mémoire...

Le train sortit du tunnel pour traverser sans ralentir une gare désaffectée. Agréablement distrait, Ash se prit à songer qu'il n'y aurait bientôt plus d'arrêts entre les grandes villes ; le réseau ferroviaire se résumerait à un vaste système de grandes lignes desservant quelques points mineurs. Que deviendraient alors ces gares fantômes ? Une foule spectrale de voyageurs, alignée sur le quai, regarderait-elle passer les convois lancés à pleine vitesse ? Le chef de gare lancerait-il toujours dans le vide son « Attention à la fermeture des portes ! » ? Les scènes répétées pendant tant d'années seraient-elles lentement exsudées du sol et des constructions qui en avaient été le théâtre ? C'était l'une des théories de l'Institut auquel il appartenait, au sujet des « apparitions ». S'appliquerait-elle au cas qu'il venait étudier ? Peut-être pas ; de nombreuses autres explications permettaient de rationaliser ces prétendus « phénomènes paranormaux ». Il observa un moment la fumée de sa cigarette qui s'élevait paresseusement dans l'air.

Le train s'engagea sur un passage à niveau dans un bref grondement métallique, et Ash entr'aperçut une voiture arrêtée derrière la barrière, comme un petit animal hypnotisé à la vue d'un redoutable prédateur.

Il jeta un coup d'œil à sa montre. Son voyage s'achevait. Du moins lui aurait-il permis de prendre un peu de repos... s'il n'y avait eu ce rêve qui le laissait toujours un peu inquiet, tourmenté par un malaise diffus qu'aggravait un mal de tête persistant. Du bout des doigts il pressa doucement le coin interne de ses yeux, mais ce geste n'eut aucun effet, comme il s'y attendait. Une seule chose pouvait supprimer cette névralgie, il le savait. Un remède infaillible. Seulement le train n'offrait aucun service de restauration et il ne pourrait boire aucun alcool fort pour le soulager. Mais cela valait certainement mieux : une haleine chargée d'alcool était une bien piètre introduction face à un nouveau client.

Il reposa sa tête contre le dossier de la banquette et ferma les yeux. La cigarette pendait mollement à ses lèvres, et un peu de cendre tomba sur son veston froissé.

Le train continuait sa route à travers la campagne. Il fit de brefs arrêts à quelques rares gares pour permettre à une poignée de voyageurs de monter ou descendre. Villages et hameaux ponctuaient ici et là un paysage de collines figé sous le ciel maussade.

Le voyage d'Ash prit fin à la petite gare de Ravenmoor. Il resserra son nœud de cravate et enfila le pardessus qu'il avait négligemment posé sur la banquette en face de lui. Puis il descendit du porte-bagages une petite valise noire et un sac fourre-tout qu'il posa sur le sol. Il se tenait à la portière du wagon quand le train s'arrêta dans un long crissement suraigu.

Il descendit sur le quai, prit ses bagages et referma la portière du coude. Il vit alors qu'il était le seul passager à avoir quitté le train. L'endroit paraissait totalement abandonné et, l'espace d'une seconde, il fut effleuré par l'idée saugrenue que Ravenmoor était déjà une gare fantôme. Il secoua la tête dans un geste de mauvaise humeur. Que lui, David Ash, ait une telle pensée, même fugitive, le décontenançait désagréablement. Une silhouette en uniforme apparut à l'autre bout du quai et leva la main en un geste las à l'intention du conducteur. Le train s'ébranla aussitôt, et le chef de gare retourna dans son bureau sans un regard de plus pour le convoi. Ash attendit que le dernier wagon l'ait dépassé pour se diriger vers l'unique bâtiment de plain-pied qui constituait la gare. Le train disparaissait dans une courbe quand il entra dans le hall lugubre.

Aucun contrôleur n'attendait pour vérifier son billet, et seul un couple âgé se tenait devant le guichet, l'homme penché contre la vitre de plastique pour parler au préposé. Ash traversa la salle et sortit.

Nul véhicule à l'arrêt ou approchant vers lui. Il fronça les sourcils et déposa ses bagages sur le trottoir avant de consulter sa montre. Un moment il trompa son attente en observant ce qui devait être la rue principale du village avec ses commerces traditionnels, l'inévitable société de crédit immobilier, le bureau de poste et l'auberge de Ravenmoor en face de la gare. Les mains enfoncées dans les poches de son manteau, Ash attendait l'automobile en fumant une cigarette. Après un moment, il se mit à faire les cent pas le long du trottoir pour combattre le froid de l'air. La soif brûlait sa gorge.

Dix minutes s'écoulèrent ainsi avant qu'il ne se décide. Avec un haussement d'épaules irrité, il prit ses bagages et traversa la rue déserte.

La porte de l'auberge ouvrait sur un petit vestibule donnant sur les différentes salles. Ash entra dans la salle du bar dont les quelques occupants le gratifièrent de regards brefs et inintéressés. L'heure du déjeuner battait son plein, mais Ash n'eut aucune difficulté à trouver une place au comptoir et à attirer l'attention du patron. Celui-ci, un homme au visage large, abandonna le client avec qui il conversait et s'approcha du nouveau venu avec toute l'autorité désinvolte que lui conférait son titre de patron.

— Monsieur? s'enquit-il sans masquer le moins du monde le manque d'intérêt qu'il éprouvait à l'égard des consommateurs de passage.

— Une vodka, demanda posément Ash.

— Quelque chose avec?

— De la glace.

Le propriétaire de l'auberge le considéra une seconde avant de se tourner vers la desserte. Il posa le verre devant Ash et y laissa tomber deux cubes de glace.

— Ça vous fera...

— Et un demi de Best, ajouta Ash.

Tandis que l'autre retournait vers les pompes pour tirer la bière pression, Ash posa deux pièces d'une livre sur le comptoir et avala la moitié de la vodka. Il s'adossa contre le bar et laissa son regard errer sur la salle. L'auberge de Ravenmoor était assez peu représentative des habituelles tavernes proches des gares. Son plafond bas, ses poutres apparentes et sa grande cheminée à l'ancienne, avec son manteau orné de médaillons de cuivre bien astiqués, donnaient à l'endroit un cachet indubitablement rustique. Assis dans un coin, un homme maigre portant une casquette plate, son rude visage buriné par le vent, l'observait d'un regard fixe et froid. Trois hommes d'affaires, penchés sur le repas qu'ils engloutissaient autour d'une table ronde, riaient discrètement d'une plaisanterie murmurée par l'un d'eux. Près de la porte, un couple d'un certain âge était assis et paraissait totalement oublieux de ce qui l'entourait. Ils étaient visiblement mariés, mais pas entre eux : de là leur curiosité. Un groupe où dominaient tweed et cache-nez était installé près de la cheminée. Tandis que leurs compagnes babillaient entre elles, les hommes sirotaient avec une satisfaction silencieuse leurs gins-tonics, sans doute en méditant sur les agréments ou l'ennui que leur procurait une retraite paisible. La salle baignait dans une atmosphère ouatée de discussions à mi-voix, dans un léger brouillard causé par la fumée des cigarettes et des pipes et l'odeur à peine perceptible de la levure émanant des fûts de bière. Une atmosphère rassurante et douillette pour les habitués, mais assez peu accueillante pour l'étranger qu'était Ash.

Il se retourna vers le patron comme celui-ci déposait son demi sur le comptoir.

— Vous avez le téléphone? demanda-t-il.

L'autre eut un hochement de tête et désigna la porte.

— Là-bas. Près de l'entrée.

Ash le remercia et ramassa sa monnaie. Il alla caser ses bagages sur une table près d'une fenêtre et revint chercher ses deux verres. Il but une gorgée de Best avant de l'abandonner et de se diriger vers le vestibule avec la vodka.

Le téléphone public se trouvait dans un renfoncement. Ash posa sur la petite tablette ses pièces de monnaie, en choisit une de dix pence et l'introduisit dans la fente de l'appareil. Puis il composa le numéro et entendit presque aussitôt la voix de la standardiste.

— Jenny? Ici David Ash. Passez-moi McCarrick, voulez-vous?

A quelque cent cinquante kilomètres de lui, le téléphone sonna dans un des bureaux de l'Institut de Recherches Métapsychiques. Les étagères croulaient sous les livres traitant de paranormal et de parapsychologie ainsi que sous les dossiers contenant les cas répertoriés de phénomènes inexpliqués. Des classeurs métalliques s'alignaient au bas des murs. Un bureau surchargé de documents, de revues et de livres de référence faisait face à une porte entrouverte. Une petite table tout aussi encombrée occupait un coin de la pièce. Un endroit où régnait en maître le mot imprimé, mais pour l'instant désert.

Le téléphone sonnait avec insistance. Un pas pressé retentit dans le couloir. La porte fut repoussée par une femme aux allures de matrone qui pénétra en hâte dans la pièce. Elle était vêtue d'un lourd manteau et ses joues étaient rougies par le froid autant que par l'ascension précipitée du premier étage de l'Institut. Elle portait un grand sac et une grande enveloppe visiblement bien remplie. Elle décrocha sans perdre une seconde.

— Bureau de Kate McCarrick, j'écoute, haleta-t-elle.

— Kate?

— Désolée. Miss McCarrick n'est pas encore arrivée.

— Sera-t-elle là bientôt? rétorqua Ash sans cacher son dépit.

— C'est vous, David? Ici Edith Phipps.

— Bonjour, Edith. Ne me dites pas que vous êtes déjà dans la paperasse!

La femme eut un petit rire.

— Non, j'arrive à peine. Je dois aller déjeuner avec Kate. D'où appelez-vous?

— Ne m'en parlez pas! Dites, vous pourriez me trouver Kate?

— Je crois qu'elle... (Edith leva les yeux pour voir son amie entrer dans la pièce.) La voici, David. Je vous la passe.

Elle tendit le combiné à Kate McCarrick, qui le prit avec un sourire doublé d'un regard interrogateur.

— C'est David Ash, chuchota Edith. Il a l'air de mauvais poil!

— Comme toujours! répliqua Kate en contournant le bureau pour s'asseoir. Allô, David?

— Alors, où est mon comité de réception?

— Pardon? Où es-tu?

— Bon Dieu, où crois-tu que je sois? A Ravenmoor. Tu m'as dit que quelqu'un m'attendrait. Tu te souviens?

— C'est ce qui était prévu, oui. Attends une minute, je vais reprendre leur lettre.

Kate se leva du fauteuil et alla ouvrir un tiroir d'un classeur métallique. Rapidement elle repéra l'intercalaire marquée MARIELL dans les dossiers rangés par ordre alphabétique. Elle prit la mince chemise et retourna s'asseoir au bureau avant de l'ouvrir. Elle ne contenait que deux lettres.

La voix irritée d'Ash grésillait dans le combiné.

— Kate? Qu'est-ce que...

Elle reprit le téléphone.

— J'ai leur courrier sous les yeux... Oui, une certaine Miss Tess Webb y confirme qu'elle t'attendra à la gare de Ravenmoor. Tu as pris le train de 11 h 15 à Paddington, c'est bien cela?

— Ouais, grogna David Ash. Et je suis arrivé à l'heure prévue. Alors, où est cette miss?

— Tu appelles de la gare?

Il y eut un petit silence à l'autre bout du fil, puis :

— Euh... non. Il y a une auberge en face...

Kate se renfrogna.

— David... dit-elle d'une voix chargée de reproches.

A l'auberge de Ravenmoor, Ash finit sa vodka et fit tourner les glaçons au fond du verre.

— Bon Dieu, Kate ! Il est l'heure de déjeuner, non ?

— Il y a beaucoup de gens qui se contentent de manger à cette heure, David...

— Pas moi. Pas sans un apéritif. Bon, qu'est-ce que je fais, maintenant ?

— Appelle notre correspondante, répondit Kate, le visage toujours soucieux. Tu as le numéro sur toi ?

— Tu ne me l'as jamais transmis...

Elle parcourut rapidement les deux lettres étalées devant elle.

— Non, c'est vrai. Désolée, David, mais Miss Webb ne l'a mis dans aucun de ses courriers. Nous avons discuté au téléphone, mais c'est elle qui m'a appelée. J'ai été assez stupide pour ne pas lui demander son numéro. Mais tu ne devrais pas avoir de problème pour le trouver dans l'annuaire, à Mariell, le nom des propriétaires. D'après les lettres, Miss Webb n'est qu'une proche de la famille, peut-être une secrétaire. La maison s'appelle Edbrook.

— Ouais, j'ai noté l'adresse quelque part. Bon, je vais les appeler.

La voix de Kate se radoucit.

— David ? Après ton coup de fil, pourquoi ne pas attendre les Mariell dans la gare ?

Ash poussa un soupir de lassitude.

— Tu as peur que j'offre une mauvaise image de l'Institut, c'est ça ? Très bien, je prends en ce moment mon premier et dernier verre de la journée. Je te retéléphonerai plus tard, d'accord ?

Dans le bureau, Edith remarqua l'expression ennuyée qu'affichait Kate.

— D'accord, répondit Kate. Et bonne chance.

L'au revoir de David était d'une banalité qui révélait sa mauvaise humeur.

— Merci pour tout. Et bonne journée.

Kate raccrocha d'un geste lent. Edith, qui s'était assise sur une chaise de l'autre côté du bureau, la considérait avec attention.

— Un problème? demanda-t-elle.

Kate leva un regard troublé vers son amie et son joli visage se détendit sur un sourire chaleureux.

— Non, tout ira bien. Notre cliente n'est pas encore arrivée au rendez-vous, c'est tout. Elle s'est probablement trompée d'heure, ou bien elle a un peu de retard...

Elle fouilla les papiers qui couvraient le bureau et réussit à trouver son agenda.

— Deux séances pour vous, aujourd'hui, annonça-t-elle après l'avoir consulté. Une femme devenue veuve il y a peu et un couple assez âgé qui désirent avoir confirmation de la mort de leur fils. Figurez-vous qu'il est porté disparu depuis le conflit des Malouines!

Edith secoua la tête avec tristesse.

— Pauvres gens! Tant d'années d'incertitude... Et ils veulent que je localise l'esprit de leur enfant, n'est-ce pas?

Kate acquiesça.

— Allons déjeuner. Je vous donnerai tous les détails au restaurant, dit-elle en repoussant son fauteuil et en se levant. Pour ma part, je crois que je pourrais manger un bœuf! Mais je compte sur vous pour m'en empêcher.

— Nous pourrions le partager...

— Vous ne m'aidez pas beaucoup, Edith!

Le médium sourit à la jeune femme.

— Eh bien, disons que nous nous rappellerons réciproquement le quota de calories auquel nous avons droit. Bien que vous pourriez vous permettre de prendre quelques livres, si vous voulez mon avis... A présent, pourquoi ne pas me donner quelques détails sur notre veuve pendant que nous faisons le trajet?

A l'auberge de Ravenmoor, Ash tournait d'un index impatient les pages de l'annuaire. Il grommela en cherchant dans les *M*. Pas de *Mariell*. Avec deux *R*? Non plus. Il passa au *W* et trouva plusieurs *Webb*, mais aucun prénom signalé par l'initiale *T* pour *Tessa*. D'ailleurs aucun des Webb n'habitait un endroit appelé Edbrook. Sans grand espoir, il essaya alors les *E*. Bien entendu, aucun *Edbrook* ne figurait dans l'annuaire. Il jura sourdement. Cette Miss Webb aurait pu informer Kate que les Mariell étaient sur la liste rouge.

Il allait refermer l'annuaire quand une main effleura son épaule. Il frissonna en sentant le courant d'air glacé qui provenait de la porte d'entrée ouverte.

2

La jeune femme était de petite taille. Ses cheveux noirs enveloppaient un visage aux traits délicats et à la peau translucide. Elle lui adressa un sourire rapide et gêné.

— David Ash?

Pendant quelques secondes il fut incapable de faire autre chose qu'acquiescer et il se sentit un peu ridicule. Une lueur amusée dansait à présent dans le regard de la jeune femme.

— Et vous êtes Miss Webb, si je ne me trompe? dit-il enfin.

— Vous vous trompez, répondit-elle. Je suis Christina Mariell. Miss Webb est ma tante, et j'ai réussi à la persuader de me laisser aller vous chercher à la gare. (Elle inclina légèrement la tête de côté en l'étudiant.) Désolée de vous avoir fait attendre.

Il s'éclaircit la gorge discrètement et se rendit compte qu'il était soudain très tendu. Il se força à un petit sourire.

— C'est sans importance, affirma-t-il. J'avais besoin d'un petit remontant, de toute façon.

Elle était vêtue très sobrement d'un long manteau qui allongeait sa silhouette fine, à peine cintré à la taille et qui dissimulait parfaitement l'arrondi de la poitrine. Le rembourrage des épaules renforçait sans excès la carrure, et le col remontait haut sur le cou. Il n'aurait pu dire si c'était là une marque de snobisme aigu ou l'archétype d'habits désespérément démodés, mais il n'était pas expert en la matière.

— Je voulais vous accueillir personnellement, dit-elle comme pour excuser sa présence.

Ash ne cacha pas son étonnement.

— Tiens donc...

— C'est passionnant... Je veux dire, rencontrer un chasseur de fantômes...

— Non, pas vraiment. Comment avez-vous su qui j'étais ?

La jeune femme lui montra un livre qu'elle tenait dans la main. Il en était l'auteur, et sa photographie ornait le dos de la couverture.

— Vous êtes une célébrité, dit-elle d'un ton sibyllin.

Ash eut un rictus amusé.

— Bien sûr. Ce chef-d'œuvre impérissable s'est vendu à au moins trois cents exemplaires. Je peux vous offrir un verre ?

— Mes frères vous attendent à la maison. Je crois que nous ne devrions pas traîner.

Ash fit du mieux qu'il put pour ne pas montrer sa déception.

— Si vous le dites... Laissez-moi le temps d'aller chercher mes bagages dans la salle et je vous accompagne.

— Je vous attendrai dehors, répondit-elle en se dirigeant vers la porte.

Un peu surpris, il la regarda sortir. Puis il haussa les épaules et pénétra dans la salle du bar. Il but la moitié de sa bière avant de prendre ses bagages. Avec un petit signe d'adieu à l'homme maigre au visage buriné qui continuait de l'épier sous sa casquette plate, il sortit de la pièce, puis de l'établissement.

Il s'arrêta dans l'air automnal pour admirer la voiture dans laquelle Christina Mariell l'attendait. Il n'avait pas vu ce modèle depuis bien des années sinon dans des magazines spécialisés. La carrosserie et les roues de la Wolseley paraissaient en excellent état, de même que le moteur, à en juger par le ronronnement doux et le filet de fumée qui filtrait du pot d'échappement. La conductrice se pencha pour lui ouvrir la portière. Son sourire valait toutes les invitations.

Ash fit passer sa valise sur la banquette arrière et s'assit sur le siège avant gauche, son sac fourre-tout sur les genoux.

— Vous possédez une véritable pièce de collection, commenta-t-il. Il ne doit pas y en avoir encore beaucoup en circulation dans le coin.

Sans faire aucun commentaire, elle passa la première et engagea la Wolseley dans la rue principale. Après quelques secondes, elle parla enfin :

— Quelle voiture avez-vous, Mr. Ash?

— Euh... Aucune, pour le moment. Il me faudra encore quatre mois avant d'avoir la permission de conduire à nouveau.

Elle lui jeta un rapide coup d'œil où il lut un amusement étonné.

— Vous ne pensiez tout de même pas que j'utilisais les chemins de fer britanniques par goût?

Christina avait déjà retourné toute son attention sur la route, mais un léger sourire jouait au coin de ses lèvres.

— A présent, éclairez-moi, proposa Ash.

Elle parut un peu surprise, mais son demi-sourire persista.

— Vous éclairer sur quel sujet?

— Pourquoi votre famille est-elle si désireuse que je m'occupe de ce cas?

— Vous avez une certaine réputation pour expliquer les phénomènes paranormaux, dit-elle sans le regarder.

— Je préfère la formule « les phénomènes encore inexpliqués », précisa David en étendant ses jambes. Et je vous signale qu'il existe à l'Institut d'autres enquêteurs tout aussi capables que moi.

— Je ne doute pas de leurs capacités, mais il semble

que vous soyez le meilleur. Robert, mon frère, s'est beaucoup renseigné avant de faire appel à vous. Et vous avez été très chaudement recommandé par Miss McCarrick. Nous avons également lu avec le plus grand intérêt vos articles sur les phénomènes para... (Elle eut un rire bref.) Je veux dire sur les phénomènes inexpliqués, ainsi que votre livre, bien sûr.

— Qui donc, « nous »?

— Moi et mes deux frères, Robert et Simon. Même Nanny a paru intéressée.

— Nanny?

— Nanny Tess. Ma tante.

— Miss Webb?

Christina hocha la tête.

— Nanny s'est occupée de nous depuis la mort de nos parents. A moins que nous nous soyons occupés d'elle, je ne sais pas au juste...

Les maisons devenaient plus rares le long de la route car ils avaient atteint les limites de Ravenmoor. Le clocher trapu d'une église apparut sur leur gauche, tel un chemin de pierre vers le ciel dominant les tombes du cimetière. Une silhouette toute de noir vêtue abandonna une seconde sa méditation devant une tombe pour lever les yeux vers l'automobile qui passait.

— Et vous avez tous constaté cette... hantise? demanda Ash. Je crois me souvenir que c'est le terme employé par Miss Webb dans ses lettres. Vous avez été témoins du phénomène?

— Oh oui! C'est d'abord Simon qui a vu...

Ash leva immédiatement une main.

— Non, pas maintenant, s'il vous plaît. Ne me dites rien. Dans un premier temps, je préfère que vous me laissiez voir ce que je peux découvrir par moi-même.

— Mais vous ne saurez pas ce que vous cherchez.

Il remarqua que ses cheveux étaient d'un bel auburn aux reflets changeants selon la lumière, et ses yeux bleu-gris.

— A ce stade, ce n'est pas nécessaire, dit-il avec

assurance. Si vous êtes vraiment victimes d'un cas de hantise, je le saurai très vite, n'est-ce pas?

Elle lui sourit.

— Pas d'indice?

— Pas même une allusion. Pas maintenant.

Les deux cachets paraissaient avoir un poids ridiculement disproportionné sur la langue d'Edith, multiplié par la difficulté de les avaler. Elle dut boire une large rasade de Perrier pour faire passer les pilules et le goût amer qu'elles laissaient dans sa bouche.

« Voilà pour vous, petits monstres, songea-t-elle. J'en ai assez de votre résistance. Allez donc faire votre travail en aidant ce pauvre vieux cœur à fonctionner. »

Le serveur plaça les filets de sole devant elle, et elle le gratifia d'un sourire avant de porter son attention sur Kate, assise en face d'elle. La jeune femme couvait d'un regard lugubre l'œuf dur agrémentant sa salade aux anchois. Edith secoua la tête.

— Je devrais être celle qui se punit avec une nourriture saine, dit-elle sans la moindre trace de culpabilité.

— Je paie le prix d'un week-end de faiblesse, répondit avec philosophie Kate en pressant un demi-citron sur les feuilles de laitue. Mais la pénitence est une chose, le masochisme une autre...

Et elle prit son verre de vin blanc qu'elle vida à moitié.

— En compensation, expliqua-t-elle à Edith.

Le médium salua cette déclaration en levant son verre de Perrier comme pour porter un toast avec une coupe de champagne. Elle contempla les rides naissantes autour des yeux de Kate, une certaine fermeté de la bouche, qui annonçaient la femme atteignant sa maturité. La quarantaine qu'elle approchait n'était plus considérée comme un âge avancé pour une femme, et Kate possédait visiblement un charme qui la suivrait toute sa vie. Contrairement à moi, songea Edith qui n'avait jamais apprécié outre mesure ses propres traits. Pour certaines personnes, au nombre desquelles Edith se rangeait bien volontiers, prendre de l'âge permettait de noyer en partie l'ingratitude de leur visage dans les nobles atteintes de la vieillesse. Peut-être était-ce pourquoi les gens âgés se ressemblaient tant, comme dans un retour à l'uniformité de la naissance.

— Edith, vous êtes ailleurs! sermonna gentiment la voix de Kate.

Le médium cligna des yeux.

— Désolée. Je lâche la bride à mon esprit un peu trop souvent ces temps-ci.

— Rien d'étonnant pour un médium.

— Nos pensées doivent avoir un but, jugea Edith.

— Pas tout le temps. Nous déjeunons, vous vous rappelez? Alors vous avez droit à un peu de repos.

— Comme vous? rétorqua Edith sans méchanceté. Depuis combien de temps n'avez-vous pas pris de véritable repos?

Kate parut sincèrement étonnée de cette question.

— Je n'ai aucun problème de ce côté-là, vous pouvez me croire. Vous seriez rassurée si vous me voyiez chez moi!

— Je me le demande. L'Institut est toujours débordé de travail, et avec la Conférence internationale de parapsychologie qui approche...

— C'est vrai. La conférence annuelle représente toujours un surcroît de travail, surtout quand nous sommes le pays où elle se tient.

— Et toutes ces recherches que vous poursuivez?

— La plupart de ces prétendus « phénomènes paranormaux » ne demandent que quelques heures à nos enquêteurs pour être reconnus comme des phénomènes naturels, bien que les circonstances dans lesquelles ils se produisent soient souvent très inhabituelles.

— Mais d'autres cas vous mobilisent durant des semaines, voire des mois de recherches fastidieuses.

— C'est exact. Mais il faut être honnête, ce sont ceux qui nous motivent le plus, affirma Kate en découpant son œuf. A ce propos, je crois que le cas dont s'occupe David pourrait bien se révéler très intéressant ; peut-être une hantise véritable. J'espère simplement qu'il le traitera correctement.

Edith prit ses couverts et se pencha en avant.

— Vous vous faites du souci pour lui ?

— Pas autant que naguère, répondit Kate avec un sourire légèrement crispé.

— Voulez-vous dire que vous vous êtes un peu détachée de lui ou qu'il s'est un peu assagi ?

— Je ne savais pas que notre relation était connue de tous...

— Pourquoi cela serait-il un secret ? Vous êtes divorcée, il est célibataire, et vous vous voyez fréquemment. On peut raisonnablement en déduire que vous entretenez une relation sérieuse, non ?

Mais Kate secoua la tête avec une moue.

— Notre relation n'a jamais été aussi « sérieuse » que vous semblez le croire. Disons plutôt occasionnelle.

— Mais qui est bien moins occasionnelle maintenant, pourtant.

— Oui, bien moins.

Edith goûta son poisson et se força à ne pas y ajouter de sel.

— David est quelqu'un de très spécial, dit-elle après un moment. Je suis étonnée que vous ayez perdu tout intérêt pour lui.

— Je n'ai pas dit cela.

— Alors il...

— David est parfois bien trop absorbé par son propre cynisme pour laisser la place au développement d'une relation.

— Et parfois il est trop absorbé par son travail, rappela Edith.

— Ce qui revient plus ou moins à la même chose.

Le médium réfléchit un instant à ces paroles.

— Je comprends ce que vous voulez dire... Il fait montre d'un tel rejet de tout ce qui est spirituel qu'il m'arrive de m'interroger sur les raisons de notre amitié.

Avec un sourire, Kate avança une main et toucha le bras du médium.

— Il ne vous en veut pas personnellement, Edith. Il pense que votre sensibilité est mal employée, mais réelle, et je crois qu'il a beaucoup d'estime pour le réconfort que vous apportez à ceux qui ont perdu un être cher. Non, c'est aux charlatans qu'il réserve sa hargne, à ces gens méprisables qui tirent profit du chagrin d'autrui. Vous êtes différente, et il en est conscient ; il est persuadé que vous pouvez aider les autres.

— Et comment vous accommodez-vous de cette situation, Kate ? Vous composez avec deux factions opposées sous le même toit...

— L'Institut se doit de conserver un équilibre dans son équipe. Nous avons besoin de personnalités comme David pour apporter le crédit d'un scepticisme inattaquable à nos découvertes dans le domaine du paranormal.

— Même s'il est le premier à remettre en question nos acquis les plus solides ? Est-ce vraiment la preuve d'un scepticisme inattaquable ou d'un *a priori* systématique ?

Edith avait baissé la voix car un couple s'installait à une table voisine. Le restaurant s'était rapidement empli de consommateurs, et les conversations bourdonnaient dans la salle.

— Beaucoup de médiums détestent David pour les réactions négatives qu'il a toujours eues à leur égard. Ils le considèrent comme un ennemi irréductible.

— Mais beaucoup de gens extérieurs à ce milieu jugent son attitude très positive, insista Kate. Voyons les choses en face, Edith : David a établi sa réputation en démasquant nombre de simulateurs et en expliquant certains cas de hantise ou de phénomènes apparemment paranormaux de façon tout à fait pragmatique et vérifiable.

— Vous parlez comme si vous faisiez partie des rationalistes purs et durs.

— Vous me connaissez depuis trop longtemps pour

penser vraiment cela. Mais en qualité de directrice de cet institut, je me dois de garder mon esprit aussi ouvert au rationnel qu'à l'irrationnel. Vous me comprenez?

— Bien sûr, dit aussitôt Edith, avant d'ajouter, une lueur malicieuse s'allumant dans son regard : Mais je sais aussi que vous acceptez souvent une explication rationnelle alors que votre instinct vous crie le contraire...

Kate salua la remarque d'un rire et leva son verre. Elle but une gorgée de vin et s'attaqua sans enthousiasme à sa salade. Le visage d'Edith se fit plus sérieux tandis qu'elle reprenait :

— Mais le conflit qui agite David est beaucoup plus intense.

Elle posa sa fourchette et but une gorgée de Perrier. Kate l'observait, dans l'expectative.

— Je ne vous suis pas, fit-elle après un moment.

— Vraiment? Mais vous vous en doutiez certainement, n'est-ce pas? Mon Dieu, vous le connaissez trop bien pour ne pas l'avoir décelé.

— Edith, où voulez-vous en venir exactement? demanda Kate d'un ton égal. Insinuez-vous que David m'aurait caché quelque noir secret pendant tout ce temps? Un épisode inavouable de sa vie passée, par exemple? Je peux vous assurer que vous vous trompez complètement.

Edith leva une main en souriant.

— Je vous crois sur parole, ma chère Kate. Mais il ne s'agit pas de cela. Je parle d'une chose beaucoup plus grave. Vous êtes-vous jamais rendu compte que David avait le don? Pour lui, c'est d'ailleurs peut-être une malédiction... (Elle secoua brièvement la tête, l'air désolé.) Oh, son pouvoir psychique est bridé, enterré, mais son existence est indéniable. Le problème de David est qu'il refuse d'admettre cette évidence, et je ne sais pas pourquoi il s'obstine.

— Vous devez vous tromper, répliqua Kate. Tout ce qu'il fait prouve qu'il... (Elle eut un geste nerveux de la main.) Il a consacré sa vie à repousser ce genre de considérations.

Edith laissa échapper un rire doux.

— Si vous me permettez l'expression, il ne s'est pas regardé ! Souvent j'ai touché son esprit avec le mien, mais il a toujours réussi à se fermer très rapidement. C'est comme un réflexe de sécurité, chez lui. (De sa fourchette elle poussa les aliments dans son assiette, l'air absent.) Pouvez-vous imaginer le conflit intérieur qu'il subit ? Vous l'avez dit, il a refusé pendant des années des considérations qu'il sent chez lui comme des réalités.

— Je ne peux pas vous suivre sur ce terrain, Edith. David est bien trop équilibré pour cette sorte de névrose.

Le médium regarda Kate droit dans les yeux.

— Equilibré, vraiment ? Etes-vous assez sûre de lui pour l'affirmer ?

Kate ne répondit pas, et son silence était l'aveu de son incertitude.

3

La Wolseley roulait à vive allure sur les petites routes de campagne. La jeune femme assise à côté d'Ash se montrait un chauffeur émérite, mais il eût préféré qu'elle adoptât une conduite plus tranquille. Les bois alentour étaient épais, les habitations rares et disséminées. Ils dépassèrent une cabine téléphonique à un croisement. Les panneaux vitrés manquaient presque tous et l'herbe avait remplacé le plancher. Un peu plus loin, sur le bord de la route, une corneille donnait de furieux coups de bec dans la carcasse d'un petit animal à fourrure. L'oiseau sautilla de côté au passage du véhicule, et Ash aperçut le filament sanguinolent qui pendait à son bec. De temps à autre, le mur compact de verdure laissait entrevoir la courbe fugitive d'une colline ou la perspective d'un champ.

Ash lançait de fréquents coups d'œil à la jeune femme. Il appréciait la douceur de ses traits et l'humour proche de la malice qui illuminait ses yeux. Christina fredonnait un air de musique très simple, presque enfantin. Malgré l'âge vénérable de la Wolseley, la conductrice passait les vitesses sans le moindre à-coup, sa main semblant glisser sur le levier comme s'il n'opposait aucune résistance. La tristesse de cette journée paraissait infinie, soulignée par le vaste drap grisâtre des nuages plus sombres par endroits, rarement échevelés.

Christina et Ash n'échangèrent plus un mot, bien qu'elle se tournât deux ou trois fois vers lui le temps d'un sourire furtif avant de braquer de nouveau toute son attention sur la route.

Enfin, la voiture passa de larges grilles ornées et s'engagea sur une allée de gravier assez mal entretenue. Après quelques dizaines de mètres, les bois cédèrent la place à des pelouses dont l'ornementation se faisait plus complexe et soignée à mesure que la Wolseley approchait de la maison. Les parterres de fleurs, les haies taillées et les massifs d'arbustes avaient visiblement été disposés de façon à offrir une variété de compositions selon l'angle de vue. Brusquement la maison apparut au fond du parc, et Ash eut l'impression que l'architecte avait voulu que la bâtisse domine l'ensemble plutôt que de l'y incorporer avec harmonie : Edbrook était une construction imposante, presque rébarbative malgré ses absides galbées et ses portes-fenêtres régulièrement distribuées sur la façade. Sans pouvoir se l'expliquer, Ash sentit s'insinuer en lui une lassitude maussade. Il détailla la maison d'un regard presque méfiant, étonné par cette étrange impression de malaise.

Christina arrêta la Wolseley devant un court escalier en pierre menant à l'entrée principale d'Edbrook. Elle coupa le moteur et sauta hors du véhicule pour gravir les marches en quelques enjambées énergiques. La porte s'entrouvrit.

Ash descendit du véhicule plus posément. Il récupéra d'abord sa valise sur la banquette arrière puis déplia son grand corps au-dehors et considéra un instant les environs.

Une femme se tenait sur le seuil de la porte, son visage inquiet tourné vers le nouveau venu.

— J'étais en retard, entendit-il Christina lui expliquer. Mais j'ai retrouvé Mr. Ash sans problème.

Il se décida et gravit les quelques marches. La femme que Christina avait appelée Nanny ouvrit un des doubles battants de la porte et la lumière plombée du jour révéla une chevelure grisâtre et un visage marqué de rides. Elle s'effaça pour les laisser entrer et Ash lui adressa un signe de tête poli en pénétrant dans la maison.

— Miss Webb.

Il crut noter une certaine nervosité dans la manière dont elle le dévisagea, comme si elle doutait de son identité.

— Merci d'être venu, Mr. Ash, dit-elle enfin, et une satisfaction évidente transparaissait dans ces simples mots.

Il fallut quelques secondes à sa vue pour s'adapter à la pénombre qui régnait dans les profondeurs caverneuses du vestibule. La lumière du jour n'avait que peu d'effet sur les ombres denses que renforçaient encore les panneaux de chêne couvrant la majeure partie des murs. En face de lui, un escalier majestueux montait jusqu'à un palier surplombant de sa balustrade l'entrée, laquelle se rétrécissait vers l'arrière de la maison, ponctuée de portes desservant les différentes pièces du rez-de-chaussée.

Deux hommes attendaient au pied des marches.

Le plus âgé, vêtu d'un costume de coupe sobre, avança vers le nouveau venu, une main tendue. Ash jugea qu'il devait approcher la quarantaine.

— Permettez que je me présente, dit-il, aussi formel dans ses paroles que dans sa mise. Je suis Robert Mariell, et voici mon frère Simon.

Le plus jeune rejoignit son aîné. Il paraissait moins strict que son frère dans ses manières, mais Ash trouva sa poignée de main un peu molle. Simon portait un pull-over confortablement large sur une chemise blanche au col ouvert et un pantalon ample. Cette apparence décontractée, ajoutée à une coiffure courte, lui donnait un air d'adolescent jovial, ce que semblait d'ailleurs confirmer la façon dont il accueillit l'arrivant :

— Merveilleux ! dit-il en souriant.

Un mouvement dans l'ombre derrière les deux frères attira l'attention de David. Un trait noir qui devait être une porte à peine entrouverte s'élargit sous l'escalier et une forme s'en détacha. Ash perçut le grondement bas et menaçant avant même que le chien n'apparaisse, et il ne put empêcher son corps de se raidir. L'animal ne ressemblait à aucune race qu'il connût. Le poitrail large, la gueule rectangulaire avec des mâchoires puissantes et un crâne aplati, le chien donnait une impression de force que sa taille exceptionnelle et son pelage noir à longs poils rudes affirmaient. Il fixa sur l'intrus des yeux presque ovales.

— Et voici Seeker, dit Robert Mariell en se penchant pour flatter d'une main le flanc de la bête. N'ayez pas peur, Mr. Ash. Il lui faut simplement un peu de temps pour s'habituer aux nouveaux venus.

Je n'ai pas peur, songea David. J'éprouve juste un certain malaise devant ce genre de monstre.

— Eh bien, tant qu'il est nourri régulièrement...

Ravi de cet humour, Simon Mariell éclata de rire.

— Rassurez-vous, nous ne le laisserons pas vous ennuyer. Allez, Seeker, retourne à ta place.

Il repoussa le chien vers la cave où l'animal obéissant disparut immédiatement.

Devant l'expression étonnée qu'affichait leur hôte, l'aîné des Mariell crut bon d'ajouter :

— C'est un bouvier des Flandres, Mr. Ash. Une race belge de chiens de berger. Assez spécial, n'est-ce pas? Ils peuvent se montrer réellement féroces s'ils se sentent menacés, et je puis vous assurer qu'ils sont aussi puissants qu'ils en ont l'air. Seeker représente une assurance solide pour décourager tout visiteur indésirable.

Ash ne se détendit que lorsque la porte de la cave fut refermée.

— A présent, pouvons-nous vous offrir à déjeuner? proposa Robert Mariell. Vous devez être affamé après votre voyage.

— Euh... non, pas vraiment. Je me suis restauré au village.

— J'espère que ma sœur ne vous a pas fait attendre trop longtemps.

Ash sourit à Christina pour montrer le peu de ressentiment qu'il lui portait. Puis il laissa errer son regard sur le vestibule et la cage d'escalier.

— J'aimerais surtout poser mes affaires et inspecter la maison et les alentours, si cela ne vous dérange pas.

Simon rejoignit le petit groupe, les mains dans les poches.

— Mais pourquoi les alentours? Nous rencontrons notre visiteur spectral à l'intérieur de la maison.

— Ce qui se passe à l'intérieur peut avoir des causes extérieures, expliqua David.

— Sources souterraines, affaissements de terrains, tunnels oubliés... suggéra Robert.

— Je vois que vous avez fait vos propres recherches.

— J'ai suivi les conseils de votre livre sur le sujet. Mais je doute que vous trouviez quoi que ce soit de semblable dans le parc.

— Avez-vous un plan détaillé de votre propriété?

— Oh, vous n'aurez pas besoin de ce genre de chose, vraiment! intervint Simon. Le problème se situe à l'intérieur. Peut-être devrions-nous vous raconter ce que nous avons vu...

— Non, Simon, coupa Christina. Mr. Ash ne travaille pas de cette façon. Il préfère découvrir les faits par lui-même.

Le regard de David allait des uns aux autres. Nanny Tess — Miss Webb — était restée près de la porte d'entrée toujours ouverte, comme si elle s'attendait à son départ imminent.

— Eh bien, disons que j'aime sentir d'abord une atmosphère; ensuite je vérifie la possibilité d'anomalies dans la construction de la maison, dans le sol alentour... (Il s'approcha d'un mur et tapota un des panneaux en chêne.) Du bois d'œuvre en mauvais état ou des courants d'air insoupçonnés peuvent être responsables d'une grande partie de ces prétendues manifestations. A un certain stade de mon enquête, néanmoins, je demanderai à chacun de vous de m'accorder un entretien particulier afin de connaître vos expériences respectives.

Nanny Tess se décida enfin à quitter son poste de cerbère près de la porte qu'elle laissa pourtant entrebâillée. Elle prit la parole d'une voix anxieuse :

— Combien de temps cela vous prendra-t-il, Mr. Ash ? Resterez-vous longtemps à Edbrook ?

Un peu déconcerté par la franchise brutale de cette question, David haussa les épaules.

— C'est variable selon les cas. L'enquête peut être bouclée en une seule journée, mais elle peut aussi réclamer une semaine entière de présence. Nous verrons si je suis chanceux...

— Vous êtes notre invité pour aussi longtemps que vous le désirerez, lui assura Robert d'une voix suave. Nous sommes tous très décidés à découvrir la raison de ces... appelons-les : perturbations. Peut-être pourrons-nous en parler après le dîner, ce soir, si vous avez terminé votre première inspection des lieux ?

— Cela me convient parfaitement.

— Alors je vais vous montrer votre chambre, dit Nanny Tess d'une voix où Ash crut percevoir des accents désolés.

Ash ramassa sa valise et son sac fourre-tout, très conscient de l'observation générale dont il était l'objet. Il suivit la tante des Mariell jusqu'au bas de l'escalier. La voix de Robert l'arrêta.

— Il y a un point que je voudrais préciser avant que vous commenciez votre enquête, Mr. Ash.

David se contenta d'un haussement de sourcils interrogateur en se retournant.

— Rien de ce que vous pourriez découvrir ne doit franchir les murs de cette maison ou les archives de l'Institut de Recherches Métapsychiques. Nous sommes une famille très jalouse de son intimité, et certaines mauvaises langues dans la région adoreraient pouvoir colporter des histoires de fantômes ou de *Poltergeist* à Edbrook. Et Dieu seul sait ce qu'en ferait la population des environs.

— Il me faudra peut-être consulter les archives des

mairies voisines, ainsi que les bibliothèques municipales, afin de collecter des renseignements sur l'histoire des lieux, mais rassurez-vous : je serai discret. Et, s'il le faut, je dirai que je suis à Edbrook pour une étude architecturale. Et quoi que je trouve ici — que cela soit explicable ou non —, les résultats de mon enquête resteront entre vous et l'Institut. A moins, bien sûr, que vous changiez d'avis et que vous nous autorisiez à les utiliser dans nos bulletins.

Il se mit à gravir les marches, mais la voix de Robert Mariell l'arrêta une nouvelle fois.

— Ainsi donc, vous croyez que certaines choses ne sont pas explicables. J'avais l'impression que vous refusiez la notion de surnaturel en tant que telle.

— Inexplicable ne signifie pas surnaturel, répondit Ash avec une certaine résignation, mais simplement que nous n'avons pas les connaissances suffisantes pour expliquer un phénomène ; du moins pour l'instant.

Robert le contempla d'un air interdit, mais, alors que David s'apprêtait à reprendre son ascension vers l'étage, il entrevit le demi-sourire qu'échangeaient Christina et Simon.

4

Les épaules légèrement affaissées, Nanny Tess précédait Ash dans le long couloir peu éclairé. Son pas résonnait curieusement sur le vieux plancher. Une humidité désagréable flottait dans l'air chargé d'une odeur de poussière et de renfermé, semblable à celle qui signe les maisons gardées closes trop longtemps. A l'extrémité du couloir, une tenture à moitié tirée devant une fenêtre laissait entrer un peu de la lumière du jour.

Miss Webb fit halte pour lui indiquer que la salle de bains se trouvait un peu plus loin sur la droite tandis qu'elle ouvrait une porte sur la gauche. Elle s'écarta pour le laisser pénétrer dans sa chambre et resta sur le seuil tandis qu'il déposait ses maigres bagages sur le lit.

— Je suis désolée de ne pas avoir été présente à la gare pour vous accueillir... dit-elle.

Un peu saturé de toutes ces excuses, Ash secoua la tête.

— Ce n'est pas grave, je vous l'assure.

— Christina se montre parfois si obstinée, dit-elle avec un sourire teinté de regrets. Elle a caché les clés de ma voiture pour que je ne puisse pas venir vous chercher.

Cette révélation surprit Ash.

— Elle était donc si désireuse de me rencontrer?

— Elle aime faire des plaisanteries, dit Nanny Tess

d'une voix presque mélancolique. Ils aiment tous faire des plaisanteries...

Elle parut sortir de sa rêverie d'un sursaut, et ses manières reprirent une certaine brusquerie.

— Si vous avez besoin de quoi que ce soit, n'hésitez pas. Je loge à l'étage supérieur. Nous dînons à dix-neuf heures, ce qui vous laisse largement le temps de visiter la maison.

— Et le parc.

— Bien sûr : et le parc.

Elle referma doucement la porte sur elle et s'en fut dans le couloir.

Ash contempla sa chambre et eut la satisfaction de découvrir qu'elle était amplement éclairée par une fenêtre ouvrant au sud. Le lit était grand, la tête et le pied en bois solide, et le matelas le surprit par sa douceur. Une imposante armoire de chêne faisait face au lit et une commode haute flanquait le mur près de la porte. Le reste du mobilier se résumait à une table de nuit et un petit bureau, tous deux agrémentés de lampes, et un vieux fauteuil confortable. Un épais tapis couvrait la plus grande partie du plancher. Cette chambre ferait l'affaire, décida-t-il. Pour deux ou trois jours, du moins. Il ne voyait aucune raison pour que son enquête prît plus longtemps, bien qu'il eût laissé entendre aux Mariell qu'il fallait envisager une telle éventualité. Et pour quelque obscure raison, il espérait son séjour aussi court que possible.

Il ôta son pardessus et le jeta sur le lit, puis il ouvrit sa valise pour en sortir l'équipement qu'il allait utiliser dans son enquête : deux magnétophones à piles, deux appareils photo munis de flashes et de détecteurs ultrasensibles, dont un Polaroïd, des trépieds rétractables, des thermomètres, une loupe, un mètre ruban, de la poudre de graphite et de la farine, une balance à ressort et un indicateur de tension, ainsi que d'autres objets dont il serait peut-être amené à se servir, tels que papier graphite, boussole, voltmètre.

Il rangea le matériel le moins encombrant dans les tiroirs de la commode, les appareils photo dessus, les trépieds contre le meuble. Il mit un magnétophone miniaturisé dans une poche de son veston, un petit carnet de notes dans l'autre. Puis il roula ensemble les épais carrés de toile dont il avait protégé chaque article de sa panoplie et les fourra dans sa valise. Il la referma et la plaça sur l'armoire. Ensuite il revint jusqu'au lit et ouvrit la fermeture Eclair de son sac. Il sortit des sous-vêtements et de quoi se changer et rangea le tout dans l'armoire et les tiroirs encore vides de la commode. Puis il étala momentanément ses affaires de toilette sur le lit. Il ne restait plus qu'une chose dans son sac : une bouteille de vodka. Il la prenait, quand le faible écho d'un rire lui parvint du dehors.

Il dévissa d'un geste la capsule et but une simple gorgée d'alcool avant de se diriger vers la fenêtre en refermant la bouteille. Il fronça les sourcils en reconnaissant Simon Mariell qui progressait furtivement dans les massifs d'arbustes. Le jeune homme paraissait sourire tandis qu'il s'accroupissait derrière un buisson taillé. Ash aperçut alors une autre silhouette qui approchait. Elle était vêtue de blanc et, bien qu'elle lui tournât le dos, il reconnut aussitôt Christina aux lourdes boucles noires qui cascadaient sur ses épaules. Il l'entendit prononcer le nom de son frère sans cesser de fouiller la végétation. Elle rit joyeusement et Simon se tassa un peu plus pour rester invisible, une main plaquée sur sa bouche pour s'empêcher de rire lui aussi.

Ash s'approcha un peu plus de la vitre, stupéfié par ce jeu puéril auquel se livraient ses hôtes.

Non loin des deux joueurs, quelqu'un bougea encore près d'un autre arbre pour les surveiller. Une fillette, apparemment...

Toujours accroupi, Simon se mit à quitter sa position trop vulnérable, et pendant quelques secondes Ash suivit sa lente progression. Quand il retourna son attention vers l'arbre, la fillette avait disparu.

Ash revint à Christina et il se retint de lui crier que son frère lui échappait. Il suspendit le geste de frapper la vitre des doigts pour l'avertir, et sourit en songeant qu'il avait lui aussi failli entrer dans leur jeu enfantin.

La jeune femme pivotait sans hâte vers la maison, comme si elle avait senti le regard posé sur elle.

Sans même s'en rendre compte, il retint sa respiration.

Le visage de Christina se levait lentement en tournant vers la fenêtre. Presque embarrassé, Ash eut la tentation de s'écarter de l'encadrement de la fenêtre. Mais une sorte de paralysie fascinée l'en empêcha. Il voulait que leurs regards se rencontrent.

Elle était maintenant de profil, mais son geste prenait un temps infini, et il comprit que ses propres pensées avaient accéléré singulièrement, créant ainsi une impression de langueur dans le mouvement de la jeune femme. Il eut encore le temps de se demander lequel des deux avait été surpris dans son intimité — elle ou lui ? Qui était le voyeur ? Christina ? David Ash ?

Il voyait presque son visage, maintenant.

On frappa sèchement à la porte.

Un peu hébété, il cligna des yeux et se tourna vers la porte par réflexe. Celle-ci s'ouvrit et Christina le regarda en souriant.

— Etes-vous prêt pour la visite de la maison ? s'enquit-elle.

Ash était trop éberlué pour répondre. Il fit volte-face vers la fenêtre.

Le parc était désert.

5

Un froid pénétrant, que la saison seule ne pouvait expliquer, régnait à Edbrook. Dans certaines pièces et certains couloirs planait une humidité glacée, ailleurs une sensation de vide vous saisissait, suggérant que l'endroit était inoccupé, peut-être même inviolé, depuis des années. Mais la demeure était très grande, d'un genre qu'Ash avait rencontré plus d'une fois dans sa carrière : il n'était pas inhabituel pour de telles maisons d'être assez peu entretenues, car elles provenaient souvent d'héritages et la lourdeur des taxes de succession expliquait bien des oublis. Edbrook ne paraissait pourtant pas véritablement négligée, mais son usage semblait bien limité à certaines pièces.

Christina le mena dans les pièces de l'étage supérieur et jusqu'au grenier, puis ils retournèrent au rez-de-chaussée et visitèrent la bibliothèque, le petit et le grand salon, la cuisine et l'arrière-cuisine, la salle à manger et le bureau. Ash sonda les planchers et les panneaux muraux en bois, le manteau et le foyer des cheminées. Parfois il tapotait longuement un mur, ou bien il se contentait d'écouter avec la plus extrême attention les bruits habituels de la maison. Il s'immobilisa plusieurs fois pour définir la provenance de légers courants d'air. Devant la porte de la cave, il marqua une hésitation en se souvenant du bouvier des Flandres qu'on avait enfermé au sous-sol. Christina le précéda en riant et lui reprocha d'un ton moqueur son peu d'enthousiasme. Elle lui assura que Seeker ne l'attaquerait que s'il sentait en lui une menace, ce qui, ajouta la jeune femme d'un ton ironique, était assurément fort improbable... Ash la suivit avec circonspection. Le chien gronda au sein des ténèbres mais ne se montra pas.

La cave contenait des rangées de casiers à moitié remplis de bouteilles poussiéreuses. Des objets divers encombraient le sous-sol dans un désordre total. Des cadres de tableaux vides étaient appuyés contre des statues brisées, à côté de meubles couverts de housses. Un des murs était percé de niches que la faible lumière de l'unique ampoule au plafond laissait dans une pénombre lourde. Ici le froid était plus net, ce qui faisait de la cave un endroit idéal pour conserver du vin. Pour Ash, la température plus basse indiquait autre chose : la probabilité de sources souterraines proches communiquant avec les fondations par quelques fissures indiscernables dans les vieux murs de brique. Dans le cadre de son enquête, il ne pouvait considérer cet endroit qu'avec intérêt, mais la proximité inamicale du chien le poussait néanmoins à ne pas trop s'y attarder.

Tandis qu'il gravissait enfin l'escalier de pierre derrière Christina, Ash eut l'impression désagréable que le chien avait quitté son poste d'observation pour les suivre. C'est avec un soulagement réel qu'il regagna le rez-de-chaussée. Il traversa la cuisine et l'arrière-cuisine et sortit sur la terrasse dominant le parc. Bien qu'il eût quelque difficulté à partager le plaisir évident qu'éprouvait Christina dans les lieux, Ash imaginait sans mal l'époque où Edbrook était encore la résidence spacieuse de la famille Mariell. Ce qui faisait maintenant défaut échappait à toute définition, mais le manque de chaleur qu'on ressentait dans la demeure, au sens propre comme au figuré, n'était certainement pas étranger à cette impression de malaise feutré. Un endroit parfait pour une hantise. En admettant qu'on croie à ce genre de phénomène, bien sûr.

Il contempla le parc et fut un peu déçu de constater qu'il était moins bien entretenu qu'il n'en avait l'air de prime abord. Il n'en restait pas moins magnifique dans son agencement, avec des lignes et des courbes d'un classicisme très plaisant au regard. La masse sombre des bois bordait le grand jardin en un contraste naturel fort esthétique. Ash emplit lentement ses poumons de l'air frais du dehors, comme pour les purger de l'atmosphère poussiéreuse de la maison.

— Depuis combien de temps traquez-vous les fantômes, Mr. Ash? demanda Christina avec un sourire malicieux.

— Je ne traque pas les fantômes, répondit-il avec sérieux. Je cherche les causes naturelles de perturbations inhabituelles. Et je préférerais que vous m'appeliez David, c'est mon prénom.

— D'accord... David. Depuis combien de temps vous intéressez-vous aux mystères de la nature?

— Depuis que je suis tout jeune, je crois bien. Ces phénomènes m'ont toujours plus ou moins intrigué, mais c'est après avoir assisté à ma première séance de spiritisme que j'ai été vraiment accroché.

— Et vous aviez quel âge?

— Oh... une vingtaine d'années. (Il fronça les sourcils en se remémorant cette époque.) Croyez-le ou non, j'étais alors ingénieur stagiaire. Dieu seul sait ce qui m'a poussé à cette séance; la curiosité, sans doute, liée à l'intérêt que je ressentais pour toutes ces choses. Voyez-vous, je n'arrivais pas à comprendre comment on peut croire de telles sornettes, et je voulais en savoir plus. Et cette première expérience m'a vraiment ouvert les yeux.

Ils s'étaient mis à déambuler sur la terrasse, et Christina s'arrêta à ces dernières paroles.

— Vous voulez dire que vous êtes entré en contact avec le monde des esprits?

— C'est exactement le contraire, fit Ash en riant. Mais j'avoue m'être presque laissé prendre au subterfuge; le médium était très fort. Il avait réussi à nous convaincre que nous voyions le fantôme d'une parente depuis longtemps disparue de la jeune femme qui était assise à côté de moi. Cette chère grand-mère défunte passa en revue tous les maux dont avait souffert ma voisine dans les dix dernières années. La grand-mère, elle, se portait naturellement comme un charme depuis qu'elle se baladait dans l'au-delà.

Ash sourit à ce souvenir. Il se remit à marcher sur les larges dalles de la terrasse, et Christina l'imita, lui jetant de temps à autre de rapides coups d'œil.

— Toute cette scène était très... bizarre, poursuivit-il. Je voyais une sorte de forme brumeuse qui ondoyait dans les ténèbres, derrière le médium, et il me faut bien reconnaître que j'avais froid dans le dos ! Mais ce sont les fadaises débitées par la prétendue « grand-mère » qui m'ont alerté. (Il eut un petit rire.) Je m'attendais à des révélations profondes, ou très émouvantes. Quelque chose comme un bref aperçu du monde spirituel qui nous attendrait après notre séjour terrestre...

— Et ? relança Christina comme il s'abîmait dans un silence songeur.

— Eh bien, tout ce que nous avons entendu concernait le dentier de l'oncle Albert qui se trouvait quelque part dans les canalisations sanitaires sous sa maison. Un soir qu'il avait un peu trop forcé sur la bouteille, il l'avait perdu avec tout ce qu'il avait bu dans la cuvette des toilettes. Eh bien ! Ma voisine n'aurait pas été plus impressionnée si on lui avait révélé l'emplacement du Saint Graal ! J'ai regardé les autres assistants de la séance et, bon Dieu ! ils étaient tous d'un sérieux imperturbable ! C'est alors que j'ai commencé à ricaner comme une hyène.

Bien que toujours souriant, il continua d'une voix plus dure :

— Curieusement, c'était un soulagement pour moi, comme si on m'avait ôté un fardeau des épaules. Toute cette mise en scène n'était qu'une mascarade, une farce macabre. Bien sûr, mon attitude n'a pas plu outre mesure au médium qui m'a ordonné de quitter la séance, ce que j'ai fait sans regret. Mais, avant de sortir, j'ai allumé le plafonnier électrique. Appelez cela de la malice, ou une curiosité toute naturelle.

Ils passèrent devant les portes-fenêtres du grand salon, pièce lugubrement vide au regard d'Ash. Edbrook élevait au-dessus d'eux sa masse grise et silencieuse. Consciemment, David s'écarta de quelques pas de la façade qu'ils longeaient pour échapper à l'ombre pesante et froide de l'édifice.

— A la lumière électrique, tout le monde a pu voir que la « grand-mère » n'était qu'une vieille photographie en surimpression sur un voile de mousseline très fin. Pour agrémenter l'effet, de la vapeur sortait d'un tube dans le mur et montait en tourbillonnant jusqu'à la photo qu'elle faisait bouger. Dans la semi-obscurité, le procédé était fort impressionnant. En pleine lumière, bien sûr, il était beaucoup moins convaincant.

— Mais ce que le médium avait dit à cette femme? demanda Christina, les sourcils levés.

— Des détails sans importance qui avaient pu être glanés sans difficulté auprès d'un proche de la consultante, sans doute la personne même qui avait introduit ma voisine dans le cercle. En fait, le médium n'avait qu'à énoncer quelques anecdotes exactes concernant un ou deux participants pour emporter la conviction de tous les autres.

— Ils devaient être furieux quand ils ont vu qu'ils avaient été bernés?

— Oh oui, ils l'étaient! Surtout après moi.

— Après vous? répéta Christina, incrédule.

Il hocha la tête.

— J'avais ruiné tous leurs espoirs de communiquer avec des disparus. Ils n'allaient pas me remercier pour cela.

Ils marchèrent un moment en silence, puis la jeune femme reprit la parole :

— Mais tous ne sont pas des simulateurs, n'est-ce pas? Il doit bien exister certains médiums véritables?

— Oui, j'en connais plusieurs. Un ou deux sont même devenus des amis. Mais je ne peux expliquer ce qu'ils font ni comment ils y parviennent. Je ne suis certain que d'une chose : ils ne conversent pas avec les morts.

Ils descendirent une volée de marches en quittant la terrasse et continuèrent sur un chemin dallé qui se séparait en trois pour se disperser entre les massifs d'arbustes. Ils choisirent la voie du milieu.

— Ce n'est que lorsque nous comprendrons ce qui se passe dans nos propres cerveaux que nous aurons quelques réponses à ce que nous considérons aujourd'hui comme des phénomènes paranormaux.

Christina fronça les sourcils.

— Qu'avez-vous fait ensuite ? Vous deviez vous sentir très désillusionné.

— Non, pas désillusionné. Comme je vous l'ai dit, c'était pour moi un soulagement de voir mes doutes confirmés. Pourtant, je me sentais presque plus intrigué encore après cette première expérience. Tout était donc truqué, faux ? Mais tout ce que j'avais lu sur le paranormal, tout ce que j'avais entendu ? Alors j'ai approfondi le sujet, j'ai fait beaucoup de recherches et, sans même m'en rendre compte, c'est devenu mon métier. A chaque fois que je démasquais une supercherie ou une méprise, j'enrageais.

Ils approchaient d'un muret à demi écroulé qui semblait entourer le centre du parc.

— Et puis, il y a de cela quelques années, l'Institut de Recherches Métapsychiques m'a proposé une collaboration. Peut-être bien qu'ils regrettent aujourd'hui que j'aie accepté leur offre.

— Vous nous trouvez ridicules de croire à cette hantise, n'est-ce pas ? lança brusquement Christina. Cela vous énerve aussi ?

— Absolument pas. Je pense que vous vous trompez dans l'interprétation de certains signes, c'est tout. Et mon enquête ne devrait pas prendre très longtemps.

Ils avaient atteint le muret, et Ash vit qu'il ceignait un

grand bassin artificiel, presque un lac miniature dont l'eau stagnante, d'un brun-vert sombre, était souillée de plantes aquatiques en décomposition et de nénuphars morts. Bien que le parc lui-même ne fût pas entretenu comme il le méritait, l'aspect malsain du bassin fut un véritable choc pour Ash. Des relents fétides montaient de la surface figée des eaux croupissantes, et il retint sa respiration, saisi par un tel état de pourriture.

Il se retourna vers la jeune femme, mais celle-ci avait reculé de quelques pas. Immobile, elle contemplait d'un regard absent le bassin insalubre, comme si elle venait de s'apercevoir avec horreur que leurs pas les avaient menés si près de la pièce d'eau. Il y avait quelque chose d'apprêté dans la façon dont elle se mit à s'éloigner à nouveau.

— Christina ? appela-t-il avec un peu d'étonnement.

Derrière lui, les eaux troubles du bassin ondulèrent, les vrilles et les roseaux putréfiés s'écartèrent...

Un léger voile de transpiration luisait sur le front d'Edith. Elle sursauta dans son fauteuil et ouvrit soudain les yeux. L'image qui avait envahi son esprit disparut instantanément.

Le couple de gens âgés assis en face d'elle l'observait avec inquiétude.

— Mrs. Phipps ? dit l'homme aux cheveux blancs en se penchant vers elle, le visage soucieux. Vous allez bien ? Vous nous parliez de notre fils...

Edith battit plusieurs fois des paupières et il lui fallut quelques secondes pour se rappeler l'endroit où elle se trouvait : un des salons privés de l'Institut. La vision s'était superposée au contact qu'elle avait établi avec le fils de ce couple, un jeune marin qui avait péri durant l'engagement britannique aux Malouines dans des circonstances trop pénibles pour être révélées aux parents toujours affligés.

— Je... je suis désolée, leur dit-elle enfin. J'ai perdu ma concentration. Je vais... (Elle inspira profondément pour se calmer.) Je vais essayer de rétablir le contact avec Michael.

Mais lorsqu'elle ferma les yeux, la vision revint, bien que floue.

Elle levait les yeux vers la silhouette surélevée d'un homme qui lui tournait le dos, mais en qui elle reconnaissait sans doute possible David Ash. Tout autant que son angle inhabituel, c'est la sensation étrange de sa vision doucement déformée qui intriguait le médium... comme si elle assistait à la scène à travers une eau fangeuse... Des feuilles et des racines à moitié décomposées ondulaient autour d'elle comme des tentacules végétaux. Deux bras nus se tendaient vers David, comme deux branches lisses et fines à la couleur blafarde terminées par des mains aux doigts crispés. Pourtant ce n'étaient pas les bras d'Edith, elle le sentait, mais ceux de quelqu'un d'autre.

Et tandis qu'ils s'élevaient lentement dans l'eau croupie vers l'homme inconscient du danger, enroulés dans les racines mortes de plantes pourries, le médium vit que ces bras étaient exsangues.

C'étaient les bras d'un cadavre.

6

La salle à manger était faiblement éclairée. Les bougies disséminées sur la longue table autour de laquelle étaient assis les Mariell et David Ash dispensaient une lumière chaude mais quelque peu insuffisante, et les appliques murales, dont certaines étaient éteintes, ne compensaient pas ce manque. Ash s'était attendu à voir une bonne s'occuper du service, mais c'est Nanny Tess qui avait amené les plats sans que Christina lui propose la moindre aide. Il lui apparaissait maintenant clairement que les Mariell n'étaient pas aussi riches qu'ils l'avaient naguère été. Mais bien qu'il fût très intéressé par tout ce qui concernait cette famille, sa situation financière ne pouvait entrer en ligne de compte dans le travail qu'il était venu effectuer à Edbrook. Il but une gorgée de vin en regrettant qu'il ne s'agisse pas d'une boisson plus forte.

Christina rit sous cape de quelque plaisanterie murmurée à son oreille par Simon. A la tête de la table, Robert Mariell leur lança un regard froid et réprobateur. Sa sœur posa une main sur sa bouche et baissa les yeux, l'air convenablement contrit, tandis que Simon gardait aux lèvres un demi-sourire satisfait.

L'aîné des Mariell ignora son frère et dirigea son attention vers leur hôte qui lui faisait face à l'autre bout de la table.

— Votre enquête a-t-elle progressé à votre convenance, aujourd'hui? Avez-vous localisé des sources souterraines ou des fissures dans la maçonnerie qui pourraient expliquer notre petit mystère?

Ash se servit une tranche du rôti de bœuf qu'il jugeait trop cuit à son goût.

— C'est encore impossible à dire, répondit-il. Puisque je ne connais pas encore parfaitement votre « petit mystère ». Mais j'ai découvert de nombreuses altérations de la construction qui pourraient en effet favoriser certaines perturbations.

— Des perturbations assez importantes pour créer l'illusion d'un fantôme, Mr. Ash? demanda Simon sans se départir de son sourire.

— Vous seriez surpris du nombre de fois où ce qui ressemble à des formes spectrales n'est en fait qu'un peu de poussière ou de la fumée. Ou comment de l'eau tombant goutte à goutte dans un tuyau caché peut sonner comme un esprit s'amusant à frapper des coups dans un mur. Près d'une source de chaleur telle qu'une cheminée ou un radiateur, les lattes d'un parquet peuvent se contracter avec une fréquence telle qu'on croirait entendre le pas d'un fantôme. Avec l'aide de notre propre imagination, tout devient possible.

Assise à sa gauche, Nanny Tess, qui avait à peine touché à son assiette, l'interrompit :

— Les visions que j'ai... enfin, que nous avons eues ne sont pas de simples créations de notre imagination. Si vous saviez...

Ash leva immédiatement une main pour lui intimer le silence.

— Demain, si vous n'y voyez pas d'inconvénient. Chacun de vous pourra me raconter en détail ses expériences personnelles. Jusque-là, je veux conserver une totale objectivité, sans aucune idée préconçue.

— Mais je ne comprends toujours pas comment vous pouvez savoir ce qu'il vous faut chercher, protesta Christina.

— Je suis à l'affût d'une certaine catégorie de phénomènes qui se traduisent visuellement par une forme spectrale. C'est tout ce qu'il me faut savoir pour l'instant.

Un fin sourire apparut sur les lèvres de Robert.

— Vous croyez à ces « phénomènes », Mr. Ash ? Aux âmes errantes, à des entités qui hantent la nuit...

— Aux fées ! ajouta Simon d'une voix excitée. Aux démons, aux vampires...

— Aux loups-garous ? surenchérit Christina.

Simon imita le hurlement du loup et la jeune femme éclata de rire. Robert lui-même se permit un franc sourire.

Ash, qui ne partageait pas cette hilarité assez puérile, jeta un coup d'œil à Nanny Tess. Celle-ci évitait son regard. Elle non plus ne paraissait pas trouver la plaisanterie très amusante.

Ash s'adressa à l'aîné des Mariell d'un ton posé :

— Pour une famille qui subit une hantise, vous ne me semblez pas alarmés outre mesure.

— Devrions-nous l'être ? répliqua Robert. De telles manifestations peuvent-elles représenter un danger physique ?

Ash secoua la tête négativement.

— C'est très rare. En règle générale, le danger physique émane des témoins de ces phénomènes eux-mêmes, quand ils se laissent aller à la panique.

— Alors pourquoi nous inquiéterions-nous ? Mais vous n'avez toujours pas répondu à ma question : croyez-vous personnellement aux fantômes ?

— Tout dépend de la définition que vous donnez de ce mot. Apparitions, visions télépathiques, images électromagnétiques... Vous pourriez même les définir comme des vibrations de l'atmosphère. Elles peuvent exister sans que nous comprenions exactement ce qu'elles sont ou comment elles se forment.

— Mais vous ne les décririez pas comme l'esprit des morts ? demanda Nanny Tess.

Tous les yeux étaient fixés sur lui. Il se racla la gorge avant de répondre, en les regardant tous à tour de rôle.

— Non, absolument pas. Aucune de mes enquêtes n'a pu prouver de façon satisfaisante la théorie de la vie après la mort. Et j'ai démasqué trop de soi-disant spirites pour accorder beaucoup de crédit à ces conversations avec l'au-delà.

— C'est bien ce dont nous nous doutions, Mr. Ash, approuva Robert. Mais j'ose espérer que vous ne pensez pas que nous nous moquons de vous?

— Bien sûr que non. Quelles que soient les expériences que vous avez faites ici, il est évident qu'elles sont très réelles pour vous. Sinon, pourquoi auriez-vous demandé mes services? Je dis simplement que ce qui vous est arrivé peut avoir une explication parfaitement rationnelle.

Simon posa un coude sur la table et soutint son menton dans le creux de sa main.

— Je crois que vous devriez quand même être mis au courant de ce qui...

— En temps utile, répéta Ash. Laissez-moi d'abord trouver par moi-même quelques indices.

— Vous ne ferez pas nécessairement les mêmes expériences que nous, remarqua Robert.

— Et je n'ai pas pensé un instant que ce serait le cas. Le lien psychique peut n'exister qu'entre vous quatre et ce qui crée ces phénomènes. Nous verrons.

— Un lien psychique? fit Simon en se redressant. Qu'est-ce donc exactement?

— Imaginez que nos esprits soient comme des récepteurs radio vivants. Vous et les autres occupants de cette maison pourriez être branchés sur la longueur d'onde de quelqu'un d'autre.

Simon parut trouver l'explication cocasse.

— Quelqu'un émet de l'au-delà? dit-il d'un ton goguenard en consultant sa famille du regard pour y chercher une approbation.

Ash fit mine de ne pas saisir la provocation.

— Disons plutôt un appel mental de quelqu'un d'absent, ou l'impression qu'il a laissée derrière lui. Il se pourrait que cette dernière hypothèse s'adapte à votre cas, puisque vous êtes tous fortement associés à Edbrook. Vous seriez alors particulièrement réceptifs aux impressions laissées ici.

— Une théorie très intéressante, reconnut Robert. Mais difficilement acceptable, ne pensez-vous pas?

— Pas moins que celle d'un fantôme, répondit Ash.

Christina se tamponna discrètement les lèvres avec sa serviette. La lumière des bougies se reflétait doucement dans ses yeux.

— Et que pouvons-nous faire pour vous aider dans votre enquête, mis à part vous raconter ce que nous avons vu?

— Pas grand-chose, à vrai dire. Je vous demanderai simplement de rester à l'écart de ma sphère d'investigation. Plus tard, dans la soirée, j'ai l'intention d'installer mon matériel à certains endroits de la maison qui me semblent propices à l'apparition de phénomènes. Une fois que tout sera en place, j'aimerais que vous évitiez ces endroits. Pour être franc, je dois vous dire que vous m'aideriez beaucoup en ne quittant pas vos chambres pendant le reste de la nuit.

A l'énoncé de cette requête, les Mariell s'entre-regardèrent avec un étonnement perceptible.

— Voilà une mesure quelque peu sévère, commenta Robert.

— C'est uniquement pour cette nuit, précisa Ash. Ensuite, nous pourrons peut-être nous concentrer sur un ou deux endroits.

— Eh bien, vous pouvez être assuré de notre entière coopération, répondit Robert pour eux tous après un moment de réflexion. Avez-vous besoin d'autre chose?

— Pas pour le moment. Oh, si : j'aimerais téléphoner à Kate McCarrick un peu plus tard dans la soirée, pour lui dire comment se présentent les choses.

— Nanny Tess m'a rapporté que Miss McCarrick paraissait très contente que nous vous ayons choisi pour cette enquête. Elle semble vous tenir en grande estime.

— Elle-même est considérée comme une sommité pour tout ce qui touche à la parapsychologie. Nous n'avons pas toujours le même point de vue, je dois l'admettre, mais il est vrai que dans notre champ d'action nous bataillons plus souvent avec des conjectures qu'avec des faits tangibles. A propos de Miss McCarrick, si mes premiers tests ici se révélaient positifs, il serait peut-être intéressant qu'elle vienne elle-même à Edbrook en qualité d'observatrice impartiale.

La dureté avec laquelle répondit Nanny Tess le fit presque sursauter.

— Non, non! C'est hors de question!

Le refus de Robert fut plus poli.

— Comme je l'ai déjà souligné, Mr. Ash, nous désirons garder cette affaire aussi privée qu'il sera possible. Je pense que vous êtes en mesure de comprendre cette exigence?

— Mais elle ne serait absolument pas ébruitée, promit Ash. Ce ne serait qu'un témoignage supplémentaire pour l'Institut, pour nos dossiers...

— Et pourquoi ne pas nous contenter de suivre le déroulement de votre enquête sans anticiper? éluda l'aîné des Mariell. Nous aborderons la question en temps utile. N'était-ce pas votre souhait, Mr. Ash?

L'enquêteur sourit d'un air désabusé.

— Très bien. Je ne veux exercer aucune pression. Tout est entre vos mains.

Robert le fixa d'un regard froid pendant de longues secondes.

— Pas entièrement. Non, je ne dirais pas cela.

Le gros combiné noir du téléphone collé contre son

oreille d'une main, il appuya de l'autre sur les barrettes de contact avec une mauvaise humeur croissante. Mais il n'obtint aucune tonalité. La ligne était morte. Aussi solide qu'il parût, l'antique appareil était inutilisable. Ash se demanda si ces vieilleries finissaient hors d'usage d'elles-mêmes ou si une cause extérieure était responsable de cette panne. Quelle que fût la réponse, il n'en était pas moins contrarié.

Il fit demi-tour en entendant un pas dans le vestibule derrière lui. Sa nervosité l'étonna.

— Miss Webb! dit-il, encore plus surpris par le soulagement qu'il éprouvait maintenant. Euh... le téléphone... On dirait que vous avez été coupés...

Elle s'était rapprochée et le regardait avec attention.

— Nous avons sans arrêt des problèmes avec la ligne, dit-elle. C'est l'un des petits inconvénients de la vie à la campagne.

Elle lui prit le combiné de la main et raccrocha sans vérifier elle-même la véracité de ses dires.

— Je m'en occuperai demain, quand j'irai au village.

Ses yeux restaient fixés sur lui, et Ash se demanda si l'anxiété qu'il y lisait était habituelle. Nanny Tess était une femme de petite taille, au corps frêle, sans doute septuagénaire. Qu'était-elle pour Christina et ses frères? Une tante, certes, mais quoi d'autre? Pour autant qu'il ait pu en juger, elle tenait la maison pour eux, et ce n'était pas une mince affaire pour une personne de son âge.

— Mr. Ash... commença-t-elle, puis elle se tut, comme si elle hésitait.

Il attendit qu'elle se décide à poursuivre. Quand elle le fit, sa voix s'était réduite à un murmure :

— Vous serez prudent pendant votre séjour à Edbrook, n'est-ce pas?

Il ne put s'empêcher de sourire.

— Allons, je vous l'ai dit tout à l'heure : les fantômes ne peuvent pas nous toucher. Ils ne devraient d'ailleurs pas nous effrayer, du moins pas quand nous connaissons leur véritable nature.

— Mais il y a différentes façons d'être... (De nouveau, une hésitation.)... *hantés*...

— Je pensais que vous compreniez mon point de vue.

— Non, c'est vous qui ne comprenez pas le mien! répliqua-t-elle sèchement.

— Alors expliquez-le-moi, lança-t-il sans trop d'amabilité.

Mais une autre voix empêcha la vieille femme de lui répondre.

— Notre enquêteur ne désire certainement pas avoir la tête remplie de vos considérations fumeuses, Nanny.

Ils levèrent les yeux pour découvrir Robert qui les observait du palier du premier étage.

— N'ai-je pas raison, Mr. Ash? ajouta-t-il d'une voix à peine teintée de reproche.

Ash se retourna vers la tante des Mariell.

— Je vous interrogerai demain, dit-il d'un ton rassurant, bien qu'il ne s'expliquât pas son comportement.

— Nous vous laisserons tranquille pour ce soir, conclut Robert du haut de l'escalier. Venez, Nanny. Notre hôte ne doit plus être dérangé dans son travail. Bonne nuit, Mr. Ash. Vous ne serez plus importuné.

Il tourna les talons et disparut dans les ténèbres du premier étage. Evitant soigneusement de croiser le regard de David, Nanny Tess s'empressa de suivre son neveu.

Ash la regarda gravir les marches. Puis il secoua la tête, comme pour en chasser l'incompréhension qui l'avait envahie. Il semblait bien que la tante des Mariell ne se délectait pas autant de la présence d'un « fantôme » à Edbrook que le reste de la famille.

7

Ash passa la fin de la soirée à disposer son équipement dans la maison. Il plaça quatre thermomètres, couplés à des systèmes permettant d'enregistrer la plus basse température indiquée durant la nuit, dans l'encoignure des murs et sur le mobilier. Les magnétophones à déclenchement acoustique ultrasensibles furent cachés dans la bibliothèque et la cuisine. Les appareils photo, reliés à des détecteurs de variation de capacitance qui les mettraient en marche au moindre mouvement dans le secteur, étaient installés dans le petit salon et le bureau. A certains endroits, aussi bien au rez-de-chaussée qu'à l'étage, il couvrit le sol d'une fine pellicule de poudre. Il tendit également un fil de coton noir en travers de deux portes.

Plus tard, assis au petit bureau de sa chambre, il étudia le plan sommaire d'Edbrook qu'il avait dessiné à la lumière de sa lampe de chevet, avec son labyrinthe de pièces et de couloirs. De temps en temps, il s'accordait une rasade de la bouteille de vodka qu'il avait posée à portée de main. Il fumait cigarette sur cigarette en prenant des notes sur son carnet et jetait de fréquents coups d'œil en direction de la fenêtre. La nuit paraissait presser sa noirceur contre les vitres.

Finalement il sortit de sa chambre pour déambuler un moment dans la maison en évitant soigneusement les endroits qu'il avait piégés.

Un grand calme régnait à Edbrook. On eût dit que la vieille demeure attendait.

Une horloge sonna faiblement quelque part dans la maison. Armé de sa torche électrique, Ash parcourait le couloir. Il passa devant la porte de sa chambre et continua vers la fenêtre à l'autre extrémité. Bien qu'il fût physiquement las, ses sens et son cerveau avaient gardé toute leur acuité, et son esprit lui faisait l'impression d'être le passager impatient d'un véhicule en piteux état. Kate McCarrick l'avait d'ailleurs défini par ce diagnostic sans appel : « Tu bois trop, tu fumes trop. Un jour — il prendra peut-être du temps à venir, ce jour, David, mais il viendra —, ta cervelle sera aussi ramollie que l'est souvent ton corps. » « Eh bien, ce ne serait peut-être pas une si mauvaise chose, Kate, songea-t-il. Ouais, pas mauvaise du tout. »

Il éteignit sa lampe-torche en approchant de la fenêtre et se colla presque au carreau pour scruter l'extérieur. La couche de nuages avait fini par se déchirer, et des cumulus aux contours argentés étaient suspendus dans la nuit comme des morceaux figés d'avalanches. La lune se découpait sur un large espace de ciel vierge et il semblait que son disque à la blancheur laiteuse avait dévoré tout ce qui se trouvait alentour. Des ombres très nettes s'étalaient sur les pelouses. D'autres formes paraissaient s'ajouter à celles des statues dont les ombres acérées pointaient vers Edbrook en une accusation muette. D'un endroit reculé dans les bois lui parvint le cri étrange d'une créature nocturne.

Ash regardait toujours à l'extérieur, mais ses yeux restaient fixés sur un point de la nuit, car ses pensées l'avaient coupé du présent. L'appel pathétique de l'animal avait éveillé en lui un souvenir plus lointain que les profondeurs les plus reculées de la forêt. Il lui avait rappelé le hurlement aigu qui naguère avait ricoché sur l'eau tumultueuse d'un cours d'eau, et sans doute la vision l'aurait-elle submergé s'il n'avait perçu un bruit derrière lui.

Il fit volte-face et alluma sa lampe-torche. Le rayon déchira l'obscurité et il crut remarquer un vague mouvement près de l'escalier.

Sans hésiter, Ash fonça dans cette direction. Comme il y parvenait, il se rendit compte que la poudre légère qu'il avait disposée sur le palier un peu plus tôt virevoltait devant ses yeux, comme soulevée par un courant d'air.

Stupéfait, il s'arrêta devant le tourbillon que la lumière électrique révélait en myriades de grains brillants. Il n'y avait aucun souffle d'air pour expliquer le phénomène, et personne dans l'escalier. Il consulta un thermomètre accroché à une applique proche. Le mercure était descendu près de zéro. Or il ne ressentait aucun froid.

D'autres sons. Qui provenaient du rez-de-chaussée. Semblables à des pieds nus courant sur le parquet.

Ash s'approcha de la rambarde du palier et balaya le vestibule du rayon de sa torche électrique. Il entrevit une forme grise ou blanche qui disparaissait derrière un coin de mur.

Doucement, d'une voix qui n'était qu'un chuchotement, il appela :

— Christina ?

Il rejoignit l'escalier et passa au travers du nuage de poudre. D'un geste rapide il essuya son visage et descendit à la hâte jusqu'au rez-de-chaussée. Là, il fit courir le rayon lumineux dans toutes les directions. Il constatait avec satisfaction que toutes les portes étaient fermées quand il fut attiré par d'autres bruits. Il pointa la torche vers le fond du vestibule, certain que les sons venaient de la cuisine.

Il s'en approcha sur la pointe des pieds et nota au passage que la porte de la cave, sous l'escalier, était entrebâillée, alors qu'il se souvenait fort bien de l'avoir fermée plus tôt dans la soirée.

La cuisine était naturellement plongée dans l'obscurité quand il y pénétra. Le faisceau lumineux sauta de la table aux placards, de l'évier à la vieille cheminée et au poêle en fonte, du vaisselier à la fenêtre. Un grondement bas, terriblement proche, retentit dans son dos.

Il se retourna d'un bloc, beaucoup trop rapidement pour empêcher la torche électrique de percuter le chambranle de la porte. La lumière mourut sur-le-champ. Avec moins de sang-froid qu'il ne l'aurait souhaité, Ash se plaqua contre le mur et tâtonna à la recherche de l'interrupteur. Il le trouva enfin et l'enclencha. Une lumière assez faible envahit la cuisine, mais elle était largement suffisante pour lui permettre de constater que la pièce était déserte et que la porte donnant sur la terrasse et les jardins était ouverte.

Il entendit quelqu'un au-dehors. L'écho assourdi d'un rire.

Abandonnant la torche électrique brisée sur la table, Ash traversa la cuisine et sortit sur la terrasse. Malgré le clair de lune, il fallut à ses yeux plusieurs secondes pour s'accoutumer au changement, et une ou deux de plus pour ne pas douter de ce qu'il voyait. Une silhouette aux vêtements amples, d'un blanc indistinct, qui paraissait s'éloigner en glissant sur la terrasse. Soudain elle disparut à sa vue.

Les yeux étrécis, le visage baigné par la clarté lunaire, Ash murmura une fois encore la question dans un souffle :

— Christina ?

Il se dirigea vers l'endroit où la forme s'était évanouie, adoptant un pas de course léger. Bientôt il atteignit le court escalier qui menait au parc. Sans doute était-ce ici que la mystérieuse silhouette avait échappé à son regard. Il scruta les massifs de fleurs et les buissons d'arbustes en contrebas, mais nulle présence n'y était visible.

Il descendit les quelques marches de pierre et opta pour le chemin dallé du centre. Ses yeux fouillaient sans cesse les alentours comme il progressait dans la végétation artificiellement disposée. Il arriva enfin devant le muret écroulé. Au-delà, la surface de l'eau, argentée par la lune, paraissait presque attirante.

La fascination qui l'envahissait fut soudain brisée par le bruit de pas précipités sur les dalles de pierre du chemin.

Il fit demi-tour pour affronter ce qui fonçait sur lui et fut aussitôt frappé de plein fouet par une masse sombre. Rejeté en arrière par le choc, il trébucha contre le muret et tomba à la renverse dans le bassin.

Les eaux stagnantes se refermèrent sur son visage dans une étreinte froide et gluante. Ash se débattit en sentant les vrilles à demi putréfiées s'entortiller autour de ses membres. Ses soubresauts eurent pour seul effet de l'emprisonner encore plus. Des nuages de boue s'étirèrent et déployèrent paresseusement un voile sombre dans l'eau où l'homme s'enfonçait peu à peu. La clarté lunaire disparut bientôt à ses yeux.

Tandis qu'il s'efforçait avec frénésie de libérer ses bras de la végétation, il vit monter vers lui une silhouette portée par les tourbillons boueux, une silhouette aux bras écartés, comme crucifiée, à la robe pâle caressée par les courants, et dont la longue chevelure noire se déployait en une corolle de gorgone.

L'eau croupie étouffa le cri de terreur d'Ash.

Edith s'éveilla en sursaut. Les yeux grands ouverts, elle voyait encore les terribles images de son rêve dans les ténèbres de sa chambre.

Elle se redressa dans son lit. Elle tremblait de tout son corps, écrasée par une peur sans limite qui ne la concernait pourtant pas.

— David... s'entendit-elle murmurer.

Sa respiration haletante résonnait curieusement dans la chambre baignée par le clair de lune. Elle s'efforça au calme et concentra toute sa volonté pour retrouver un souffle normal et ralentir ainsi les battements affolés de son cœur. D'une main, elle pressa doucement sa poitrine.

Elle se renversa lentement sur son oreiller. Le poids qui l'écrasait se dissipa peu à peu et elle fixa son regard au plafond, dans le vide. Mais dans son esprit s'imposa une nouvelle fois l'image de ces mains à la blancheur cadavérique.

Des mains qui s'agrippaient à David Ash.

8

Ash se débattait violemment dans les eaux fangeuses. Peut-être essayait-il d'échapper au spectre qui flottait vers lui, à moins qu'il ne tentât de se libérer des vrilles qui l'enchaînaient. Surtout, il était en train de se noyer, et la conscience aiguë qu'il en avait soudain rejetait toute autre peur.

Pourtant, malgré l'horreur d'une mort imminente, il sentit très bien un bras lui enserrer le cou par-derrière. Des bulles s'échappèrent de sa bouche tandis qu'il se tordait furieusement, mais ses efforts étaient de plus en plus faibles. Un brouillard gris s'appesantissait sur ses pensées, et ses poumons paraissaient enrobés d'une molle étreinte. Pendant un éclair de lucidité éclatante, il se retrouva à une autre époque — une sensation de déjà vu —, luttant sans espoir contre des eaux tourbillonnantes, puis une poigne ferme le tirait vers la surface...

Soudain sa tête émergea de l'eau boueuse et l'air frais de la nuit emplit ses poumons avec une force douloureuse. Des mains saisirent ses vêtements, pinçant sa chair sans ménagement dans leur effort pour le hisser hors du bassin. Il fut soulevé au-dessus du muret et ses pieds sortirent enfin des eaux agitées par son combat. Quelqu'un le poussait par-dessous, et il entrevit le visage de Simon, ses cheveux courts collés sur son front. Puis son dos heurta sans douceur une surface dure et il se retrouva allongé sur les dalles inégales du chemin. Il vomit l'eau absorbée par son estomac et ses poumons en de longs spasmes brûlants qui lui tordirent le corps.

Il resta ainsi un long moment, prostré dans une large flaque d'eau, toussant puis aspirant l'air goulûment, l'esprit encore chaviré par l'asphyxie à laquelle il venait d'échapper de justesse.

Il n'aurait pu dire combien de temps s'écoula avant qu'il ne finisse par rouler sur le dos, sa poitrine se soulevant et s'abaissant encore irrégulièrement. Des visages étaient penchés sur lui. Robert, Simon et Nanny Tess, leurs vêtements de nuit mouillés en maints endroits. Le cadet des Mariell était totalement trempé et sa mise dans le plus grand désordre.

Ash voulut parler, leur expliquer, et il désigna d'une main tremblante le bassin. Mais ses paroles étaient incohérentes.

— Quelqu'un... là... qui m'agrippait...

Robert Mariell s'accroupit près de lui et posa une main rassurante sur son épaule.

— Tout va bien, maintenant. Calmez-vous et reprenez votre souffle.

Ash réussit à se redresser sur un coude.

— Non ! Il y avait... quelqu'un d'autre... Une fille... dans l'eau...

Robert échangea un regard impénétrable avec son frère et sa tante. Une quinte de toux serra la poitrine d'Ash comme il essayait de s'asseoir. Il cracha encore un peu de liquide verdâtre et s'essuya la bouche d'un revers de main.

— Nanny, voudriez-vous avoir l'obligeance d'aller brancher l'éclairage du bassin, s'il vous plaît ? dit Robert.

Ash leva les yeux et Nanny Tess disparut de son champ de vision, aussitôt remplacée par le visage indéchiffrable de Christina.

Il roula sur le flanc, cracha encore un peu d'eau et ferma les paupières. Un moment il avait cru... Mais c'était impossible : le peignoir de Christina n'était même pas mouillé, pas plus que ses cheveux. Une lumière soudaine lui fit ouvrir les yeux.

Il s'efforça de se relever et quelqu'un qu'il ne put identifier l'aida. Il tituba sur les quelques pas qui le séparaient du muret. Ses vêtements alourdis par l'eau pesaient horriblement sur son corps fébrile, et il se laissa tomber à genoux pour scruter les profondeurs du bassin. Il sentait la présence des autres derrière lui mais il ne se retourna pas. Occupés eux aussi à contempler l'étendue fangeuse illuminée par les projecteurs, ils ne prononcèrent pas une parole.

D'un regard désespéré, il fouilla les eaux nauséabondes que ne troublaient déjà plus que quelques lentes ondulations à la surface. Il alla jusqu'à plonger une main pour repousser l'écume verdâtre qui se reformait sur l'eau, agitant à peine les plantes aquatiques en décomposition. Ash éprouvait toujours quelque difficulté à respirer normalement, mais il fallait qu'il s'explique.

— J'ai poursuivi quelqu'un depuis la maison, réussit-il à dire. Je l'avais entendu courir...

— Ah, je crois comprendre, fit Robert.

Ash se retourna vers lui et suivit la direction de son regard. L'aîné des Mariell avait les yeux fixés sur la terrasse. Une forme sombre était tapie là, révélée par la clarté lunaire.

Robert claqua des doigts et le chien se dirigea vers eux sans hâte, presque avec mauvaise grâce.

— Je crains que vous n'ayez pris Seeker en chasse. Nous le laissons libre d'aller et venir pendant la nuit.

— Non, non, protesta fermement Ash. J'ai vu une fille. Elle courait... Elle me fuyait.

— Une telle chose me paraît impossible, Mr. Ash. A moins que Christina n'ait eu envie de se promener sous le clair de lune?

Robert sourit à sa sœur pour confirmer le ton de plaisanterie qu'il avait adopté. Elle secoua la tête et fronça légèrement les sourcils.

— Je dormais dans ma chambre. C'est le bruit qui m'a réveillée.

Prenant appui sur le muret, Ash parvint à se relever. Il se sentait encore faible et tout son corps était parcouru d'un tremblement incoercible. Il s'assit sur les briques usées, posa les coudes sur ses genoux et enfouit son visage dans ses mains.

— Non, il y avait...

— J'ai entendu des pas à l'extérieur, le coupa Robert. Je suis allé jusqu'à la fenêtre de ma chambre et je n'ai vu que vous dehors, Mr. Ash. Personne d'autre.

— Mais dans l'eau...

— Seeker vous a pris pour un visiteur indésirable. Il vous a attaqué et vous êtes tombé dans le bassin. Ce qui vous a peut-être sauvé la vie : Seeker peut se montrer extrêmement féroce... (Il indiqua les vrilles toujours visibles dans l'eau sombre.) Vous vous êtes entortillé dans les plantes aquatiques. Avec la panique, vous avez imaginé que quelqu'un vous agrippait.

Mais Ash secoua la tête avec détermination.

— Il n'y a pas d'autre explication, ajouta Robert Mariell sans prêter attention à son geste de mauvaise humeur. A moins, bien sûr, que vous n'ayez rencontré notre fantôme...

Ash écarta les mains de son visage et regarda les Mariell un à un. Peut-être était-ce dû au choc qu'il venait de subir et à la confusion où il se trouvait en ce moment, mais il aurait juré voir sur le visage de Christina l'ombre d'un sourire.

Kate leva son verre de cognac, et son compagnon se rapprocha d'elle sur le canapé. Il fit tinter son verre contre celui de la jeune femme et se pencha pour embrasser ses lèvres. Elle répondit sans grand entrain et rompit presque immédiatement le baiser pour boire une gorgée d'alcool.

Harcourt eut un fin sourire et avala un peu de cognac

lui aussi. Le nœud papillon de son smoking était défait, le col de sa chemise ouvert, et il avait discrètement ouvert le bouton de ceinture de son pantalon pour donner un peu d'aisance à un début d'embonpoint. La lampe posée derrière le canapé éclairait de façon peu flatteuse ses cheveux blonds qui commençaient à se clairsemer.

— J'ai beaucoup apprécié cette soirée, dit Kate d'une voix calme en faisant tourner entre ses doigts le pied court du verre à dégustation.

Elle ôta sa chaussure gauche en s'aidant du bout de la droite et répéta l'opération sur l'autre avec son pied libéré. Puis elle étendit voluptueusement ses jambes enserrées dans le fourreau de la longue robe, et ses épaules s'affaissèrent dans les coussins moelleux du canapé.

— Elle n'est pas encore finie... insinua l'homme.

Elle répondit par une boutade :

— Il ne faut pas abuser des bonnes choses...

— Vous le mériteriez pourtant, susurra-t-il en se glissant près d'elle de nouveau. Je n'ai pas envie de vous laisser seule, pas ce soir.

— On a eu congé, si je comprends bien? lâcha-t-elle avec un haussement de sourcils.

— Hum... non, fit-il en secouant doucement la tête. Pour Hélène, je suis en voyage d'affaires, hors de la ville.

Cette fois, Kate se rembrunit.

— Je n'aime pas ce genre de plaisanterie, Colin.

— Je suis on ne peut plus sérieux, ma chère.

Malgré la légèreté du ton qu'il avait employé, elle comprit qu'il disait vrai.

— Ce n'est pas ce que moi je veux...

La sonnerie du téléphone dans le vestibule l'interrompit.

— Bon Dieu! fit Harcourt après un coup d'œil à sa montre. Il est un peu tard pour passer des coups de fil, non? Laissez sonner. Le malappris se lassera et ira importuner quelqu'un d'autre.

Avec un soupir, Kate s'extirpa des profondeurs du canapé.

— C'est peut-être important. D'ailleurs, il vaudrait mieux que ce le soit, maugréa-t-elle en passant dans l'entrée. A l'heure qu'il est...

Le visage renfrogné, Harcourt sirotait son cognac en écoutant Kate répondre au téléphone.

— McCarrick à l'appareil... (Un silence, puis :) Edith... Il y a un problème?

Dans le petit salon de son cottage de banlieue, Edith Phipps serrait sa chemise de nuit contre sa gorge. Assise dans un fauteuil en osier près de la minuscule table encombrée du téléphone et d'une lampe, le médium jetait autour d'elle des regards apeurés, comme si les ombres de la nuit l'espionnaient.

Sa voix était troublée quand elle parla dans le combiné.

— Kate... Ecoutez-moi. Je crois qu'il est arrivé quelque chose à David.

— Que dites-vous, Edith? la pressa Kate McCarrick d'une voix à peine moins agitée. Vous avez eu des nouvelles de lui?

— Non... Je viens de faire un rêve.

— Un rêve? répéta la jeune femme d'une voix où l'incrédulité le disputait à l'exaspération. Edith, avez-vous une idée de l'heure qu'il est?

— Je suis désolée, Kate. Je ne voulais pas vous réveiller...

— Vous ne m'avez pas réveillée, rétorqua sèchement la voix à l'autre bout du fil, mais Edith ne l'écoutait pas.

— ... Mais mon rêve était tellement fort, tellement effrayant... Kate, j'ai vu David se noyer...

— Calmez-vous, maintenant, dit la jeune femme d'une voix ferme qui ne laissait pas transparaître le malaise qu'elle commençait à ressentir. Ce n'était qu'un cauchemar, voilà tout.

— Non, c'était plus que cela, j'en suis sûre, insista Edith. Il est en danger, je le sens. Tout était très confus... David était sous l'eau, et quelque chose l'entraînait vers le fond. Il était terrorisé...

— Vous me communiquez une prémonition, Edith?

— Je ne parle pas de travail, Kate. Je vous ai appelée parce que vous êtes une amie. Il y a quelque chose de maléfique dans cette maison où David enquête. Je sens une menace planer sur lui.

Malgré son irritation, Kate était consciente de sa propre anxiété.

— Je suis aussi préoccupée que vous, Edith. Malheureusement, il n'y a pas grand-chose que vous ou moi puissions faire cette nuit. Ecoutez, demain matin à la première heure, je contacterai les Mariell. (Elle vit Harcourt appuyé contre le chambranle de la porte; son verre à la main, il la contemplait d'un air sombre.) David aurait dû m'appeler de là-bas cet après-midi, mais il a dû être trop occupé à installer son matériel. J'ai cru comprendre qu'Edbrook était une maison très vaste.

— Vous ne pouvez pas lui téléphoner cette nuit?

Kate se força à ne pas céder.

— Non, nous serions ridicules. Il est beaucoup trop tard pour les déranger.

— Kate...

Elle était décidée à ne pas fléchir, mais elle adoucit sa voix pour répondre :

— Ne vous en faites donc pas, Edith. Je suis certaine que ce n'est qu'un mauvais rêve. Vous vous souvenez que nous avons discuté de David en déjeunant? C'est sans doute cela qui a déclenché votre cauchemar.

— Si vous ne voulez pas les appeler, alors laissez-moi le faire...

— Vous savez bien que c'est impossible. L'Institut garantit la plus entière discrétion à ses clients. Je ne peux même pas revenir sur ce point avec vous. Par ailleurs, je n'ai pas le numéro des Mariell. Je demanderai aux renseignements demain. (Kate détacha son regard du cognac qui miroitait dans le verre d'Harcourt; elle sentait le besoin subit d'une boisson très forte.) Maintenant il faut que vous retourniez vous coucher et que vous arrêtiez de vous inquiéter. Je promets de vous appeler dès que j'aurai des nouvelles de David.

— Kate, je vous en prie...

— Bonne nuit, Edith, dit fermement la jeune femme en raccrochant.

Le médium considéra un moment le combiné en clignant des yeux. Puis elle le reposa d'un geste lent sur la fourche, le regard fixé sur le mur nu en face d'elle, l'esprit obsédé par David Ash.

Pensive, Kate retourna vers le salon. Harcourt lui bloqua le passage de toute sa corpulence.

— Ça avait l'air sérieux, dit-il d'un ton à demi interrogatif.

— C'était un des médiums avec lesquels l'Institut collabore régulièrement, répondit Kate distraitement. Elle était inquiète.

— Une névrosée, c'est évident, lâcha Harcourt avec une pointe de dédain.

— D'habitude elle a autant les pieds sur terre que vous ou moi.

— Quelqu'un qui bavarde avec des fantômes? Allons, Kate! Je veux bien que vous preniez à cœur votre travail de recherche à l'Institut, mais il doit bien y avoir des moments où vous trouvez la pilule difficile à avaler, non?

— Pas si souvent que vous le croyez, rétorqua Kate. Elle le repoussa pour entrer dans le salon où elle prit son verre de cognac. Puis elle se retourna vers lui. Il l'avait suivie.

— Je crois que vous devriez partir, maintenant, Colin.

Harcourt se figea sur place.

— Eh! Qu'ai-je donc dit? Je n'ai pas attaqué l'Institut, ni vous. Je sais combien vous prenez ces choses au sérieux, Kate, mais comprenez qu'il n'est pas toujours facile pour les gens ordinaires dont je fais partie de vous suivre sur votre terrain.

— Je le sais, Colin. Mais je suis un peu fatiguée.

— Préoccupée, vous voulez dire!

— Je n'ai pas envie d'en discuter. Cette soirée a été trop agréable pour la gâcher ainsi.

— Alors pourquoi ne pas la poursuivre? Ecoutez, je ne suis pas censé rentrer chez moi avant demain...

— Appelez votre femme et dites-lui que vous avez conclu votre affaire plus rapidement que vous ne le croyiez. Elle sera ravie de cette bonne nouvelle.

— Vous êtes sérieuse? bégaya Harcourt, incrédule.

Kate acquiesça.

— Mais quelle mouche vous pique? s'emporta l'homme. Est-ce à cause de ce type dont vous discutiez au téléphone? Ce... David, c'est bien ça?

— Je suis simplement fatiguée, répéta Kate. C'est pourquoi je vous demande de ne pas insister, Colin.

Harcourt posa brutalement son verre sur la table basse et se dirigea à grandes enjambées vers la porte, prenant au passage son imperméable jeté sur le dossier d'un fauteuil.

— Je ne vous comprendrai jamais, Kate, maugréa-t-il avec malgré tout plus de résignation que d'amertume.

La réponse de la jeune femme était presque une excuse.

— Je vous appelle demain, Colin.

Il stoppa net sur le seuil de l'appartement.

— Vous ne devriez peut-être pas vous donner cette peine, ironisa-t-il.

— Vous avez peut-être raison.

Avec un rictus écœuré, Harcourt disparut dans le couloir. Kate tressaillit quand la porte de l'immeuble claqua.

Elle s'écroula sur le canapé, son verre de cognac au creux des mains. Une expression anxieuse se peignit sur son visage tandis que ses pensées se tournaient vers David Ash.

Peut-être aurait-elle dû l'accompagner pour ce cas, comme elle l'avait fait en d'autres occasions par le passé. Elle se remémora la dernière enquête qu'ils avaient menée ensemble ; cela remontait à plus d'un an...

9

— Quand es-tu entré dans une église pour la dernière fois? demanda Kate.

— Très bonne question, approuva David.

— En tout cas, tu as une chance de rattraper tout ce que tu as ignoré jusqu'alors.

Il lui reprit sa vodka des doigts et fit la grimace en sentant le tonic qu'elle venait d'ajouter à l'alcool.

— Le poison pur tue plus vite, expliqua-t-elle en s'asseyant à côté de lui sur le canapé.

Elle appuya sur le talon de ses chaussures pour les ôter puis se cala confortablement contre les coussins et but une gorgée de vin blanc. Il attendait patiemment des détails.

— On vient de nous soumettre un cas intéressant aujourd'hui, dit enfin Kate. J'aimerais que tu t'en occupes.

— Il va me falloir entrer dans les ordres?

— Non, mais tu passeras une partie de ton temps dans une église.

— Phénomène de hantise?

— Plutôt de possession, d'après ce que je sais.

Il se leva pour aller ajouter un peu de vodka dans son verre. Kate secoua la tête avec résignation. David revint s'asseoir à côté d'elle.

— Alors, dit-il. Des détails?

— Ce matin, deux hommes sont venus me voir au bureau. Ils m'ont raconté une histoire assez étrange que j'ai eu du mal à avaler, je l'avoue. Le fait qu'il s'agisse de deux ecclésiastiques, apparemment tout à fait raisonnables, m'a décidée.

— Des prêtres sont venus à l'Institut pour demander notre aide ?

— L'un est un pasteur, le révérend Michael Clemens. L'autre le doyen rural. La paroisse du pasteur se trouve à Wexton.

— Où est ce foutu bled ?

— Pas très loin de Winchester. Une petite ville.

— Ça devrait être assez agréable comme coin.

— Pas d'après ce qu'en dit notre saint homme. Il perd ses ouailles. Ses paroissiens commencent à avoir peur de mettre les pieds dans l'église. Ils semblent croire que le démon a pris possession de l'endroit.

David ne put réprimer un rictus ironique.

— Allons, David ! Le pauvre homme était sincère ! Assez déboussolé, c'est vrai, mais il m'a donné l'impression d'un individu raisonnable, comme je te l'ai dit.

— Lui et son doyen rural ne devraient-ils pas plutôt s'adresser à leur hiérarchie ?

— Oh, mais ils l'ont déjà fait. Le révérend Clemens en a d'abord parlé au doyen rural, qui en a référé à son évêque quand la situation a empiré. Et c'est l'évêque lui-même qui leur a donné le feu vert pour contacter l'Institut, mais à la condition expresse que toute cette affaire soit menée discrètement.

— Bien sûr !

— Bien sûr. Ce genre de montage pourrait ridiculiser assez facilement l'Eglise, et j'ai eu l'impression que le doyen rural était totalement opposé à cette solution. Mais sa hiérarchie a tranché et il ne pouvait qu'accepter une enquête menée froidement, scientifique et, ce qui est primordial, avec impartialité.

— Ce pasteur doit être très convaincant.

— Pourquoi dis-tu cela ?

— A ma connaissance, l'Eglise — de n'importe quelle confession — préfère traiter elle-même ce genre de problème. S'ils doivent chasser les démons, ils ont quand même la réputation d'être bien placés pour ce qui est de la pratique, non ? Alors pourquoi faire appel à une aide extérieure et s'exposer au ridicule ?

— Parce que tout le village est au courant de ce prétendu cas de possession. Certains prennent la chose comme une bonne plaisanterie, mais d'autres commencent à vraiment avoir peur. L'évêque veut mettre fin à cette situation avant de se retrouver confronté à de réels problèmes, et c'est pourquoi il a jeté son dévolu sur une organisation extérieure à l'Eglise, dont la réputation lui a paru satisfaisante.

— Eh bien, je suppose que tout cela se tient. Bon : je commence quand ?

— Nous. Pour cette affaire, je t'accompagne.

Ash ne fit aucun effort pour cacher sa surprise.

— Y a-t-il une raison spéciale à cet honneur ?

— Nous aurons une occasion de passer un peu de temps ensemble, répondit-elle en évitant de le regarder. Chacun de nous a été tellement occupé ces dernières semaines... Et puis, il y a longtemps que je ne suis pas allée sur le terrain. Il n'est pas mauvais que je me frotte à la réalité de temps à autre.

Il se demanda s'il n'y avait pas une autre raison à cette décision. Kate ne venait-elle pas pour le surveiller ? Quand elle avait ajouté du tonic à sa vodka, tout à l'heure, n'était-ce pas une façon détournée de lui dire : « Je m'occupe de toi, David. J'ai entendu des bruits, j'ai même reçu une ou deux plaintes, et je dois garder un œil sur toi » ? Mais il savait aussi que Kate ne se souciait pas uniquement de l'image de l'Institut. Elle s'inquiétait pour lui, sincèrement. Et cette attention irritait plus Ash qu'elle ne le touchait. Boire n'était pas un problème pour lui ; il le maîtrisait assez bien. Non, c'est ce malaise intérieur qui le déstabilisait, un démon personnel et insaisissable. Pour cette raison, et parce qu'il ne pouvait définir la source de cette angoisse diffuse qui le rongeait, il n'avait aucun moyen d'y résister. L'alcool, au moins, atténuait ce vertige.

Kate lui prit la main et il fut conscient de lutter contre sa propre nature pour ne pas échapper au contact.

— J'ai pensé que nous pourrions aller à Wexton en voiture demain, dit-elle. Tu veux rester ici, cette nuit?

La question avait été posée avec désinvolture, mais la jeune femme cessa de masser les phalanges de son pouce en attendant sa réponse.

— J'aurai besoin de prendre quelques affaires...

— Nous pourrions faire un saut chez toi demain. C'est sur la route.

Il s'étonna de chercher d'autres prétextes pour ne pas rester. Qu'est-ce qui ne tournait pas rond chez lui?

— Ton enthousiasme fait plaisir à voir, dit-elle tristement.

— Kate, j'aimerais vraiment rester ici ce soir. C'est moi qui te le demande.

Trop tard, bien sûr, mais elle referma la main sur la sienne.

— Peut-être pourrons-nous parler... plus tard?

Elle pensait au moment où ils seraient nus tous deux, leurs corps s'effleurant dans l'obscurité, isolés du monde entier. Des instants où, conscients de leur vulnérabilité, ils étaient enfin capables de se livrer l'un à l'autre.

— Le faut-il vraiment? demanda-t-il, et elle perçut très nettement la réticence qu'il essayait de dissimuler.

Elle ferma les yeux une seconde avant de répondre :

— Tu le sais bien.

Ils auraient dû parler, mais ils ne l'avaient pas fait cette nuit-là. Kate tenta bien d'engager la conversation sur ce terrain glissant, mais sans insister. La fougue avec laquelle ils avaient fait l'amour les avait épuisés autant l'un que l'autre. David était souvent maussade, voire exaspérant à force d'introversion, mais il ne manquait jamais de passion. Et Kate en remerciait le ciel.

La jeune femme quitta le rond-point et engagea la Saab sur la route de Winchester. Wexton devrait bientôt apparaître sur les panneaux indicateurs. Elle jeta un coup d'œil à David et vit qu'il s'était assoupi. La tête penchée en avant, son menton touchait presque sa poitrine. Vraiment, il est agréable d'avoir de la compagnie quand on voyage ! songea-t-elle. Du moins il avait offert de prendre sa voiture, mais elle avait refusé. D'abord parce que son automobile était dans un état plus que douteux ; ensuite parce qu'elle n'aimait pas du tout la façon dont il conduisait parfois. Il n'était pas complètement irresponsable, certes, mais un jour on le contrôlerait pour un simple excès de vitesse, et alors... Finalement, un retrait de permis serait peut-être une très bonne chose, conclut-elle.

« David, réveille-toi ! pensa-t-elle. Eveille-toi à toi-même ! Pour nous deux, avant qu'il ne soit trop tard... »

— Réveille-toi, David ! dit-elle enfin d'une voix forte. Nous arrivons.

En bâillant, il s'éveilla.

Mais pas à lui-même, songea-t-elle. Pas encore.

La porte de l'église était entrouverte, et Ash se glissa à l'intérieur. Il n'en conçut aucun réconfort ; il faisait simplement plus frais dans l'édifice qu'au-dehors. Les églises étaient-elles donc toujours aussi glaciales ? La chaleur spirituelle était une chose, mais ces endroits saints seraient peut-être plus fréquentés si on y négligeait moins la chaleur physique. Il marcha jusqu'à l'allée centrale. Ses pas résonnaient fortement, et il s'amusa à imaginer quelque suiveur fantomatique qui imiterait le moindre de ses gestes.

Il s'arrêta et contempla un instant la grande allée qui menait jusqu'à la nef et à l'autel. Rien de sinistre ici, décida-t-il. En revanche, il jugea l'éclairage assez misérable. Pour Ash, la vision du maître-autel avec son drap de lin, ses chandeliers et sa croix dans la lumière grisâtre filtrant à travers des vitraux très quelconques ne lui procurait aucun sentiment d'élévation spirituelle. Alors qu'il allait se détourner, il aperçut une forme agenouillée devant la table de communion.

Il entendit des voix derrière lui et reconnut celle de Kate. Jetant un coup d'œil par-dessus son épaule, il la vit qui entrait avec un homme — le révérend Michael Clemens, sans aucun doute — par la porte qu'il avait empruntée quelques instants auparavant. L'homme d'Eglise pouvait avoir quarante ou quarante-cinq ans, et il était aussi maigre de corps que de visage. Il était assez peu remarquable si l'on exceptait ses énormes lunettes à monture d'écaille et aux verres très épais, particulièrement sur les bords. Lorsque Kate présenta les deux hommes, la poignée de main du pasteur se borna à un simple sursaut de l'avant-bras ; il n'offrit aucun sourire, et son visage ne reflétait que l'anxiété.

— Je vous suis très reconnaissant d'être venus, dit-il. Peut-être réussirez-vous à convaincre mon évêque que Saint-Marc a cessé d'être un endroit pour les chrétiens.

— Je pense qu'on vous a mal informé, répondit aimablement Ash. J'ai l'intention de prouver qu'il n'y a aucune intervention démoniaque ici. Du moins pas dans le sens d'une hantise authentique.

Le révérend lança un regard incrédule à Kate.

— Mais je pensais...

— Dans la plupart des cas, expliqua la jeune femme, les phénomènes dits « paranormaux » ou « surnaturels » que l'Institut de Recherches Métapsychiques a étudiés se sont trouvés avoir des causes tout à fait naturelles, mais les circonstances étaient souvent inhabituelles. Mr. Ash est passé maître dans l'art d'élucider ce genre de mystère.

— Je vois, dit le révérend Clemens avec dans la voix ce qui ressemblait fort à de la déception. Je pense néanmoins que cette fois vos efforts pourraient bien ne pas être couronnés de succès...

Ash choisit la modération pour répondre.

— Je dois vous informer que ce genre de phénomène est presque toujours le fait de plaisantins ou de vandales. Sinon, il peut s'agir de quelqu'un ayant un ressentiment personnel par rapport à l'Eglise ou même vous.

— Je suppose qu'on vous a dit ce qui s'est passé ici ?

— David aime commencer ses enquêtes avec le moins de renseignements possibles sur la façon dont le phénomène se manifeste.

— Pour m'éviter des idées préconçues, expliqua David. Mais nous pourrions peut-être faire une exception aujourd'hui.

Kate leva vers lui un regard surpris.

— Nous gagnerions peut-être beaucoup de temps, lui dit-il.

— Du sang, Mr. Ash.

Kate et David retournèrent leur attention vers le révérend.

— Les murs et les statues étaient barbouillés de sang. Les vêtements sacerdotaux en étaient trempés. Un matin, j'ai découvert les fonts baptismaux remplis de sang.

— Des excréments quelque part ?

— Je vous demande pardon ?

— Les gens qui s'introduisent dans les églises dans le but de les souiller emploient généralement les moyens les plus sales. Les excréments et l'urine sont le plus souvent utilisés.

— Non, rien de semblable ici. Rien d'aussi dégoûtant.

— Beaucoup de personnes trouvent le sang assez dégoûtant, remarqua David. Où sont ces habits sacerdotaux ? Nous pourrions faire analyser le sang.

— Hélas, je les ai brûlés. Je n'avais aucune envie qu'ils me rappellent ce sacrilège.

— Dommage. D'autres manifestations ?

— Il y a deux nuits, le rideau derrière l'autel a pris feu. Nous avons eu de la chance que toute l'église ne parte pas en fumée !

Le révérend les précéda dans l'allée centrale et leur désigna les statues disséminées le long des murs latéraux.

— Regardez les dégradations qu'elles ont subies. J'ai moi-même enlevé à la brosse le plus gros des taches obscènes.

Ash remarqua la disparition de la personne agenouillée devant la table de communion, mais un large pilier masquait une partie du mur et il supposa qu'il y avait là une porte. Comme ils approchaient de l'autel, il vit qu'il ne s'était pas trompé : dans un renfoncement du mur, il discerna une petite porte latérale.

— L'orgue a été tellement abîmé qu'il n'est plus question de le réparer, disait le révérend en montrant la chaire du doigt. Les sculptures ont été martelées, et il y a des éraflures sur le bois, comme des coups de griffes. Et regardez la porte latérale...

Il les emmena jusqu'au renfoncement que David avait déjà remarqué.

— On dirait qu'elle a été attaquée à la hache ! Et c'est la même chose avec la porte d'entrée.

— Je n'avais pas fait attention, dit Ash.

— Bien sûr ! Ces marques sont du côté intérieur des portes. Elles n'ont pas été faites par quelqu'un qui voulait entrer, Mr. Ash...

David s'approcha pour examiner la porte latérale et son visage se rembrunit brusquement.

— Et je ne vous ai pas encore parlé des cierges. Plus d'une fois je les ai découverts tous allumés en entrant ici pour mes prières matinales.

— Le presbytère n'est pas très loin. N'avez-vous jamais vu ou entendu quelque chose de suspect ? intervint Kate.

— Miss McCarrick, j'ai veillé des nuits entières sans rien voir bouger autour de Saint-Marc. Le seul son que j'ai jamais entendu en pleine nuit est le glas de l'église. Et je pense que vous serez d'accord avec moi que rien de tout cela n'est d'origine humaine quand vous aurez visité le clocher.

L'ascension du beffroi laissa David hors d'haleine. Et un peu tremblant aussi, car la dernière volée de marches était d'un bois dangereusement vermoulu.

— Si vous voulez bien attendre une seconde, je vais allumer, dit l'ecclésiastique en se hissant par la petite trappe menant au clocher même. J'ai peur que la lumière ne soit pas très fameuse ici.

Kate et David en comprirent la raison quand ils eurent grimpé derrière lui. Les fenêtres étaient condamnées par des planches de bois entrecroisées qui ne laissaient entrer que de minces rayons de lumière. Une unique ampoule électrique nue pendait au bout de son fil à une traverse du toit.

Ash désigna les énormes cloches montées au-dessus de grands trous pratiqués dans le plancher.

— Je vois ce que vous voulez dire. Il n'y a pas de corde pour les faire sonner.

— Et pas de battant, Mr. Ash. Ils ont disparu avant même que je vienne ici, et personne ne semble se souvenir pourquoi ni comment. Et les rouages de la demi-roue qui leur permet de se balancer sont depuis longtemps soudés ensemble par la rouille. Je crains que la paroisse n'ait tout simplement pas les moyens de les remettre un jour en état. Et les fidèles de Wexton sont loin d'avoir la générosité suffisante pour financer de tels travaux.

Il se pencha sur la cloche la plus proche et du plat de la main ôta un peu de l'épaisse couche de poussière qui en couvrait la panse.

— Vous le voyez, ces cloches sont inutilisables. Et pourtant l'une d'entre elles a retenti plusieurs fois dans les semaines passées, en pleine nuit. Quand je l'ai entendue, j'ai eu l'impression d'un glas qui sonnait.

La journée se terminait quand Kate posa enfin la question qui la tracassait :

— Pourquoi avoir fait une exception ?

— Quoi ?

Elle ouvrit la portière de la Saab.

— Tu as demandé des détails avant même de commencer ton enquête. Je me demande pour quelle raison.

— Une idée comme ça, répondit évasivement Ash.

— Tu soupçonnes une intervention humaine, c'est bien ça ?

— Voyons, Kate, tu sais bien que c'est de cela qu'il s'agit.

La jeune femme eut un sourire.

— A toi de le prouver... (Puis, redevenant soudain grave :) David, nous n'avons pas parlé...

— Ils m'attendent pour dîner. Notre révérend et sa femme voudront que j'assiste aux actions de grâces.

— Ils attendront.

— Non. Le moment est mal choisi pour discuter de nous, Kate. Retourne à Londres. Nous parlerons quand j'aurai réglé cette affaire.

— Comme d'habitude tu recules l'échéance.

— Nous nous sommes mis d'accord depuis le début : pas de relation à plein temps. Tu t'en souviens ? Nous le désirions tous les deux. Bon Dieu, après ton mariage, je croyais que tu tiendrais particulièrement à cette condition...

— Il m'arrive d'oublier, rétorqua-t-elle.

Elle s'installa derrière le volant et mit le contact. Avant de refermer la portière, elle dit, sans le regarder :

— Tu m'appelleras, n'est-ce pas ?

— Kate...

A travers la vitre, elle osa enfin croiser son regard pendant une seconde. Puis la Saab s'éloigna.

Ash suivit la voiture des yeux. Il ne se culpabilisait pas de son attitude, mais elle le désespérait. Que voulait-il vraiment ? Pourquoi fallait-il qu'il laisse tout pourrir ainsi ? Non, ce n'était pas exactement cela : il laissait ses relations s'assagir d'elles-mêmes car, s'il ne voulait pas faire souffrir autrui, il ne désirait pas donner trop non plus.

Il reprit le petit chemin qui menait au presbytère et trouva le révérend Clemens qui l'attendait sur le seuil.

— Nous allions commencer à dîner, Mr. Ash. Rosemary m'envoyait justement vous chercher.

Il entra dans la maison en compagnie du pasteur, en regrettant presque d'avoir accepté son hospitalité jusqu'à la fin de l'enquête. Une chambre à l'auberge du village aurait sans doute été plus agréable, bien qu'il semblât assez logique de loger près de l'église.

Pendant tout le repas, le pasteur lui raconta l'histoire de Wexton, de ses habitants et plus particulièrement de ses fidèles. Il exprima le regret intense qu'il éprouverait si Saint-Marc devait être fermée à cause de ces phénomènes, et la probabilité qu'il soit alors envoyé avec sa femme dans une autre paroisse. Plusieurs fois durant le dîner, Ash nota que Rosemary le fixait d'un regard assez peu conforme à la morale chrétienne qu'elle ne détournait pas immédiatement quand il posait les yeux sur elle. Il remarqua également qu'elle faisait une consommation de vin au moins égale à la sienne. Elle était bien en chair mais sans excès, assez attirante pour tout dire, et paraissait avoir quelques années de moins que son mari.

Le repas terminé, il quitta la table et le presbytère avec un véritable soulagement car la conversation du pasteur était des plus lugubres et les œillades de sa femme de plus en plus appuyées. Il se rendit dans l'église pour y installer tout son matériel, puis il alla téléphoner à Kate d'une cabine publique dans la rue principale du village. Pas de grandes nouvelles à lui annoncer, lui expliqua-t-il. En fait, il ne trouva pas grand-chose à lui dire. Mais il pouvait deviner la conversation qu'elle imaginait :

— *Nous parlerons demain.*

— *Si tu veux. Ecoute, Kate, il faut d'abord terminer cette enquête.*

— *Bien sûr, David. L'enquête est prioritaire.*

— *Ce n'est pas ce que je voulais dire...*

— *Je le sais. Tiens-moi au courant, David. De tout.*

Elle lui souhaita sèchement une bonne nuit et raccrocha. Il se dirigea alors vers le pub le plus proche et y resta quelque temps. Puis il retourna au presbytère.

Le révérend Clemens lui avait confié un double des clés et il prit soin de faire le moins de bruit possible en montant se coucher. Il ne tentait pas à réveiller ses hôtes à une heure aussi tardive.

Il allait entrer dans sa chambre quand il sentit — ou entendit — une présence derrière lui.

La porte en face de la sienne était ouverte, et Rosemary Clemens se tenait sur le seuil de sa chambre, une main fermant sa chemise de nuit non boutonnée.

— Vous m'avez surpris, dit-il.

Elle lui répondit d'une voix feutrée :

— Je voulais vous présenter des excuses pour le dîner. Vous avez dû horriblement vous ennuyer.

Il la considéra avec étonnement.

— Mon mari a tendance à ne parler que de son travail et de ses ouailles, enfin ce qu'il en reste ! Et il peut devenir assez amer, comme vous l'avez vu.

Ash se sentait très embarrassé. La jeune femme n'était qu'à quelques pas de lui, et sa main avait abandonné le col de sa chemise de nuit. Il fit de son mieux pour ignorer le décolleté vertigineux qu'elle révélait.

— Il n'y a vraiment pas de quoi vous excuser, dit-il.

Elle s'avança vers lui.

— Voulez-vous boire quelque chose avant de vous coucher ? Un petit alcool ? J'ai du mal à m'endormir aussi tôt. Michael, lui, n'a pas de problème...

D'un mouvement de la tête, elle lui désigna une porte à l'autre bout du couloir.

— Nous faisons chambre à part, vous savez, David. Depuis déjà plusieurs années...

— Euh... il est presque minuit, et je dois me lever tôt demain.

— Mais vous aimeriez certainement boire quelque chose, n'est-ce pas ? roucoula-t-elle en s'approchant encore. J'aimerais... *discuter* un peu avec vous. Vous ne savez pas ce que c'est que de...

Elle se tut brusquement. Tétanisés, ils écoutèrent le son de la cloche qui déchirait la nuit.

Dans la Saab, Kate se recroquevilla sur son siège. Elle était transie de froid et s'ennuyait à mourir. Deux nuits auparavant, quand elle avait dit à David qu'elle avait besoin d'aller sur le terrain, elle ne s'imaginait pas en train de geler dans sa voiture. Elle souffla dans ses mains pour les réchauffer.

A cette heure de la nuit, il n'était pas très difficile de croire Saint-Marc hantée, avec son cimetière bordant la route et les ombres lugubres des pierres tombales. La simple vue du clocher se découpant sur les nuages sombres, avec ses étroites ouvertures plongées dans un noir total, lui donnait presque le frisson. Elle n'enviait pas du tout David qui, la nuit précédente, avait dû escalader ces marches branlantes pour découvrir comment la cloche avait pu sonner.

Quand il était entré dans l'église, il avait trouvé chaque élément de son équipement de détection détruit ou bousculé. Les murs et les statues étaient aspergés de sang, les bancs renversés. Et tous les cierges étaient allumés.

Mais il n'avait surpris aucun intrus.

Pas même dans le beffroi.

Les échos de l'unique et monstrueux coup de cloche s'étaient déjà dissipés quand il était entré dans Saint-Marc. Il était arrivé dans le clocher pour constater piteusement que celui — ou ce — qui avait fait sonner la cloche s'était évanoui en laissant le matériel hors d'usage...

Kate résista à la tentation de mettre en marche le moteur de la Saab afin de brancher le chauffage quelques minutes. Elle espérait sincèrement que David, qui avait gardé son double de clé et s'était introduit sans bruit dans l'église, gelait sur pied! Le pasteur et sa femme le croyaient reparti à Londres pour faire réparer son équipement, et l'enquête suspendue pour un jour ou deux. Mais Kate l'avait ramené elle-même un peu plus tôt dans la soirée, après qu'il lui eut rapporté les bavardages entendus dans un pub, le meilleur endroit pour connaître la véritable vie d'une petite ville comme Wexton. Maintenant encore, elle n'était pas sûre que cette affaire ne concernât pas la police locale ; après tout, il y avait là un délit évident. Mais la décision ne revenait pas à l'Institut, bien entendu. Seul le pasteur ou ses supérieurs pouvaient décider d'éventuelles poursuites judiciaires. Et si le révérend Clemens n'avait pas fait une telle fixation sur sa « possession démoniaque », il aurait peut-être demandé l'aide de la police municipale.

D'une main, Kate essuya la buée qui couvrait le pare-brise. Elle retint sa respiration quelques secondes pour scruter les ténèbres extérieures. Et elle la vit de nouveau. Une silhouette sombre qui progressait furtivement entre les tombes du cimetière. En direction de l'église.

« J'espère que tu ne t'es pas endormi, David », songea Kate en ouvrant la portière de la Saab aussi silencieusement qu'elle le put.

Assis derrière un pilier au fond de l'église, Ash frissonnait. Malgré son manteau aux revers croisés sur sa poitrine, il était transi de froid. De temps à autre, la lune apparaissait entre les nuages et un rayon frappait les vitraux, perçant d'une clarté blafarde les ténèbres qui baignaient l'église.

Soudain, il perçut un bruit.

Un courant d'air caressa son visage, et il comprit qu'on venait d'ouvrir une porte. Alors il vit la silhouette curieusement contrefaite qui se déplaçait dans l'obscurité.

Ash conservait une immobilité parfaite, curieux de voir ce que l'intrus allait faire.

Une allumette fut craquée, et le bruit ténu se multiplia dans l'immense caisse de résonance formée par l'église.

La silhouette tendit un bras et la flamme d'un cierge brilla, puis celle d'un autre. La forme se déplaçait lentement autour de la nef, allumant chaque cierge avec méthode. Peu à peu la lumière augmentait, à tel point que David se renfonça dans son siège bien qu'il fût toujours dans l'ombre. A présent la silhouette mystérieuse était pleinement visible.

L'individu était voûté, comme bossu, et portait une longue robe, peut-être de moine, la tête cachée par une ample capuche. Ash comprit bientôt pourquoi l'intrus lui avait paru difforme, car maintenant il se redressait, un objet manifestement lourd entre les mains.

Sous le regard aigu de l'enquêteur, le mystérieux visiteur se mit à inonder l'autel du liquide contenu dans le jerrican.

Kate avait pris la torche électrique dans la Saab, mais elle ne l'avait pas allumée. Elle avança jusqu'à la barrière du cimetière et attendit que la silhouette ait disparu devant elle pour y pénétrer. Elle serra les dents tandis que la vieille grille rouillée grinçait sinistrement sur ses gonds.

Elle trottina sans bruit entre les tombes, peu désireuse de perdre trop longtemps de vue l'intrus qui, elle s'en doutait, se dirigeait vers la porte latérale de l'église. Le gravier crissa sous ses pieds et elle s'empressa de marcher sur l'herbe bordant les tombes. Elle dut se retenir pour ne pas utiliser sa lampe électrique.

Elle atteignit l'angle de l'église et risqua un coup d'œil rapide. Il n'y avait plus aucun signe du visiteur nocturne.

Un bruit léger sur sa droite attira son attention. Il était là; une ombre parmi les ombres des pierres tombales. A présent, il s'éloignait rapidement de l'église.

Les yeux de Kate s'étrécirent. Cela ne se pouvait pas! Il se dirigeait vers le presbytère.

Ash s'accroupit derrière le banc le plus proche quand

l'intrus remonta l'allée centrale, un cierge à la main pour se guider.

La silhouette s'immobilisa plusieurs secondes avant de tourner lentement sur elle-même, comme si elle sentait la présence de David, et celui-ci se tassa un peu plus derrière le banc. Retenant son souffle, il attendit que les pas reprennent et releva la tête. Dans le halo formé par la flamme du cierge tenu près de sa poitrine, l'étrange visiteur disparut par la porte qui menait au clocher.

La cage d'escalier s'éclaira faiblement à mesure qu'il montait les marches de pierre. Puis la lueur diminua dans les hauteurs, avant de disparaître. Ash se remit debout et se dirigea rapidement vers l'autel où les cierges ôtés des chandeliers continuaient de brûler, faisant miroiter le liquide déversé là.

Il grimpa les quelques marches de l'autel d'un bond, craignant que les cierges ne se consument au-dessus de flaques d'essence.

Il ne sentit pas l'odeur caractéristique du carburant mais une autre, lourde et déplaisante. Il s'arrêta devant l'autel et trempa le bout des doigts dans le liquide. Quand il les leva devant ses yeux, il vit qu'ils étaient poissés de sang.

— Plus un geste!

Kate alluma la torche électrique et en braqua le rayon droit dans les yeux de l'homme.

Elle l'avait vu déployer des trésors de précautions pour avancer sans bruit jusqu'au presbytère, où il avait risqué un ou deux rapides coups d'œil par les fenêtres éclairées. Alors qu'il s'approchait de la porte, Kate avait trébuché sur quelque chose sur le sol. Il avait fait volte-face en se ramassant sur lui-même, comme prêt à une attaque en force. La jeune femme n'avait d'autre choix que l'offensive : elle l'avait donc aveuglé avec sa lampe électrique.

— Qu'est-ce que vous faites? demanda-t-elle, en espérant que sa peur n'altérait pas la fermeté de sa voix.

— Eteignez cette foutue lumière! répondit sèchement l'autre.

Pas question, songea Kate, j'ai l'avantage.

— Je vous ai posé une question. Qu'est-ce que vous manigancez?

— Occupez-vous de vos oignons et détournez cette foutue lumière!

L'homme avança d'un pas vers Kate qui faillit bien tourner les talons et fuir.

Nous faisons assez de bruit pour que David nous entende, se sermonna-t-elle, sans parler des gens dans le presbytère. Tiens bon, et ne te laisse pas intimider!

La porte du presbytère s'ouvrit, et la lumière de l'intérieur inonda l'intrus.

— Que se passe-t-il?

Kate reconnut immédiatement la voix de la femme du pasteur, Rosemary.

— Eric, c'est toi?

L'homme ne fit même pas mine de se tourner vers elle.

— Ne dis rien, Rosemary.

Sur le seuil du presbytère, la femme cherchait à scruter les ténèbres au-delà de l'homme appelé Eric, les yeux plissés dans l'éclat de la lampe électrique pour tenter de discerner qui la tenait.

— Michael? Tu m'avais dit que tu devais dîner avec le doyen ce soir et que tu rentrerais très tard...

Kate comprit soudain beaucoup de choses.

— C'est vous deux qui avez monté toute cette mise en scène, n'est-ce pas? Vous jouez les vandales dans l'église! Mon Dieu, c'est une farce bien malsaine que vous faites à votre mari, Mrs. Clemens!

— Qui est-ce? s'affola Rosemary. Qui êtes-vous?

Kate approcha, la torche toujours braquée sur l'homme comme une arme.

— Kate McCarrick, Mrs. Clemens. De l'Institut de Recherches Métapsychiques. J'accompagnais David Ash, hier.

— Mais... Que faites-vous ici?

La femme du pasteur s'agrippait au chambranle de la porte, n'osant comprendre ce que signifiait ce dialogue.

— Vos activités extra-conjugales ne m'intéressent pas, dit Kate en avançant dans la lumière de la porte. D'ailleurs, vos frasques semblent connues de tout le village. Mais tenter de lui faire perdre la boule en souillant son église, voilà qui me paraît un peu fort! (Elle éteignit la torche électrique, et l'homme se passa une main sur les yeux avec soulagement.) Pourquoi tourmenter ainsi votre mari, Mrs. Clemens? Qu'espérez-vous?

— Elle délire! prévint Eric en parlant de Kate. Elle est complètement siphonnée!

— Je crois que vous aurez à expliquer beaucoup de choses, tous les deux, fit calmement Kate. Et cela m'étonnerait fort que la police se montre très indulgente pour ce que vous...

Elle se tut d'un coup, et ils se tournèrent tous les trois vers la masse sombre de l'église. Dans le beffroi, de nouveau, une cloche venait de sonner.

Ash s'élança à l'assaut des marches de pierre. Le son de la cloche résonnait monstrueusement dans l'étroite cage d'escalier, comme un appel rageur, et il grimpait aussi vite que le lui permettaient ses jambes déjà lourdes et son souffle court. Il trébucha et s'écorcha un tibia mais reprit aussitôt son ascension. Il était déterminé à découvrir l'identité de la personne qui « hantait » Saint-Marc et surtout à s'assurer qu'elle était bien celle qu'il soupçonnait. Une atmosphère très déplaisante planait dans ce lieu de culte, quelque chose d'indéfinissable et de malsain qu'il ne pouvait s'empêcher de ressentir. Pourtant il était persuadé que cette impression ne devait rien à une influence démoniaque. L'état de pourriture — il ne trouvait aucun autre terme — expliquait certainement plus la désaffection des offices qu'une perte de foi des paroissiens. Les croyants de Wexton se détournaient de l'église du révérend Clemens pour des raisons qui lui semblaient à cent lieues d'un hypothétique déclin spirituel.

Il atteignit le deuxième palier et s'arrêta un instant pour reprendre son souffle, la torche électrique éteinte pendant au bout de son bras. A partir d'ici, les marches étaient en bois, donc elles risquaient fort de craquer. Il décida de coordonner chaque pas avec le son ou l'écho de la cloche. En levant les yeux, il pouvait apercevoir la faible clarté du cierge à travers la trappe ouverte de la petite salle des cloches.

Il se reposa encore quelques secondes puis reprit son ascension, avec une prudence accrue, vers la source du bruit assourdissant.

La flamme vacillante disparut soudain, comme si son porteur cachait sciemment le cierge. Ash progressait lentement, une main devant lui pour s'appuyer sur les marches. Arrivé sous la trappe, il s'accroupit en montant encore deux marches puis releva la tête de façon que ses yeux soient au niveau du plancher. De l'autre côté de la petite pièce, la silhouette encapuchonnée s'affairait, agenouillée face au mur.

Sans la quitter des yeux, Ash sortit de l'escalier et prit pied sur le plancher. L'autre était trop absorbé par ce qu'il faisait pour rien remarquer, et le son des cloches, d'une intensité douloureuse, couvrait les bruits que pouvait provoquer le nouveau venu. Pourtant aucune des cloches ne bougeait.

— Eteignez ça ! hurla David, incapable de supporter plus longtemps un tel vacarme.

Mais l'autre ne parut pas l'entendre, ce qui n'avait rien de surprenant. Sa prudence soudain balayée par une bouffée de colère, Ash se mit debout et alluma sa torche électrique qu'il braqua sur la forme prostrée près du mur.

— Eteignez ça !

L'autre parut se raidir et garda une immobilité totale

pendant une ou deux secondes. Puis il pivota lentement sur lui-même.

Avant que le rayon lumineux ne la frappe de plein fouet, on aurait pu croire la capuche vide tant l'ombre qui l'emplissait était profonde. A mesure que l'intrus relevait la tête, pourtant un visage apparaissait.

— Eteignez !

Ash savait que l'autre ne l'entendait pas, mais il était furieux et il s'approcha, prêt à le repousser sans douceur pour réduire le mécanisme au silence à coups de pied. Mais le pasteur sembla comprendre, se retourna et d'un simple geste ferma un interrupteur.

Le soulagement fut immédiat, bien que l'écho du vacarme mît quelque temps à disparaître.

Ash et Kate McCarrick traversèrent le cimetière en direction de la Saab.

— Qu'ils se débrouillent, conclut David. Nous avons fait notre boulot, à eux le reste.

Derrière eux, l'assistant du doyen rural referma la porte du presbytère, tandis que le doyen lui-même parlait doucement avec le révérend Clemens.

— Le rapport de l'Institut ne lui sera d'aucune aide, dit Kate.

Elle se sentait un peu déprimée, non pas parce que le cas se résumait à une faiblesse humaine, mais à cause de la sympathie qu'elle éprouvait pour le pasteur.

— Ce n'est pas de notre ressort, répondit Ash en se refusant à tout attendrissement. Il aurait dû s'adresser à ses supérieurs et leur demander de l'aide.

— Un pasteur a peut-être du mal à parler à sa hiérarchie des infidélités commises par sa femme avec la moitié de sa paroisse...

Ash haussa les épaules.

— Pas la moitié, quand même, mais assez pour alimenter les bavardages. Je crois qu'il en était venu à détester ses paroissiens et leurs potins plus encore que sa femme.

— Mais de là à simuler une possession...

— Il voulait que Saint-Marc soit fermée, pour partir de Wexton et prendre un nouveau départ ailleurs. Qui pourrait lui en vouloir?

Kate ouvrit sa portière tandis que David contournait la voiture. Ils se calèrent avec un soupir de contentement sur les sièges froids. Ash passa ses deux mains sur son visage.

— Bon Dieu! Je suis éreinté, grogna-t-il.

Kate referma sa portière.

— Ne t'endors pas pendant le retour : j'ai besoin qu'on me tienne compagnie quand je conduis à cette heure de la nuit... (Elle consulta l'horloge encastrée dans le tableau de bord.) Du matin, plutôt. Tu savais depuis le début?

Il eut une moue fatiguée.

— Disons que je m'en doutais. D'abord j'ai trouvé notre révérend un peu trop névrosé par cette histoire de sang. Pas la peine de faire analyser celui déversé sur l'autel, je parie qu'il est d'origine animale. Clemens a probablement enterré les cadavres de quelques chiens errants ou de chats — peut-être même d'un mouton — dans les champs alentour, à moins qu'il ne s'en soit débarrassé dans la rivière la plus proche.

— Quelle horreur! Pour un homme de Dieu!

— C'était avant tout un homme poussé à bout. Peut-être un peu déséquilibré aussi. Qui sait si tout est la faute de Rosemary? Ce qui m'intéressait, c'était de savoir comment il faisait tout cela. (Il sortit un paquet de cigarettes de sa poche, en prit une et l'alluma.) Le sang, les cierges, les feux, les actes de vandalisme, tout ça était très facile à réaliser pour quelqu'un ayant accès à l'église. Il avait essayé de donner à la profanation un caractère diabolique mais, quand on y réfléchit, les dégâts n'étaient jamais très importants. S'il avait vraiment perdu les pédales, ou si ses vœux ne l'avaient pas retenu, il aurait très bien pu mettre le feu à l'église. Mais j'étais surtout intrigué par la façon dont il pouvait faire sonner la cloche.

— Un lecteur de cassettes déclenché par une minuterie, n'est-ce pas ?

— Exact. Il n'a pas eu le temps de le régler aujourd'hui parce qu'il a passé presque toute la journée avec le doyen.

. Kate mit le contact et le moteur de la Saab s'éveilla.

— Rosemary a cru qu'il resterait chez le doyen une bonne partie de la nuit, et elle a pensé que la voie était libre pour sa dernière conquête.

— Oui, mais le révérend a pris congé du doyen plus tôt que prévu, sous un prétexte ou un autre. Il était certain que j'étais retourné à Londres... Son subterfuge était quand même bien ridicule : tôt ou tard j'aurais découvert son système derrière les planches, même s'il m'avait fallu démonter entièrement le clocher pour ça.

— Je suppose que le raisonnement n'a pas grand-place dans l'affaire.

Ash tira sur sa cigarette et se détendit sur son siège.

— Ni le mystère. Tout ça était d'une telle transparence... Pourtant, il reste un petit détail que je ne m'explique pas...

Kate lui lança un regard interrogateur.

— Il y a deux jours, la première fois que je suis entré dans l'église, j'ai vu quelqu'un près de la table de communion. Quelqu'un qui était accroupi ou de petite taille. Peut-être un enfant... J'ai supposé que cette personne était sortie par la porte latérale, mais quand nous avons examiné celle-ci deux minutes plus tard, les verrous intérieurs étaient fermés. Et pourtant il n'y avait aucun moyen pour cette personne de retourner vers la grande porte sans que nous la voyions, et pas d'autre issue...

Kate suivit le regard pensif qu'il jetait à l'église, au-delà du cimetière.

10

La vapeur montait en volutes légères vers le plafond et se déposait en une myriade de gouttelettes sur le carrelage mural blanc de la salle de bains. L'eau clapotait sous les mouvements vigoureux d'un nettoyage qui était plus qu'une purification physique : Ash se frottait la peau avec une telle énergie qu'il semblait vouloir dévoiler la chair qu'elle recouvrait. Il avait l'impression que l'eau nauséabonde du bassin l'avait souillé intérieurement aussi. Une notion irrationnelle dont il ne pouvait cependant se défaire.

Il se débarrassa rapidement de la saleté, pas de la salissure morale.

La baignoire, à l'émail d'un brun profond, était de belle taille, surmontée d'antiques robinets droits et posée sur quatre pieds courtauds qui semblaient plier sous son poids. Le petit miroir au-dessus du lavabo était couvert de buée. La peinture verte du tabouret à côté de la baignoire s'écaillait par endroits, comme touchée par une lèpre inconnue.

Les cheveux plaqués sur le crâne par l'humidité, Ash finit par sortir de la baignoire. Des deux mains il s'essuya les yeux et sentit la barbe qui pointait sur son menton. En trois pas précautionneux, pour ne pas glisser sur le sol mouillé, il alla prendre la grande serviette suspendue à la porte. Il entreprit de se sécher comme il s'était lavé, avec une brusquerie assez inhabituelle. Pendant une seconde, il s'arrêta et tendit l'oreille, les yeux fixés sur la porte de la salle de bains. Il avait cru percevoir un bruit, mais il n'entendit rien, ne ressentit rien d'autre que l'immobilité presque palpable d'Edbrook. Il finit de se sécher et passa un peignoir. Puis il ôta la bonde et balaya du plat de la main la marque de l'eau autour de la baignoire. Il regarda le niveau baisser et le petit tourbillon qui se formait au-dessus du point d'écoulement. Comme hypnotisé, il ne pouvait détacher son regard de ce maelström miniature, son esprit happé par un autre maelström, intérieur celui-là... Il frissonna en reprenant conscience du présent et inspira profondément l'air humide, avant d'expirer en un long soupir, pour calmer ses nerfs encore tendus.

Avec un gargouillis bref, la baignoire finit de se vider, et Ash se dirigea vers la porte. La poignée, rendue glissante par la buée qui s'y était déposée, était difficile à tourner. Il hésita un moment avant de resserrer sa prise et d'ouvrir, et il se demanda pourquoi il avait l'impression que quelqu'un l'attendait derrière le battant. L'air plus frais du couloir l'agressa, mais il n'y avait personne en vue.

Rejetant ses cheveux mouillés en arrière d'un geste de la main, il retourna pieds nus jusqu'à sa chambre. Malgré la tension qu'il ressentait toujours, la fatigue le submergeait.

Il referma la porte derrière lui et alla jusqu'au petit bureau où ses notes et ses croquis de la maison étaient rassemblés. Il y avait également un petit gobelet de métal à côté des papiers, et il le remplit d'une généreuse dose de vodka. Il en avala une large gorgée, puis une autre, attendant que la chaleur gagne sa poitrine et allège quelque peu ses pensées. Puis il se dirigea vers la fenêtre. Il observa un moment le parc et constata non sans soulagement que la terrasse et le bassin étaient invisibles de cette partie de la maison.

Il détestait ces statues et les ombres des arbres et des

massifs. N'étaient-ils vraiment que cela ? Il se secoua : qu'avait-il donc ? Il était tombé dans le bassin, poussé par quelqu'un — et non par le chien —, et avait imaginé que cette personne se trouvait ensuite dans l'eau avec lui et essayait de le faire couler. Mais ce souvenir était déjà confus, embrouillé avec des événements beaucoup plus lointains qui créaient leur propre illusion. Bon Dieu ! Il devait se reprendre et réfléchir rationnellement ! Les Mariell détenaient sans doute un secret, quelque chose qu'ils lui dissimulaient. Quel idiot il faisait ! C'est lui-même qui leur avait enjoint de ne rien lui révéler à ce premier stade de son enquête. Il laissait un incident, fort désagréable il est vrai, déformer la réalité. La famille croyait sincèrement que leur maison était hantée, et il considérait de son devoir de les en dissuader en leur prouvant le contraire. Il lui faudrait donc trouver la véritable nature du phénomène d'Edbrook. Les fantômes, les esprits et les âmes en peine n'existaient pas, pour la simple raison que c'était impossible. Dans un jour ou deux, plus tôt avec un peu de chance, il les aurait rassurés. Et lui-même aurait regagné toute sa confiance en lui-même.

Il se détourna de la fenêtre avec une moue dégoûtée et traversa la chambre jusqu'au lit, prenant au passage la bouteille de vodka et le gobelet qu'il posa sur la table de chevet. Puis il ôta le peignoir et se coucha.

La fraîcheur des draps le fit frissonner. Cachée par les nuages, la lune n'offrait aucune clarté quand il éteignit la lampe. Les yeux grands ouverts, il fixa un long moment l'univers grisâtre du plafond...

Aucune lumière, aucune clarté à l'intérieur d'Edbrook. La grande demeure n'était qu'une ombre énorme qui se fondait dans la noirceur des nuages de la nuit. Une brise courait dans le parc, faisant bruisser les feuillages clairsemés. Dans les bois alentour, les créatures nocturnes chassaient, leurs rencontres étaient brèves mais d'une violence fatale. Des champignons dorés luisaient d'un éclat maladif sur les troncs pourris d'arbres morts que parcouraient des insectes aux carapaces molles. La lune n'était qu'un disque à la blancheur spectrale, souvent masqué par le déplacement insensible de monolithes colossaux.

Dans la maison, Ash dormait. Mais il ne se reposait pas.

Son rêve l'avait projeté dans l'eau, et une pression tourbillonnante l'entourait. De temps à autre ses yeux affleuraient la surface démontée et il entrevoyait les deux rives qui défilaient, hors de portée. Il hurla, et un liquide glacé envahit sa gorge, provoquant une sensation d'étouffement qu'il connaissait bien.

Il fut aspiré vers le bas par un courant terriblement puissant. Quelqu'un d'autre coulait avec lui, une silhouette brouillée qui luttait comme lui. Ses cheveux se tordaient autour d'elle, et ses membres battaient l'eau avec l'énergie du désespoir. Elle gardait également la bouche ouverte, comme sur un cri d'horreur absolue devant le sort qui les attendait. Les courants séparèrent Ash de la petite fille dont le corps se fit encore plus imprécis dans les flots rugissants de la rivière. Pourtant il discerna longtemps la socquette blanche d'un de ses pieds déchaussés. Puis elle disparut, engloutie par les brumes liquides.

Il sentit son propre corps remonter vers la surface. Il n'était qu'un petit garçon trop faible pour se défendre de la furie des eaux, mais assez léger pour qu'un tourbillon le pousse vers le haut comme un fétu de paille.

Il la revit une fois encore, juste une main frêle crispée hors des eaux comme un dernier appel pathétique avant de disparaître définitivement, happée par la noyade.

Ash s'éveilla d'un coup, le cri étouffé toujours sur ses lèvres. L'horreur de son cauchemar se dissipa lentement devant ses yeux écarquillés, et bientôt une autre sensation l'envahit. Une profonde tristesse, peut-être teintée d'un remords inavoué. Son corps était glacé, sa peau moite.

Les premières lueurs de l'aube s'infiltrèrent par la fenêtre, teintant la chambre d'une grisaille lugubre qui n'était d'aucun réconfort.

11

Ash s'agenouilla pour examiner la poudre qu'il avait dispersée au pied de l'escalier. Trop de pas l'avaient dérangée, la nuit dernière ou le matin même, pour qu'il pût en tirer un quelconque enseignement. Il en ramassa une pincée, se releva et la laissa retomber, espérant ainsi révéler le moindre courant d'air. Mais les particules se déposèrent sur le sol rapidement, sans être balayées par aucun souffle. Il consulta alors le thermomètre. Il indiquait une température certes basse, mais assez naturelle pour la saison et sans rapport avec celle de la nuit précédente.

Ash descendit au rez-de-chaussée et se dirigea vers la salle à manger d'où provenaient les murmures d'une calme conversation. Christina laissait fuser un rire perlé à quelque plaisanterie de Simon sous l'œil conciliant de Robert Mariell. Ils cessèrent tout échange de paroles dès que David apparut dans la pièce.

— Mr. Ash, le salua civilement Robert en lui indiquant une chaise à côté de Nanny Tess et face à Simon et Christina. J'espère que vous avez réussi à prendre un peu de repos après cette regrettable mésaventure de la nuit dernière.

Ash tira la chaise et s'assit.

— Euh... oui, j'ai dormi, merci. Mais je ne comprends toujours pas ce qui s'est passé. Je suis sûr et certain d'avoir vu une fille dans le parc.

Ils le considéraient dans un silence attentif.

— Bon, je veux bien admettre que le chien m'ait fait basculer dans le bassin ; le souvenir de cet instant est trop flou pour que je sois catégorique. Mais je sais que j'ai suivi une silhouette féminine qui sortait de la maison... Et j'ai cru que c'était vous, Christina.

Elle lui rendit le regard scrutateur qu'il lui lançait sans répondre, et ce fut Simon qui prit la parole :

— Je pense qu'il est temps pour nous de relater à notre hôte ce que nous avons vu à Edbrook.

Après une seconde d'hésitation, Robert acquiesça.

— Oui, bien sûr. La nuit dernière, naturellement, nous n'avons pas voulu aborder ce sujet car vous étiez assez secoué par votre mésaventure, et parce que nous ne désirions pas enfreindre vos instructions. Mais je pense moi aussi que le moment est venu de vous parler de la hantise d'Edbrook.

— Le moment est venu, oui, approuva platement David.

— Eh bien, je crois qu'il serait juste que Nanny Tess commence. Elle est la première à avoir été confrontée à notre fantôme.

Tous se tournèrent vers la tante qui avait quitté la table pour aller chercher le petit déjeuner d'Ash. Elle posa devant lui une assiette contenant deux œufs brouillés, du bacon et des champignons, et se rassit à sa place. Les yeux baissés sur son propre repas à peine entamé, elle ne donnait pas précisément l'impression de vouloir parler.

— Allons, Nanny ! Ne soyez pas si timide ! l'encouragea Simon. Mr. Ash est ici pour nous aider.

David fit preuve de plus de tact pour vaincre ses réticences :

— Dites-moi ce dont vous avez été témoin, miss Webb. Rien de ce que vous direz ne me surprendra, je vous en donne l'assurance.

— J'ai... j'ai vu le fantôme plusieurs fois, dit-elle presque à contrecœur.

— Au même endroit ?
— Non. Dans différents endroits de la maison. Et... dans le parc.
— Près du bassin ?
— Oui, une fois, souffla-t-elle en évitant son regard.
Ash jeta un regard sévère aux autres pour prévenir toute intervention puis revint à elle.
— Quelle forme avait-il ? A quoi ressemblait cette... apparition ?
— A une jeune fille.
Ash surprit le sourire de connivence qu'échangeaient Simon et Christina, mais il ne montra pas sa contrariété.
— Une jeune fille habillée d'une robe blanche très ample, sans doute une chemise de nuit, dit-il sans vraiment poser la question.
Nanny Tess acquiesça, visiblement mal à l'aise.
— Depuis combien de temps ?
Elle osa enfin lever les yeux vers lui.
— Pardon ?
— Depuis combien de temps voyez-vous ce phénomène ?
— Je pense que vous pouvez dire « fantôme », Mr. Ash, intervint Robert Mariell.
— Cela n'a pas encore été établi, rétorqua sèchement David. Alors, depuis combien de temps, miss Webb ?
— Des années. Oui, des années...
— En ce cas, pouvez-vous m'expliquer pourquoi vous ne vous décidez que maintenant à demander une enquête ?
Robert s'immisça de nouveau dans la conversation pour répondre à la place de sa tante :
— Parce que, auparavant, Nanny Tess était la seule à rencontrer le... euh... « phénomène ». Or, nous avons tous fait cette expérience ces derniers temps.
Simon plaqua une main sur sa bouche pour étouffer un rire. Ash posa sur lui un regard dur.
— Vous voyez là matière à rire ?
— Excusez mon frère, dit aussitôt Robert. Il a tendance à trouver divertissantes beaucoup de situations.

— Je ne suis pas le seul, fit vivement remarquer Simon.

Mais son frère aîné ne répondit pas à la repartie.

— Vous vous montrez d'une grande incorrection envers notre hôte, les réprimanda Nanny Tess.

— Vous avez raison, comme toujours, Nanny Tess, dit Robert et, avec un sourire à peine contrit, il se retourna vers l'enquêteur. J'ai bien peur que Nanny Tess n'ait souffert de notre humour juvénile depuis notre plus tendre enfance. Il m'arrive de me demander comment elle a pu nous supporter tout ce temps...

Doucement, presque pour elle-même, sa tante répondit :

— Quelqu'un devait le faire. Quelqu'un devait...

Une nouvelle fois elle baissa les yeux sur son assiette, sans pourtant faire mine de toucher à la nourriture.

Ash essaya d'attaquer son propre petit déjeuner, mais il n'avait pas vraiment faim.

— Vous dites donc que vous avez tous vu ce que vous croyez être le fantôme d'une jeune fille? reprit-il.

Robert répondit pour les autres.

— Plus d'une fois. Et chacun dans des endroits différents de la maison. Nanny est la seule à avoir vu cette âme en peine errer au-delà des murs d'Edbrook.

— Pourquoi dites-vous « cette âme en peine »?

— Ces apparitions ne sont-elles pas les esprits éplorés des infortunés qui ont dû quitter leur corps physique dans des circonstances traumatisantes, parfois même dramatiques? Je suis à peu près sûr d'avoir lu ça quelque part...

— C'est une théorie assez communément admise.

Pour la première fois de la matinée, Christina parla :

— Mais pas admise par vous.

La lumière qui entrait par les grandes fenêtres derrière elle illuminait la chevelure de la jeune femme d'un halo rougeoyant du plus bel effet. Une lueur espiègle brillait dans ses yeux, et il se demanda si elle n'était pas en train de se moquer de lui.

— Je suis prêt à croire que les émotions de personnes dans l'affliction puissent être si fortes au moment de la mort, que cela soit dû à la douleur, au chagrin ou à la peur, qu'elles laissent derrière elles une impression. Une image persistante, si vous voulez, qui peut mettre des années, voire des siècles, à se dissiper complètement. (Il se tourna vers Robert.) J'imagine qu'une demeure comme Edbrook a une histoire fournie. Les Mariell ont-ils toujours possédé la maison ?

— De très, très nombreuses générations de Mariell ont habité ici, Mr. Ash, répondit Robert avec une lenteur grave. En fait, depuis la construction d'Edbrook, au seizième siècle.

— Alors peut-être pourriez-vous me dire si...

L'autre le coupa aussitôt :

— Les Mariell ont toujours eu pour principe d'oublier leurs malheurs. Mais, pour autant que je sache, aucune tragédie n'a eu lieu à Edbrook. Notre génération a la sienne, hélas — la mort de nos parents alors que nous n'étions encore que des enfants —, mais elle s'est produite accidentellement et très loin d'Edbrook.

— Pas d'invités ou de domestiques qui soient morts ici dans des circonstances malheureuses ?

— Ah, l'époque où Edbrook possédait encore une domesticité ! murmura Robert d'un ton rêveur. A présent l'entretien de la maison revient entièrement à notre pauvre Nanny Tess. Mais elle s'en tire très bien...

Sa tante, qui servait une tasse de thé à David, ne parut pas apprécier outre mesure le compliment. Etonné par son expression taciturne, Ash la remercia d'une voix absente quand elle plaça la tasse fumante devant lui.

— Mais, continuait son neveu, je n'ai pas connaissance du meurtre ou du suicide d'un invité ou d'un domestique dans l'histoire d'Edbrook.

Ash ajouta un nuage de lait à son thé, en but posément une gorgée, puis remarqua d'un ton badin :

— Dans une maison aussi ancienne, il serait surprenant qu'il n'y ait pas un ou deux squelettes cachés dans les placards. Mon enquête avancerait beaucoup si je connaissais l'identité de cette jeune fille.

Christina posa les mains bien à plat sur la table et se pencha en avant.

— Donc, vous croyez qu'un fantôme hante cette maison ?

— Disons que la représentation visuelle de quelqu'un qui a vécu ici pourrait se manifester encore maintenant. Ce qui expliquerait cette forme que j'ai vue cette nuit. Une sorte d'apparition.

— Sans doute est-ce un terme correspondant à « fantôme » ? insista Simon d'une voix où perçait une intonation proche du mépris.

— Non, un autre mot pour « image éthérique résiduelle », que je trouve un peu long. Rien ne prouve qu'il s'agisse d'un fantôme dans le sens où vous le comprenez... J'aimerais d'ailleurs que chacun de vous...

Nanny Tess poussa un petit cri. Elle tenait encore dans sa main le poivrier dont la partie supérieure était tombée dans son assiette avec tout le poivre. Simon et Christina éclatèrent de rire. Leur hilarité redoubla quand leur tante se mit à éternuer. Robert lui-même gloussait discrètement.

Ash les dévisagea un à un, les sourcils froncés. La puérilité de leur plaisanterie le laissait perplexe.

Il s'attarda un peu plus sur Christina et celle-ci finit par se rendre compte de son regard insistant. Sa gaieté s'éteignit aussitôt. Elle jeta un coup d'œil à ses frères, mais ceux-ci paraissaient inconscients de son embarras.

Ash ne la quittait pas des yeux. Elle détourna les siens, et il se demanda pourquoi.

12

D'un geste décidé, Kate McCarrick repoussa les portes battantes et pénétra dans le hall de l'Institut de Recherches Métapsychiques. Elle salua cordialement la réceptionniste et prit son courrier, lettres et colis, qu'elle classa en gravissant l'escalier.

Une fois arrivée dans son bureau, elle déposa sa correspondance sur une table déjà bien encombrée, puis elle ôta son écharpe et son manteau qu'elle accrocha à une patère derrière la porte. Elle s'assit dans son fauteuil, ouvrit devant elle son agenda et relut les différents rendez-vous qu'elle y avait notés. En même temps elle décrocha le téléphone et composa le zéro pour entrer en contact avec le standard.

— Jenny ? David Ash a-t-il essayé de me téléphoner ce matin ? demanda-t-elle. Non ? Bon. Vous pouvez me trouver un numéro, s'il vous plaît ?

Après avoir donné le nom des Mariell et leur adresse, elle remercia sa collaboratrice et raccrocha.

Enfin elle entreprit d'ouvrir son courrier.

Au même instant, dans la bibliothèque d'Edbrook, David Ash repositionnait un appareil Polaroïd sur son trépied en prenant soin de ne pas débrancher par inadvertance les fils qui reliaient les différents appareils de détection déjà en place. Robert Mariell, les mains derrière le dos, l'observait dans ce qui ressemblait à un silence amusé.

— Comme ça? s'enquit Ash en levant les yeux vers Robert.

— Oui. Elle est apparue ici la première fois, et ensuite... (Robert indiqua d'une main nonchalante plusieurs endroits de la bibliothèque.) ... Là, et là aussi... Un peu partout, en fait.

Après un dernier réglage, Ash se redressa, satisfait d'avoir orienté l'appareil photo de façon qu'il couvre la majeure partie de la pièce.

— Vous a-t-elle parlé? Ou lui avez-vous adressé la parole?

Le visage de Robert se rembrunit un peu.

— Mon cher ami, je n'ai pas pour habitude d'engager la conversation avec les fantômes. Je considère qu'il est déjà assez éprouvant de voir une telle chose. (Un frisson souleva ses épaules.) En tout cas, votre appareil photo me semble très bien disposé. Rien ne lui échappera. Expliquez-moi l'utilité de cet extravagant appareillage.

Ash montra chaque élément de son dispositif à mesure qu'il parlait.

— Voici un détecteur couplé à un variateur de capacitance. Il réagira au moindre mouvement dans la pièce et déclenchera immédiatement l'appareil photo. Je le brancherai plus tard, quand nous serons sûrs que personne n'a plus à entrer ici.

Il sortit de la poche de son veston un magnétophone miniature.

— J'aimerais que vous me décriviez très exactement ce que vous avez vu. Pour notre gouverne.

— Pour votre gouverne? s'étonna Robert.

— Pour les dossiers de l'Institut. Mais vous êtes assurés que cela restera strictement confidentiel.

Il enclencha la bande et posa le magnétophone sur le coin de la table, entre lui et son interlocuteur.

Robert l'étudia un moment avant de se décider à parler.

— Très bien, dit-il. J'ai vu une jeune fille dans cette pièce, bien que la première fois ce n'ait été qu'une forme floue, brumeuse. Mais c'était une jeune fille, j'en suis sûr, d'une vingtaine d'années à peu près. Je l'ai revue quelques jours — ou plutôt quelques nuits — plus tard. Elle était beaucoup plus claire, comme si sa présence avait pris de la densité. Je dois reconnaître que je me suis senti un peu faible lors de cette deuxième confrontation...

— Cela arrive fréquemment. Les manifestations de cette sorte semblent drainer l'énergie psychique des témoins pour se renforcer. Apparemment, elles peuvent aussi saper l'énergie de l'atmosphère, ce qui explique les baisses soudaines de température qu'on observe souvent dans de tels cas. On a même remarqué que leur présence affectait l'électricité.

— C'est extraordinaire... Mais, si je ne me trompe, vous êtes en train de parler de fantômes, Mr. Ash.

— Non, je parle toujours de phénomènes inexpliqués. Je vous en prie, poursuivez.

Robert se mit à arpenter la pièce, puis il se souvint du magnétophone et reprit sa place près de la table.

— Il émanait de cette « présence » une immense tristesse, du moins c'est l'impression que j'ai eue. Comme si elle cherchait quelque chose, ou qu'elle était perdue...

La bande magnétique se déroulait lentement, enregistrant le moindre bruit, le glissement d'un pied sur le parquet, le craquement d'une allumette grattée par Ash qui cédait au besoin de fumer une cigarette.

Kate laissa ouvert le tiroir du classeur métallique et retourna s'asseoir à son bureau pour décrocher le téléphone.

— McCarrick, annonça-t-elle simplement.

Elle fronça les sourcils en écoutant Jenny lui donner le résultat de ses recherches.

— Il doit y avoir un numéro ! insista-t-elle. Vous vous êtes renseignée pour savoir s'ils n'étaient pas sur la liste rouge ? (Un silence attentif, puis :) Non ? Mais c'est impossible !

Elle se tut un moment pour réfléchir, avant de conclure :

— Eh bien, merci d'avoir essayé, Jenny.

Elle raccrocha avec lenteur et tambourina des doigts sur le bureau, perdue dans ses pensées.

Le petit magnétophone, très maniable, était à défilement continu et couplé à un détecteur de vibrations. Simon Mariell regardait avec intérêt Ash pendant que celui-ci installait le dispositif sur une étagère basse de la cave. Sur un trépied, il avait orienté un appareil photo à prises ultrarapides, chargé d'une pellicule spéciale, équipé d'un flash électronique et d'un filtre ne laissant passer que les infrarouges. Le détecteur de rayonnements infrarouges auquel il était relié le déclencherait dès qu'une personne entrerait dans le champ.

L'humidité des lieux n'avait rien de très plaisant, et il régnait dans la cave une odeur de moisi qui devenait vite écœurante. Pourtant Ash ne paraissait pas se soucier de ces petits désagréments. Il accrocha soigneusement un thermomètre de serre sur un casier à vins. L'unique ampoule pendue au plafond dispensait une lumière très insuffisante qui laissait dans l'ombre une grande partie des niches et des recoins du sous-sol. Ash frappa dans ses mains pour en chasser la poussière et se tourna vers l'autre homme.

— Tout votre attirail n'a rien enregistré, hier ? lui demanda Simon.

— Je n'avais rien installé ici.

— Et dans le reste de la maison ?

— Rien. Mais je n'avais pas encore localisé avec exactitude les points où disposer mon matériel.

— Alors vous auriez peut-être dû nous demander quelques détails.

— Ce n'est pas ma méthode. Je voulais d'abord voir ce que je pouvais découvrir par moi-même.

Les mains enfoncées dans les poches de son pantalon, Simon eut un rictus narquois. Il paraissait beaucoup s'amuser de la situation.

— On dirait que vous avez découvert plus que ce que vous attendiez, non ? Alors, que désirez-vous que je vous raconte ? Les circonstances dans lesquelles je me suis trouvé en face de la jeune fille fantôme ici ?

— Cela m'intéresserait, oui. Mais j'aimerais que vous me disiez autre chose, tout d'abord : quel âge avait votre mère au moment de sa mort ?

Simon sourit de la question, qui ne semblait pas le perturber le moins du monde.

— Beaucoup plus âgée que notre apparition, mon ami. Je crois qu'il est inutile que vous suiviez cette piste ; vous feriez fausse route.

— Comment a réagi Christina ?

— A la mort de nos parents ? Mon Dieu, mais comme nous tous ! Elle était anéantie, bien sûr ! Quelle réponse attendiez-vous donc ? Nous étions très jeunes, et c'était vraiment une chance d'avoir quelqu'un comme Nanny Tess pour prendre soin de nous.

Ash eut la satisfaction de constater qu'il avait réussi à effacer le rictus moqueur des lèvres de Simon. Ce dernier s'agitait, en proie à un malaise et une mauvaise humeur évidents.

— Ecoutez, je préférerais parler du fantôme, si ça ne vous dérange pas, lança-t-il d'un ton irrité. Cette cave est humide et manque un peu trop de confort à mon goût !

— Désolé, s'excusa David Ash en sortant son magnétophone miniature de sa poche et en l'enclenchant. Je vous en prie, dites-moi ce que vous avez vu ici.

Toujours tendu, Simon s'exécuta d'assez mauvaise grâce :

— Comme les autres : une jeune fille. Je l'ai vue qui rôdait dans la maison en de nombreuses occasions. La première fois, j'étais descendu ici pour prendre une bouteille de vin. Elle était là, en face de moi, et elle me surveillait. (Il désigna un coin du sous-sol.) Sur le moment, je peux vous le dire, je n'en menais pas large.

— Ressemblait-elle à quelqu'un que vous connaissez ou avez connu ?

— Bien sûr que non ! Mais c'est justement son apparence qui était étrange... (Une grimace écœurée tordit ses traits.) Son visage avait quelque chose de bizarre, d'horrible. Comme si elle était... malformée...

Dans le vestibule, Nanny Tess s'approcha un peu plus de la porte entrouverte de la cave pour mieux entendre.

13

Ses lunettes de lecture sur la pointe du nez, Kate leva les yeux de sa machine à écrire en entendant la porte s'ouvrir. Edith Phipps lança un regard incertain dans la pièce. Elle semblait hésiter. Kate remarqua l'anxiété qui marquait son visage.

— Vous aviez promis de m'appeler... dit le médium d'une voix qui balançait entre le reproche et la gêne.

Kate lui fit signe d'entrer en souriant.

— Oui, et je suis désolée, répondit aussitôt la jeune femme, mais je n'ai eu aucune nouvelle à vous communiquer. C'est assez curieux, d'ailleurs : il semble que la maison des Mariell ne soit pas équipée du téléphone.

Edith Phipps s'assit sur la chaise devant le bureau, les yeux fixés sur la directrice de l'Institut.

— Et David ne vous a pas encore contactée?

Kate eut un sourire serein.

— Non, mais cela n'a rien de très étonnant. Il a l'habitude de s'évanouir dans la nature sans donner de ses nouvelles pendant des jours. Parfois, David est tellement passionné par son enquête qu'il en oublie ses autres responsabilités... (Elle ôta ses lunettes et se renversa dans son fauteuil.) De toute façon, si les Mariell n'ont pas le téléphone, je ne vois pas comment il pourrait nous appeler sans sortir d'Edbrook. Et il n'a pas de voiture, vous vous en souvenez. Franchement, Edith, j'ai du mal à l'imaginer bravant la campagne anglaise sur des chemins boueux pour trouver une cabine téléphonique.

Elle sourit de nouveau pour affirmer la légèreté du propos, mais sans grand effet : le visage du médium était pâle.

— La maison est donc très isolée?

— D'après les lettres, à environ trois kilomètres du village le plus proche. C'est pourquoi Miss Webb devait venir chercher David à la gare.

Kate reprit son sérieux. L'appel téléphonique d'Edith, la nuit précédente, l'avait troublée plus qu'elle ne voulait bien l'admettre. Néanmoins, depuis ce matin, elle avait eu le temps de raisonner son appréhension : il était tout à fait injustifié de s'alarmer parce que David ne donnait pas de ses nouvelles depuis la veille. Et si Edith Phipps était un médium réputé, elle n'était pas à l'abri d'erreurs. Aucun médium n'était infaillible, il s'en fallait même de beaucoup. Pourtant Kate ne pouvait que compatir devant l'inquiétude sincère de sa visiteuse.

— Vous vous faites vraiment du souci pour lui, n'est-ce pas? dit-elle d'une voix compréhensive.

Le médium joignit ses mains et les posa sur ses genoux.

— L'impression qu'il était en danger était si forte cette nuit...

— Et je dois reconnaître que vous m'avez rendue inquiète, moi aussi. Mais nous ne pouvons qu'attendre d'avoir de ses nouvelles. Il a suffisamment d'expérience pour prendre soin de lui-même, vous le savez bien.

Embarrassée, Edith rougit.

— Vous pensez que je ne suis qu'une vieille femme un peu folle, n'est-ce pas?

— Edith, je suis beaucoup trop impressionnée par vos capacités médiumniques pour jamais penser cela, répondit Kate avec conviction. Je vous demande simplement de voir la situation telle qu'elle est : nous ne pouvons pas faire grand-chose tant que David ne nous contacte pas. Attendons encore un peu.

Mais, cette fois, son sourire manquait de naturel.

14

Le temps avait changé, passant de la grisaille à une clarté moins morne, puis à un soleil automnal fort agréable bien qu'il ne fût qu'un ultime répit avant les rigueurs de l'hiver. L'air restait frais, mais sa morsure s'était adoucie, se transformant en un souffle revigorant.

Ash et Christina marchaient paisiblement dans les bois ombragés. Parfois leurs pas les menaient dans une clairière d'un roux chatoyant, ou bien ils s'immobilisaient à l'écoute de quelque animal invisible fuyant dans un bruissement discret à travers l'épaisse couche de feuilles mortes. Ils observèrent un moment un écureuil qui sautillait de branche en branche. Arrivés dans une partie plus dense de la forêt, Christina, qui avait pris la tête, eut un rire enfantin en laissant un rameau souple fouetter la poitrine de David. Surpris, celui-ci sourit en voyant le visage ravi de la jeune femme se retourner vers lui.

Elle se mit à courir en se moquant de sa lenteur « lamentable ». Il la regarda gravir une pente assez raide en s'aidant des racines et des touffes d'herbe, sa longue robe dévoilant ses mollets fuselés et ses chevilles fines. Il sentit son humeur s'alléger, peut-être à cause de son éloignement de la tristesse insidieuse d'Edbrook, mais surtout parce que la gaieté de la jeune femme était contagieuse.

Il s'étala en essayant de la suivre et redescendit la pente en glissant sur les feuilles mortes et la terre grasse, ce qui parut porter la joie de Christina à son comble. Son rire cristallin perça le calme de la forêt.

Avec un sourire piteux, il tapota ses vêtements pour en faire tomber les feuilles. La tension qu'il éprouvait depuis la nuit précédente s'était enfin envolée, et c'est avec entrain qu'il tenta de nouveau l'ascension, victorieusement cette fois, sous les railleries de la jeune femme.

Ils reprirent leur promenade sans beaucoup parler, car la présence de l'autre suffisait à chacun.

Après un long moment, ils firent halte dans une clairière protégée du vent par le rempart des arbres et agréablement ensoleillée. Ash s'adossa au large tronc d'un chêne et se laissa glisser au sol. Il se sentait un peu hors d'haleine et il offrit avec délices son visage aux rayons du soleil, les paupières closes. Christina s'assit à côté de lui, les jambes repliées sous elle, une main dans l'herbe.

— Je suis en moins bonne forme que je ne croyais, dit-il en chassant de la main un insecte qui s'était posé sur sa joue. J'ai l'impression d'avoir couru deux kilomètres avec des chaussures à semelles de plomb !

— La sanction de la vie citadine, répondit-elle.

— Bah ! Je devais bien finir par payer cette vie de débauche...

Il pêcha le magnétophone miniature dans la poche de son manteau.

— Ça ne vous dérange pas que j'enregistre notre conversation ?

Elle eut un signe de tête négatif, apparemment très amusée par le petit appareil.

— Pas le moins du monde. De quoi voulez-vous que nous parlions ?

Elle avait posé la question avec une pointe de moquerie dans la voix.

— De vous et de vos frères. De la maison.

Elle eut un rire léger.

— Cela présente donc un intérêt suffisant pour mériter un enregistrement?

— Ça se pourrait.

— Très bien. Par quoi commençons-nous?

Il alluma le magnétophone.

— Dites-moi où vous avez vu le fantôme.

— Ah! Maintenant vous appelez ce que nous avons vu un fantôme, dit-elle avec une satisfaction ironique.

— Pour simplifier les choses, c'est tout, précisa-t-il. La nuance n'a que peu d'importance pour l'instant.

— Pourquoi donc êtes-vous si sceptique?

Son incompréhension paraissait sincère.

— Je préfère me considérer comme quelqu'un de réaliste.

Elle réfléchit un instant à cette nouvelle nuance.

— Je l'ai vue dans le vestibule, dit-elle enfin. Dans les couloirs. Et je l'ai même vue dans la chambre que vous occupez. Une fois, alors que j'étais dans le jardin, j'ai remarqué qu'elle me surveillait d'une fenêtre.

— Et elle n'a jamais essayé de communiquer avec vous?

— Je pense que c'est ce qu'elle veut, et je crois qu'elle le désire désespérément. Mais on dirait qu'elle n'en a pas le pouvoir. Elle a juste la force d'apparaître, rien de plus...

— Elle vous fait peur?

— Non. Elle me rend triste. Elle semble... si désemparée.

Ash laissa passer quelques secondes avant de changer de sujet.

— Comment sont morts vos parents?

Une ombre parut passer sur le visage de la jeune femme, et peut-être était-elle réelle car la cime des arbres s'était agitée sous le vent, masquant un instant le soleil.

— C'était il y a si longtemps, commença-t-elle, et il vit le chagrin toujours présent bien que refoulé sur ses traits. Ils nous avaient laissés à la garde de Nanny Tess, la sœur cadette de ma mère. Je crois que ma mère aimait trop s'amuser pour accepter d'être limitée par ses enfants ; c'est pourquoi ma tante s'occupait déjà de nous avant la mort de mes parents.

— Vous étiez enfants quand cela est arrivé ?

— Oui. Nous étions très jeunes.

Une feuille brune, aux bords ourlés, tomba doucement entre eux en tourbillonnant. Une autre suivit. Ash sentait la froideur du sol s'infiltrer en lui malgré le soleil.

— Mais vous m'avez demandé comment cela s'est passé, rappela Christina. Dans un accident d'automobile. Ils traversaient la France pour rendre visite à des amis à Dijon quand l'accident s'est produit. Personne ne sait exactement comment ni pourquoi, mais leur voiture a quitté la route. On n'a même pas pu définir qui était au volant car la voiture a pris feu. On n'a retrouvé que deux corps... carbonisés... méconnaissables...

Il éteignit le magnétophone et se pencha vers elle pour lui toucher le bras dans un geste de sympathie.

— Je suis désolé, dit-il. Je ne voulais pas ranimer des souvenirs aussi pénibles.

— C'était il y a si longtemps. Ce n'est plus qu'un souvenir ancien, maintenant. Il a perdu de sa réalité.

— Vous avez dû beaucoup souffrir de leur absence.

— Pour notre chance, nous avions Nanny Tess et assez d'argent pour ne pas être dans le besoin.

— Miss Webb a administré l'héritage ?

La jeune femme acquiesça.

— Nanny nous a maintenus ensemble pendant toutes ces années, bien que nous lui ayons certainement fait approcher le point de rupture plus d'une fois.

Son humeur grave disparut d'un coup et elle rit de l'expression étonnée qu'affichait Ash.

— Nos jeux, expliqua-t-elle. Depuis notre plus tendre enfance nous avons toujours adoré nous faire des blagues les uns aux autres. Nanny prétend que ce trait de caractère nous vient de notre mère. Il paraît qu'elle rendait parfois notre père fou avec ses plaisanteries. Tout comme nous avec Nanny.

— Oui, j'ai remarqué au petit déjeuner, dit-il d'un ton un peu sec. Et elle ne vous en veut jamais?

De nouveau elle rit bruyamment, avec une espièglerie évidente.

— Souvent. Mais elle a appris à s'accoutumer de nos petits travers... (Elle arracha un brin d'herbe et en caressa ses lèvres.) Elle nous grondait beaucoup plus quand nous étions enfants, mais il faut bien avouer qu'alors nous n'étions pas faciles. Vous savez comment sont les enfants entre eux. J'étais sans doute la pire, mais que peut-on attendre d'une petite fille qui a deux frères aînés?

— Inutile de préciser. Je sais ce qu'une petite fille peut faire à ses frères.

Christina le contempla avec attention.

— Vous parlez comme quelqu'un qui en aurait gardé une expérience amère.

Il regarda la cime des arbres.

— Je... euh... j'ai eu une sœur moi-même.

— Vous avez eu?

Ses yeux étaient toujours braqués au loin.

— Elle s'appelait Juliet. Elle s'est... (Il eut presque du mal à prononcer le mot.) ... noyée... Nous n'étions que des enfants. Nous sommes tombés tous les deux dans une rivière, et c'est moi qui ai eu la chance de m'en sortir.

Il revit la petite main claire qui disparaissait sous l'eau, les doigts tendus puis crispés...

C'était au tour de Christina de toucher son bras. Il tressaillit légèrement.

— Vous avez toujours peur de l'eau, n'est-ce pas? demanda-t-elle d'une voix douce. Est-ce pour cette raison que vous vous êtes affolé, hier soir?

Il ne répondit pas immédiatement mais la regarda droit dans les yeux. Elle avait laissé glisser sa main sur la sienne. Il détourna de nouveau la tête, troublé, incertain.

— Mes idées ne sont pas très claires quant à ce qui s'est passé, dit-il enfin. Mais j'ai toujours des cauchemars à propos de la mort de Juliet. Peut-être se sont-ils mêlés à la réalité hier soir, oui...

Il pensa à ces mains qui l'avaient tiré hors de l'eau ; mais était-ce un souvenir vieux de quelques heures ou de nombreuses années ?

— Vous pensez toujours à Juliet, dit-elle avec une calme assurance.

Sa réponse fut des plus froides :

— Je me souviens à peine d'elle.

Il fouilla ses poches et finit par trouver son paquet de cigarettes. Il en avait une entre les lèvres avant d'avoir pensé à en offrir à Christina. Elle refusa sans cesser de le considérer gravement. Il alluma sa cigarette avec son briquet, inhala sans hâte la fumée. Le briquet toujours allumé, oublié, il allait en dire plus quand il remarqua le regard fasciné qu'elle posait sur la petite flamme. Elle cligna des yeux quand il l'éteignit.

L'instant d'après elle s'était relevée et brossait sa robe des deux mains.

— Nous devrions rentrer à la maison, dit-elle.

Un peu hébété, Ash resta immobile.

— Je parie que j'y serai avant vous !

Et, dans un éclat de rire, elle tourna les talons et se mit à courir vers les arbres.

Ash écrasa sa cigarette à peine entamée dans la terre et se mit debout à son tour.

— Eh ! Pas si vite ! cria-t-il. Je vais me perdre, moi !

Mais Christina l'ignora et il ne put que regarder avec résignation sa silhouette gracile qui s'enfonçait dans les bois.

Il se mit à la suivre sans trop chercher à savoir si les manières puériles de Christina l'amusaient ou l'irritaient. La perte de leurs parents à un si jeune âge n'avait visiblement pas aidé Christina et Simon à mûrir. Peut-être était-ce justement ce qui leur avait manqué : la main ferme d'un père, l'affection stabilisante d'une mère. A l'évidence, Nanny Tess n'avait pas réussi à remplir l'un ou l'autre rôle. Robert paraissait assumer les responsabilités de chef de famille, bien qu'il se montrât à l'égard de ses cadets d'une bienveillance quelque peu distante.

Ash n'entrevoyait plus la jeune femme que par instants, éclair blanc d'une forme qui filait entre les arbres.

— Christina! Attendez! cria-t-il.

Pour toute réponse, il ne perçut qu'un rire lointain. Les bois étaient silencieux, seulement troublés par le bruissement de ses pas dans l'épaisse couche de feuilles mortes. Bientôt il ne vit plus aucun signe de Christina. Il s'arrêta et regarda autour de lui. Avait-il entendu quelqu'un derrière lui? Il prononça encore une fois le prénom de la jeune femme.

Aucune réponse. Pas même un rire.

Il reprit sa progression pour s'arrêter presque aussitôt. N'était-ce pas une silhouette qu'il avait vue du coin de l'œil se cacher derrière un tronc sur sa gauche?

Il surveilla l'arbre quelques secondes. Il se remit à marcher avec un début de mauvaise humeur. Ce petit jeu ne l'amusait guère.

Cette fois, le bruit qui le fit s'immobiliser était différent. Cela avait ressemblé au rire d'un enfant.

Il fit demi-tour et entrevit quelque chose qui disparut entre les arbres sur sa droite en une fraction de seconde. De façon incongrue, il eut l'impression qu'il s'était agi d'une petite fille, mais cela avait bougé si vite qu'il ne pouvait en être sûr.

Il dressa l'oreille. Non, ce n'était pas le murmure de voix qu'il venait de percevoir, mais plus probablement le gémissement assourdi de la brise entre les branches dénudées.

Soudain l'écho à peine perceptible d'un rire...

Ash se rendit compte qu'il respirait à peine. Un fourmillement étrange montait en lui, qui glaçait peu à peu chacun de ses nerfs et de ses muscles, et couvrait tout son corps de chair de poule. S'il ne comprenait pas la raison de ce malaise, il ne pouvait l'ignorer. Il força un peu l'allure.

Il se mit à regarder fréquemment derrière lui, à lancer de rapides coups d'œil à droite et à gauche. Il n'était pas seul, et pourtant il n'y avait personne d'autre près de lui.

Il parvint à ne pas courir, mais il pressa le pas.

Il entendit un ricanement étouffé et sentit une main effleurer son épaule. L'attouchement pouvait n'être que le frottement léger d'une branche sur son passage. Mais le petit rire n'avait aucune explication.

Il trébucha sur une racine et se retint à l'écorce rude d'un tronc, mais il ne s'arrêta pas.

Les bois s'étaient brusquement assombris, comme sous un crépuscule prématuré. Le froid qui l'étreignait n'était sans doute que dans son esprit car il sentait la transpiration sur son front, sa chemise collée à son torse et la sueur qui mouillait ses reins. Il se hâta encore, sans plus prêter attention aux chuchotements ou aux ombres insaisissables qui semblaient l'accompagner.

Soudain il fut inondé par la lumière. Il venait de déboucher dans une clairière tiédie par les rayons ardents du soleil. Il entendit même le vrombissement d'une énorme mouche qui avait trouvé là un refuge aux températures mortellement basses de la saison. Il dut plisser les yeux devant la luminosité imprévue de l'endroit.

La clairière était un large espace envahi d'herbes hautes et bordé d'arbustes enchevêtrés. De nombreuses trouées dans la végétation, tels des passages naturels, permettaient d'y accéder. Au centre s'élevait un édifice trapu, de forme cubique, dont les murs de pierre étaient mangés de mousse et de taches sombres. Sa porte, une épaisse grille en fer forgé complètement rouillé, était entrouverte. Deux vases débordants de fleurs desséchées la flanquaient.

Il comprit que cette construction à l'abandon et dégradée par les intempéries ne pouvait être qu'un mausolée. Une tombe. Peut-être la dernière demeure des Mariell ?

Sa curiosité naturelle était éveillée, et il s'approcha lentement.

Le soleil chassait rapidement le froid de son corps. Un son lui parvint de la tombe. Un glissement. Ash s'immobilisa, tous les sens en alerte.

— Christina, c'est vous?

Il attendit une réponse et n'en reçut aucune. Mais il entendit de nouveau le bruit au-delà de l'entrée sombre du mausolée.

Il fit un effort pour garder son sens de l'humour.

— Très bien, Christina. Maintenant la plaisanterie est finie. Vous avez assez joué.

Le silence qui suivit lui parut une nouvelle moquerie. Fatigué de ce jeu, il soupira.

— Christina...

L'air lui-même semblait curieusement figé. Ash avança vers le mausolée, et ses doigts se refermèrent sur un barreau de la grille. Il remarqua une plaque apposée à l'entrée, que le temps et les mousses microscopiques avaient rendue illisible. A peine pouvait-on discerner « Mariell » gravé dans sa partie supérieure.

Il poussa la porte qui grinça sinistrement sur ses gonds rouillés et s'aventura à l'intérieur. L'air y était humide et confiné, porteur d'un vide étrange. Pourtant Ash discerna des bancs étroits en ciment contre les murs, sur lesquels étaient posés des cercueils de pierre.

— Qui est ici? demanda-t-il à voix basse.

Toujours aucune réponse, mais il repéra un mouvement : une ombre bougea au sein des ombres, derrière un cercueil.

Il entendit alors le grondement bas et menaçant tandis que le chien s'extrayait de l'obscurité. La tête basse, le corps tendu, Seeker entra dans la lumière qui filtrait par la porte.

Ash recula lentement. Le chien le suivait, les babines retroussées sur ses crocs luisants de bave. De sa gorge montait un grognement inquiétant tandis qu'il se ramassait sur lui-même.

Seeker bondit.

15

Ash tira violemment la grille derrière lui, et la charge du chien ajouta à l'effort de l'homme. La grille grinça en claquant contre les montants de pierre. Ash s'écroula au sol tandis que Seeker, rendu fou de rage par son soudain emprisonnement, aboya sauvagement après l'homme qui gisait hors d'atteinte dans l'herbe haute. De la bave coula de ses babines sur les barreaux rouillés.

Ash se releva sans quitter des yeux l'animal furieux et s'éloigna à reculons du mausolée. Ce n'est que lorsqu'il atteignit l'orée de la clairière qu'il osa tourner les talons pour se lancer dans une course effrénée à travers bois. Il entendit le raclement du métal comme le chien essayait d'ouvrir la grille, puis ses aboiements rageurs. Ash fonça dans les taillis, se courba pour éviter les branches basses, sauta par-dessus des obstacles couverts de feuilles mortes. Il ne savait pas combien de temps il faudrait au chien pour sortir du mausolée, mais il ne doutait pas que l'animal y parviendrait. Avec l'énergie du désespoir, il s'évertuait donc à mettre entre lui et Seeker la plus grande distance.

Des voix. Non, c'était impossible. Pourtant il les entendait, autour de lui, dans les bois.

Il se surprit à hurler lui-même quelque chose, mais il aurait été incapable de dire quoi.

Un rire narquois. Ils se moquaient de lui. Des ombres imprécises et fugaces bondissaient entre les arbres.

— Arrêtez! hurla-t-il.

Ils répondirent par des murmures.

Puis il y eut le bruissement des feuilles et le craquement des buissons traversés derrière lui. Quelqu'un ou quelque chose le poursuivait. Le chien. Il fonçait sur lui à travers la forêt.

— Au secours! cria-t-il.

Seuls leurs rires lui firent écho.

Il n'osait pas regarder par-dessus son épaule. Il aurait risqué un faux pas. Il aurait peut-être vu l'animal déchaîné bondir sur lui. Le galop de son poursuivant s'était rapproché, et il était certain de percevoir le halètement du chien, son grondement rauque et son haleine brûlante sur ses talons.

Il perdit brusquement le contrôle de sa course, comme si ses genoux s'étaient déboîtés et ses muscles avaient perdu toute coordination. Il tituba, chaque enjambée tordant grotesquement son corps. Son cœur cognait dans sa cage thoracique. Le chien allait sauter sur lui, il pouvait l'entendre, oui, il l'entendait qui ouvrait démesurément sa gueule, sa langue rose pendant entre les crocs...

Le bleu intense du ciel l'aveugla et des mains se posèrent soudain sur sa poitrine. Une silhouette bloquait son chemin et il se serait écroulé si ces mêmes mains ne l'avaient pas retenu.

Il cligna des paupières pour chasser les brumes qui déformaient sa vision.

Debout devant lui sur le chemin, si proche qu'il sentait la poudre sur son visage ridé, Nanny Tess continuait de le maintenir d'une poigne ferme. Les fleurs qu'elle avait cueillies étaient dispersées sur le sol.

Le souffle lui manquait pour parler, et il ne pouvait que désigner d'une main tremblante les bois voisins.

Mais rien ne le poursuivait. A présent il pouvait entendre le pépiement des oiseaux effrayés par sa course. Les fourrés restaient immobiles, et même la légère brise ne les faisait pas frissonner.

16

Ash posa les coudes sur le bois rugueux de la table de la cuisine. La cigarette qu'il venait d'allumer tremblotait un peu entre ses lèvres. Les fleurs automnales qu'il avait fait lâcher à Nanny Tess en débouchant du chemin qui menait dans les bois étaient posées non loin, et leurs pétales commençaient à se ternir, mais leur fragrance restait forte. Il tira une longue bouffée de sa cigarette et l'ôta de sa bouche. A présent elle tremblait entre ses doigts.

Nanny Tess lui rendit son regard en remplissant le gobelet de cognac. Son visage était plissé par la préoccupation et ses propres mains frémissaient quand elle reposa la bouteille sur le vaisselier. Elle ferma les yeux une seconde puis plaça le verre sur la table devant Ash.

— Buvez ça, ordonna-t-elle. Ça vous aidera à retrouver votre calme.

David but une large rasade, puis une seconde, tandis que la tante des Mariell tirait une chaise pour s'asseoir en face de lui. Il sentit l'examen dont il était l'objet.

— Vous dites que Seeker vous a de nouveau poursuivi ? dit-elle d'une voix soucieuse.

Il acquiesça et contempla un moment le liquide dans son verre.

— Mais il n'y avait aucun signe de lui, insista-t-elle. Et si le chien vous poursuivait, pour quelle raison ?

— Aucune idée, répondit-il d'une voix basse, que le cognac rendait rauque. Il s'est peut-être enfui en vous voyant. Tout ce que je sais, c'est qu'il s'était caché dans cette... satanée tombe et qu'il a bondi sur moi quand j'y suis entré.

Il la vit tressaillir.

— Mr. Ash, pourquoi êtes-vous allé au mausolée familial ?

— Bon Dieu, je l'ai découvert par hasard ! Je m'étais perdu et je suis arrivé dans cette clairière à ma grande surprise. Pourquoi ne m'a-t-on pas dit que les Mariell possédaient un mausolée ?

— Cela ne semblait pas important, répliqua-t-elle. Et ce ne l'est pas. J'y vais une fois par semaine pour changer les fleurs, mais j'ai bien peur qu'il soit en très mauvais état, comme beaucoup d'autres choses à Edbrook.

Pendant un moment elle garda le silence, et Ash eut l'impression qu'elle avait laissé son esprit s'échapper très loin dans le passé. L'enquêteur but un peu de cognac, puis s'éclaircit la gorge.

— Les parents de Christina sont ensevelis dans ce mausolée ?

— Leurs dépouilles ont été ramenées de France pour reposer à Edbrook. Vous avez dit que Seeker se trouvait à l'intérieur du mausolée ?

— Oui. Caché quelque part, au fond. Je croyais... (Il hésita en secouant la tête.) J'ai cru que Christina s'était cachée là. Elle m'avait abandonné dans les bois, pour me jouer un de ces tours puérils...

— Il faut lui pardonner, Mr. Ash, ainsi qu'à ses frères, pour ces enfantillages. J'avais espéré que les années et les événements finiraient par les changer. Après la mort de leurs parents, j'ai même cru que le chagrin les aiderait à mûrir... (Ses épaules s'affaissèrent et son corps parut se recroqueviller.) Mais la tragédie a eu l'effet contraire. On dirait qu'elle les a poussés à se retrancher encore plus dans leur monde de jeux et de plaisanteries.

Ash sentait une certaine impatience monter en lui.

— Ecoutez, en ce qui concerne le chien : cet animal est bien trop dangereux pour être laissé en liberté.

Elle se redressa et sa voix se fit coupante :

— Non, Seeker ne représente aucun danger, Mr. Ash. Je vous jure qu'il ne vous aurait pas fait le moindre mal. Il a cru protéger sa maîtresse. C'est pourquoi il a essayé de vous faire fuir.

— Qu'est-ce que vous me racontez? explosa David. Christina n'était même pas dans les parages!

Sa colère subite parut attrister Nanny Tess plus que la déconcerter.

— Je ne savais pas que Seeker gardait sa dernière demeure, murmura-t-elle.

— J'essaie de comprendre ce que tout cela signifie, dit Ash d'une voix plus contrôlée. Mais vous ne m'aidez guère, Miss Webb. La dernière demeure de qui?

Elle refusa de le regarder en face. Sur ses genoux, ses mains se tordaient nerveusement. Une mèche de cheveux blancs tomba sur son visage baissé.

— Christina... commença-t-elle avant de se taire, le temps de chasser la mèche rebelle. Christina avait une sœur jumelle.

La cigarette s'arrêta avant de toucher ses lèvres.

— Elles se ressemblaient tant, continua Nanny Tess. Et pourtant... (Elle remarqua le regard acéré qu'il posait sur elle.) Oui, une sœur jumelle, Mr. Ash, mais avec une différence horrible.

Il attendait, la cigarette toujours entre ses doigts à quelques centimètres de sa bouche.

— L'autre était schizophrène. Elle se comportait comme une enfant normale pour se transformer en un petit être incontrôlable le moment suivant.

— Et elle est morte? s'enquit-il d'une voix posée.

— Vous avez vu l'endroit où elle repose, en compagnie de ses parents.

— Un autre détail que personne n'a jugé suffisamment important pour être mentionné.

Il tira sur sa cigarette et rejeta un nuage de fumée.

— Quel intérêt cette révélation présente-t-elle pour vous, Mr. Ash?

— Vous ne comprenez donc pas? Bon Dieu! Le spectre d'une jeune fille se manifeste dans votre maison et personne n'a fait le rapprochement avec la sœur jumelle de Christina?

— Ce n'est pas un sujet que nous aimons aborder.

— On reste dans les traditions familiales, hein? lança-t-il sans cacher le dégoût qu'il éprouvait. Eh bien, si vous voulez aider cette enquête — vous aider vous-mêmes, bon Dieu! —, vous feriez mieux de parler maintenant!

Sans un mot, Nanny Tess se leva en faisant grincer sa chaise sur le carrelage. Elle prit la bouteille de cognac sur le vaisselier et un autre gobelet qu'elle remplit largement.

Ash leva son propre verre déjà presque vide. Elle revint s'asseoir avec la bouteille qu'elle posa devant lui. Il se servit pendant qu'elle buvait en grimaçant.

— Je ne suis pas sûre... commença-t-elle.

— Vous devez me parler, insista-t-il d'une voix sèche.

— Tout cela s'est passé il y a si longtemps. Et j'ai tout fait pour chasser ces faits de mon esprit.

— Je voudrais que vous compreniez quelque chose, dit alors Ash plus calmement. Si vous — si vous tous — avez voulu oblitérer quelque souvenir désagréable, un événement terrible de votre passé, peut-être est-ce votre subconscient qui pousse cette mémoire occultée en avant jusqu'à ce que vous l'acceptiez. Croyez-moi, cela peut arriver. Vos esprits pourraient créer eux-mêmes une image — un fantôme, selon vous — de la sœur de Christina. Comprenez-vous ce que je veux dire?

Elle réfléchit un long moment.

— Je... je le pense, oui. Mais vous ne croyez pas au surnaturel.

— C'est exact, mais je crois au paranormal. Il y a une différence. A présent, parlerez-vous?

Nanny Tess but une longue gorgée de cognac, puis elle le fixa droit dans les yeux. Enfin elle parut se décider.

— Ma sœur et son mari n'auraient jamais pu admettre à la face du monde qu'un de leurs enfants était... n'était pas tout à fait normal. Il aurait fallu que vous les connaissiez, Mr. Ash, que vous connaissiez la société dans laquelle ils vivaient, les traditions...

— Les traditions des Mariell? interrompit-il.

— Il n'était pas question pour eux d'envoyer leur fille dans une institution spécialisée. Pas simplement à cause de la honte qu'ils en auraient ressentie, mais aussi de l'amour qu'ils lui portaient. Je m'étonne encore du nombre de fois où Isobel, ma sœur, me fit jurer de prendre soin de ses enfants au cas où elle et son mari disparaîtraient. On aurait dit qu'elle avait eu la prémonition de leur mort précoce. Est-ce possible, Mr. Ash? Pensez-vous que d'une façon ou d'une autre elle ait pu savoir qu'ils mourraient si jeunes?

— Certains de mes collègues vous affirmeraient que ce genre de prémonition n'est pas rare, répondit-il habilement.

Elle hocha la tête.

— Leur mort atroce nous a tous profondément choqués mais, pour elle, pour la sœur de Christina, ce fut encore pire. Son pauvre esprit n'a pas pu supporter leur perte, et la partie insane en elle submergea un peu plus chaque jour la partie saine. Elle jouait avec les autres, mais ses jeux à elle étaient de plus en plus dangereux. Ils commencèrent par la craindre, puis ils lui en voulurent. Quand ces crises sombres prenaient possession d'elle, elle n'aimait que la compagnie de Seeker. Les tours qu'elle jouait devinrent plus méchants, et nous dûmes souvent l'enfermer, pour sa propre sécurité comme pour celle de ses frères et sœur.

Nanny Tess but une nouvelle gorgée de cognac, tandis qu'Ash écrasait sa cigarette dans une soucoupe. Il attendit qu'elle poursuive.

— Et une nuit, elle a réussi à mettre le feu à la maison. Nous n'avons jamais su si c'était accidentel. Nous nous en rendîmes compte très vite et nous réussîmes à circonscrire l'incendie. Mais elle avait disparu. Nous fouillâmes la maison de la cave au grenier. Ce n'est que lorsque Simon découvrit que la porte donnant sur les jardins était ouverte que nous comprîmes ce qui s'était passé. Nous retrouvâmes son corps dans le bassin.

Horrifié, Ash fixait un regard incrédule sur la tante des Mariell. Les pensées de celle-ci paraissaient revenues au moment de ces tragiques événements.

— Sa chemise de nuit avait pris feu et elle s'était jetée dans l'eau pour éteindre les flammes. Mais ses brûlures étaient sans doute trop graves, et elle avait dû manquer de force pour ressortir du bassin. La pauvre petite s'y était noyée, Mr. Ash.

Abasourdi par cette révélation, Ash avait du mal à ordonner ses propres pensées.

— Hier matin, quand Christina me faisait visiter Edbrook, elle a paru effrayée à l'idée de s'approcher du bassin...

— Aucun de nous n'aime s'en approcher, même après toutes ces années. C'est pour cette raison que le bassin est en si piètre état.

Ash se renversa dans sa chaise, l'esprit un peu embrouillé. Il lui fallait le temps de classer tous les renseignements qu'elle venait de lui donner.

— Je ne comprends toujours pas pourquoi vous ne m'en avez pas parlé plus tôt, dit-il enfin.

— Pourquoi voudrions-nous parler de folie entre nous ? Nous nous sommes toujours protégés mutuellement, et nous agissons de même avec nos souvenirs. Il n'y avait aucune raison de vous en parler, Mr. Ash, du moins jusqu'à maintenant. A présent, je crois que vous avez le droit de savoir.

— Et y a-t-il d'autres choses que je devrais savoir ? fit-il d'un ton redevenu acerbe.

Elle secoua lentement la tête, l'air sombre.

— Il est des choses que connaît Edbrook et que l'étranger doit ignorer, lâcha-t-elle sentencieusement.

Elle vida son gobelet d'un trait et se leva de table.

— Attendez... dit Ash en la voyant s'éloigner.

Elle ouvrit la porte de la cuisine et se retourna vers lui.

— Je vais vous donner un conseil : quittez cette maison. Rien de bon ne résultera de votre enquête. Est-ce que vous ne pouvez le sentir, vous aussi ?

Et elle sortit de la pièce.

17

La fumée de cigarette empoisonnait l'atmosphère de la chambre et s'étirait en lourdes nappes transpercées par endroits par les rayons du soleil que déversait la fenêtre.

Le visage sombre, Ash étudiait attentivement ses notes. Il posa son stylo-feutre sur la table et écrasa ce qui restait d'une cigarette dans un cendrier en cuivre déjà bien rempli. Il prit la bouteille de vodka, à présent aux deux tiers vide, et s'apprêtait à boire quand on frappa sèchement à la porte.

Simon Mariell entra dans la chambre sans attendre de réponse.

— Vous pouvez nous accorder quelques minutes? s'enquit-il avec ce sourire méprisant qui irritait de plus en plus Ash. Robert aimerait vous voir dans le petit salon.

Ash réprima sa mauvaise humeur.

— Ça tombe bien, je voulais justement lui parler.

Il prit son veston sur le dossier de sa chaise et sortit derrière Simon, qui s'était déjà éloigné dans le couloir. Il détestait la lumière glauque qui régnait dans cette partie de la maison quel que fût le temps dehors. L'odeur de poussière et de vieux bois était particulièrement déplaisante.

Il descendit le grand escalier derrière son guide. Il se

sentait fatigué d'avoir bu du cognac si tôt le matin, auquel s'étaient ajoutées depuis plusieurs doses de vodka. Pour la première fois, il remarqua combien le tapis couvrant les marches était élimé.

Robert, Christina et Nanny Tess l'attendaient dans le petit salon. Simon referma la porte derrière lui avant de s'asseoir à côté de sa sœur, sur le grand canapé.

Robert, qui était debout près d'une des grandes fenêtres, s'approcha de l'enquêteur avec un sourire froid.

— Je me demandais s'il ne serait pas temps que vous nous fassiez une sorte de rapport, Mr. Ash.

— Dites-moi plutôt à quel jeu idiot vous jouez avec moi ! rétorqua Ash.

Christina s'agita sur le canapé, visiblement surprise par sa repartie. Mais la voix de Robert resta calme, et il continua de sourire.

— Je ne suis pas certain que vous compreniez...

— L'incident de la nuit dernière, coupa David. Et aujourd'hui Christina qui me dirige vers le mausolée où votre satané chien m'attendait !

— Mais je n'ai pas... voulut protester Christina.

Il pivota vers elle.

— Vous vous êtes mise à courir dans cette direction par hasard, bien sûr ? Et les voix que j'ai entendues dans les bois ? Elles n'étaient que le fruit de mon imagination, je suppose ! (Il se retourna vers Robert.) Il y a peu de temps, votre tante m'a raconté une histoire abracadabrante au sujet d'une prétendue sœur jumelle de Christina qui se serait noyée dans le bassin. (Il lança un regard acéré à Nanny Tess, qui était assise sur le bord du fauteuil, le corps rigide.) Et elle m'a presque convaincu. Une sœur schizophrène décédée dans d'atroces souffrances ! Voilà qui collait parfaitement avec la hantise sur laquelle vous m'avez demandé d'enquêter, n'est-ce pas ?

— Je crains que vos dernières mésaventures ne vous aient quelque peu excédé, dit doucement Robert. Pourquoi diantre nous donnerions-nous tout ce mal ?

— C'est ce que j'aimerais que vous m'appreniez. Est-ce une petite conspiration bien vicieuse que vous et quelques autres avez montée pour me discréditer ? La récompense que vous me décernez pour avoir démasqué toutes ces fausses hantises et ces spirites de pacotille depuis des années ? Ne me dites pas que vous vous êtes tous regroupés pour tenter d'amoindrir le résultat de ces enquêtes par une aussi piètre manœuvre !

— Je me demande, Mr. Ash, si vous vous rendez compte du ridicule de votre conduite, dit Robert sans perdre son calme. Certes, votre acharnement contre les médiums et les phénomènes surnaturels est bien connu ; mais cela ne présente aucun intérêt pour les Mariell. Ce domaine nous est totalement indifférent.

— Je n'ai que votre parole sur ce point. En fait, je ne connais foutre rien de vous, d'aucun de vous !

Ash leur lança un regard dur. Christina paraissait incertaine, anxieuse, et Nanny Tess ouvertement apeurée par son éclat de colère. Pourtant Simon cachait un rictus derrière sa main, ce qui ajouta au ressentiment d'Ash.

Robert alla jusqu'à la cheminée éteinte d'un pas nonchalant et s'accouda à la tablette de marbre.

— Nous vous avons dit tout ce que nous jugions nécessaire. Si vous avez d'autres questions, nous sommes tout à fait disposés à coopérer. Mais il semblerait que vous mettiez en doute même la parole de Nanny.

— Uniquement parce qu'elle a dit que la jumelle de Christina était morte alors qu'elle n'était encore qu'une enfant. Alors comment Seeker aurait-il pu être son compagnon de jeux ? (Il se passa nerveusement une main dans les cheveux.) C'est pourtant ce que Miss Webb m'a raconté. Elle a ajouté que, encore maintenant, le chien gardait l'endroit où reposait l'enfant morte. Je ne suis pas expert en zoologie, mais ce n'est pas utile pour voir que Seeker n'est pas aussi vieux, si jamais il avait pu vivre jusqu'à maintenant. Toute cette histoire n'était en réalité qu'un mensonge stupide. (Il balaya l'air d'une main en secouant la tête.) Et ça m'a fait réfléchir à tout le reste. Ce que je ne saisis pas, c'est ce que vous espérez gagner à me discréditer.

— Nous ne désirons qu'une chose, Mr. Ash, dit alors l'aîné des Mariell. La vérité.

Christina se leva du canapé et s'approcha de l'enquêteur qui la regardait avec défiance.

— David, peut-être vos préjugés vous font-ils douter de notre bonne foi.

— Je qualifierai mes préjugés de sains, rétorqua-t-il d'un ton froid. Je n'en dirai pas autant de vos jeux.

— Ah, vous pensez donc que tout ceci n'est qu'un jeu? dit Robert. Eh bien, allez-y, prouvez-le. Ou, si vous n'y parvenez pas, prouvez au moins que les... perturbations qui ont lieu dans cette maison — et je vous rappelle que vous avez fait l'expérience de quelques moments assez étranges —, prouvez donc qu'elles sont causées par des sources souterraines, des erreurs de construction ou des champs électromagnétiques, comme vous les appelez. Prouvez que ces phénomènes sont naturels, ou bien qu'ils ne sont que supercherie. Vous devriez même nous montrer que nous avons tort de croire notre maison hantée. Nous serions tous très intéressés par vos explications rationalistes, Mr. Ash. Tout comme l'Institut de Recherches Métapsychiques, cela va sans dire.

— Et pourquoi prendrais-je toute cette peine?

Simon eut un petit rire.

— Pour satisfaire votre curiosité professionnelle, bien sûr. Pour quelle autre raison?

— Oh, j'en connais une, intervint son frère. Vous avez besoin de vos propres croyances, Mr. Ash, et cela fait partie de votre scepticisme naturel. Néanmoins, je vais vous donner un motif plus matériel : je propose le triplement des émoluments que vous recevez pour cette enquête et une importante donation à l'Institut, à la seule condition que vous démontriez de manière irréfutable qu'aucun fantôme ne hante Edbrook. Le défi vous tente-t-il?

Ash les regarda un à un avant de répondre.

— D'accord, dit-il lentement. Mais je veux l'assurance que cette nuit, quoi qu'il arrive, aucun d'entre vous ne quittera sa chambre. C'est pour moi la seule façon d'être sûr que vous n'êtes pas impliqués dans les perturbations.

Robert eut un sourire qui valait assentiment.

— Simon et moi passerons la nuit à Londres. Nous avons un rendez-vous d'affaires tôt demain matin dans la City. Vous n'aurez donc pas à craindre une plaisanterie de notre part. Et je suis certain que Christina et Nanny accéderont à cette requête.

La tante des Mariell se détourna tandis que Christina acquiesçait en regardant Ash, toute anxiété disparue de son visage.

— Peut-être aurai-je les réponses à votre retour, dit David à Robert.

— Je vous le souhaite, répondit l'autre. Je vous le souhaite vraiment.

18

D'un pas décidé, l'homme avançait sur le chemin bordé par le double mur épais des arbres, qui cachait à sa vue l'ondulation lointaine des collines. Malgré le soleil encore ardent, l'air s'était déjà considérablement rafraîchi car l'astre du jour entamait sa courbe descendante.

Ash releva le col de son veston en regrettant de ne pas avoir pris le temps de monter dans sa chambre pour y enfiler son pardessus. Il marchait à longues enjambées nerveuses. Le froid et l'air pur avaient chassé la fatigue qui l'accablait encore peu de temps auparavant.

Quand il atteignit enfin la cabine téléphonique plantée à l'intersection du chemin et d'une route goudronnée, Ash avait pourtant le souffle court et les jambes raides, et il constata avec quelque dépit qu'il n'était plus accoutumé à ce genre d'exercice. D'un rouge sans concession qui s'adaptait pourtant à tous les environnements, la cabine était d'un modèle ancien, avec une profusion de petits carreaux dont la plupart étaient d'ailleurs cassés. En découvrant cet état de délabrement, Ash pria pour qu'elle fût encore en service. Il eut quelque difficulté à ouvrir la porte et se glissa à l'intérieur. Il décrocha le combiné et eut la satisfaction d'entendre un bourdonnement dans l'écouteur. Il fouilla dans sa poche et déposa une poignée de pièces sur la petite tablette avant d'en sélectionner une. Il composa le numéro, attendit la première sonnerie et introduisit la pièce dans la fente.

— Kate McCarrick, s'il vous plaît, dit-il.

Pendant qu'on recherchait sa correspondante, il contempla le chemin à travers une des rares vitres encore intactes. Son souffle la couvrit bientôt de buée.

— Kate? C'est moi, David.

— David! s'exclama-t-elle avec une sorte de soulagement réprimé. Pourquoi n'as-tu pas appelé plus tôt? Nous commencions à nous inquiéter ici.

— Je ne pouvais pas. Le téléphone à Edbrook est hors d'usage. Et j'ai l'impression que c'est permanent.

— Il n'y a aucune ligne attribuée à Edbrook, lui annonça-t-elle.

Il fronça les sourcils et garda le silence quelques secondes.

— David, tu m'as entendue? Je viens de dire qu'il n'y avait aucune ligne attribuée aux Mariell.

— Ouais, dit-il avec une certaine lassitude. J'ai entendu. Une famille assez surprenante, ces Mariell. As-tu des renseignements sur eux, leurs antécédents?

A l'Institut de Recherches Métapsychiques, Kate ôta ses lunettes de lecture et les posa sur son bureau encombré.

— Simplement ce que nous a dit Miss Webb dans ses deux lettres, ce qui n'est pas énorme. Je pourrais faire quelques recherches pour toi, mais aujourd'hui je n'ai pas beaucoup de temps. Je dois tout préparer pour la Conférence internationale de parapsychologie qui commence demain. Tu sais le boulot que ça représente...

Elle éloigna le combiné de son oreille comme un déferlement de craquements saturait la ligne.

— Tu es toujours là, David? s'enquit-elle dès la fin de l'interférence. La communication est très mauvaise.

— Fais du mieux que tu pourras pour moi, l'entendit-elle faiblement demander. Je ne sais pas encore sur quoi je suis tombé. Impossible de dire pour l'instant s'il y a fraude ou non.

— S'il y a un problème extérieur, laisse tomber, David, dit-elle d'une voix ferme. Inutile de t'en mêler.

Avec ses doigts, Ash essuya la buée sur le carreau.

— Tu ne sais pas ce qu'ils proposent, répondit-il.

Des crachotements désagréables envahirent de nouveau la ligne.

— Je n'ai pas compris ce que tu viens de dire, lança Kate à l'autre bout du fil. Tu peux répéter?

— Ce n'était rien d'important, dit-il d'une voix plus forte pour être entendu. Mais j'irai jusqu'au bout, c'est un cas assez particulier. Ecoute, je n'ai plus de monnaie, il va falloir écourter notre discussion. Mais je te rappellerai demain.

— Je serai à la conférence. Explique-moi ce qui se passe à Edbrook.

— J'aimerais le savoir moi-même. Mais Robert Mariell m'a lancé un défi plutôt stimulant...

Un bip répété annonça la coupure prochaine de la communication.

— Je te rappelle demain soir, Kate. Chez toi. Je t'en dirai plus alors...

Un bourdonnement continu envahit l'écouteur.

Dans son bureau, Kate reposa le combiné avec une grimace de mauvaise humeur. Puis elle leva les yeux vers Edith Phipps, qui l'observait sur le seuil de la porte.

Il approcha de la maison par le parc mais abandonna l'allée pour couper par les pelouses. Il fit halte un moment et s'adossa contre un arbre pour reposer un peu ses jambes. Tu te fais vieux, se dit-il en cherchant son paquet de cigarettes dans la poche de son veston. Il observa la demeure encore lointaine, sa façade attaquée par le temps, sûrement bien moins impressionnante qu'elle ne l'avait été un siècle plus tôt. La maçonnerie des souches de cheminées était en piteux état, et même à cette distance il voyait la peinture écaillée des fenêtres, les tuiles manquantes du toit et les gouttières arrachées ici et là. Pourquoi les Mariell avaient-ils laissé la demeure familiale se détériorer ainsi? Leur situation financière était-elle instable ? Selon les apparences, pas au point d'empêcher Robert Mariell d'offrir à l'enquêteur le triplement de ses émoluments et une donation substantielle à l'Institut. Mais Ash avait eu l'occasion dans le passé d'enquêter dans des propriétés beaucoup plus imposantes et tout aussi négligées par leurs possesseurs. Quand la cause n'en était pas les taxes de succession qui avaient sérieusement entamé la fortune des héritiers, cette désaffection était souvent due à un simple manque d'attention.

Il allait allumer une cigarette quand quelque chose attira son regard. Devant lui, dans une immobilité si parfaite qu'il ne l'avait tout d'abord pas remarquée, une autre personne observait Edbrook. Une silhouette blanche assise sur un banc de pierre.

Une brise froide caressa la nuque de David.

C'était une silhouette féminine, et ses cheveux sombres retombaient librement sur ses épaules.

Ash retira la cigarette de sa bouche et la glissa dans la poche de poitrine de son veston dans un geste à demi conscient. Il avança précautionneusement vers elle, comme si le moindre bruit risquait de la faire disparaître. Une idée idiote, voulut-il se raisonner, mais il n'en continua pas moins à marcher silencieusement.

Alors qu'il se rapprochait, il perçut la mélodie mélancolique qu'elle chantonnait. Il la reconnut sans se rappeler en quelle occasion il l'avait déjà entendue. C'était un air très simple, semblable à une comptine enfantine, qui devenait vite obsédant.

A quelques pas de distance, les cheveux et les épaules fines lui parurent familiers.

Bientôt il fut assez proche pour la toucher.

La mélodie cessa et Christina tourna la tête vers lui, un sourire avenant aux lèvres.

— Je ne voulais pas vous surprendre, s'excusa-t-il, un peu embarrassé.

— Je vous attendais, dit-elle simplement.

Ash se souvint alors qu'elle fredonnait cette même

chanson quand elle l'avait ramené la veille de la gare. Il s'assit sur le banc à côté d'elle.

— Vous n'avez pas froid? s'enquit-il.

Malgré sa longueur, la robe qu'elle portait était effectivement taillée dans un tissu léger. Mais elle haussa les épaules avec insouciance.

— Vous avez été absent longtemps, dit-elle.

— La cabine téléphonique n'est pas à côté.

Elle lui lança un regard empli d'une évidente perplexité.

— Je suis allé appeler l'Institut pour leur dire où j'en étais, expliqua-t-il. Ce qui n'est pas très facile quand on est dans le flou comme je le suis encore. Pourquoi le téléphone à Edbrook est-il hors service?

— Oh, nous détestons ces appareils! C'est tellement horrible de parler à une voix désincarnée, vous ne trouvez pas?

Elle sourit encore, et il crut voir dans ses yeux cette lueur subtile de moquerie, mais il préféra l'ignorer.

— Dites-moi, comment vivez-vous? Comment vos frères dirigent-ils leurs affaires?

— Nous nous arrangeons.

Elle se remit à chantonner.

Ash se pencha en avant, les coudes posés sur les genoux, le regard fixé sur Edbrook.

— Pourquoi m'avez-vous abandonné dans les bois?

Elle cessa de fredonner.

— Ce n'était pas intentionnel, répondit-elle d'une voix qui lui parut empreinte d'un remords sincère. J'ai cru que vous étiez juste derrière moi. Vous me pardonnez?

— Ce n'était pas une de ces plaisanteries dont vous semblez raffoler? insista David. Une blague décidée entre vous et Simon, avec l'assentiment de Robert, sans doute, pour me filer une petite frousse?

La mélodie entêtante de la comptine monta dans l'air, chantonnée un peu plus tristement cette fois.

— De quelles affaires s'occupent vos frères, Christina? s'obstina David. Comment peuvent-ils payer les charges d'une propriété comme Edbrook?

— Je croyais vous l'avoir déjà dit. Mon père nous a laissé une belle fortune en titres et en investissements. Je ne m'en occupe pas. C'est pourquoi Simon et Robert sont partis pour Londres.

— Et pourtant vous n'avez pas assez pour vous offrir des domestiques. C'est une maison bien grande pour que votre tante s'en occupe seule, vous ne pensez pas?

— Elle loue les services de quelqu'un quand le besoin s'en fait sentir. Au printemps et en été, des jardiniers viennent s'occuper du parc. Mais la plupart du temps nous préférons rester entre nous.

— Pourquoi donc?

— Parce que nous nous suffisons à nous-mêmes. Nous n'avons pas besoin d'étrangers.

Il se tourna pour la regarder en face.

— N'avez-vous jamais envie de partir d'ici, Christina? Quittez-vous parfois Edbrook?

— Oh oui, dit-elle en souriant. Souvent. Et pour de longues périodes à chaque fois.

Mais Ash ne l'écoutait plus vraiment. Il regardait derrière elle, au loin. De l'autre côté des pelouses, sous un groupe d'arbres, se tenait une petite fille. La distance était trop grande pour qu'il pût discerner ses traits, mais les taches blanches de ses socquettes indiquaient sa jeunesse.

Christina continuait à parler. Elle ne s'était pas rendu compte que l'attention d'Ash s'était focalisée sur un autre sujet.

— Mais je suis toujours ramenée à Edbrook. Je ne crois pas que je pourrais jamais quitter cet endroit...

— Christina, dit-il en posant une main sur son bras. Regardez, là-bas. Vous la voyez?

Elle scruta les jardins dans la direction qu'il indiquait.

— Je ne vois personne.

— Là-bas, sous les arbres!

Elle plissa les yeux, se concentra sur sa recherche.

Après une poignée de secondes, elle secoua la tête négativement.

— Désolée, je ne vois toujours personne...

Il la dévisagea avec étonnement.

— Mais pourtant...

Il retourna son attention vers la petite fille. Mais il n'y avait personne sous les arbres, au loin.

19

Ash déambulait dans la maison et ses pas éveillaient de lugubres échos dans les grands couloirs au dépouillement oppressant. Il n'était pas véritablement seul à Edbrook, puisque Christina et Nanny Tess se trouvaient dans leurs chambres respectives, mais il n'en éprouvait pas moins un sentiment écrasant de solitude. A l'extérieur, la nuit était claire, sans nuages, gouvernée par une lune d'une pâleur vive. Les vieux murs de la demeure paraissaient absorber la froideur de l'atmosphère plutôt que la repousser, car tout à l'intérieur, jusqu'aux meubles, semblait atteint par un souffle immobile et glacé.

Il avait mangé seul ce soir, et Nanny Tess lui avait à peine adressé la parole en le servant. Mais Ash lui-même n'était pas d'humeur à discuter. Quand il lui avait demandé où se trouvait Christina, se doutant que ses frères étaient déjà partis pour Londres, Nanny Tess lui avait répondu que sa nièce avait préféré se retirer dans sa chambre de bonne heure, sans aucun doute affectée par l'agitation qui avait marqué la nuit précédente. La tante avait ajouté ce commentaire sur un ton qui pouvait laisser supposer qu'elle le tenait pour personnellement responsable.

Ash passa dans différentes pièces pour vérifier que son équipement de détection fonctionnerait à la moindre sollicitation. Il saupoudra d'autres endroits de farine et s'assura que toutes les portes donnant sur l'extérieur étaient bien fermées. Les lattes du parquet craquaient sous ses pas tandis qu'il allait d'une pièce à l'autre, et ses doigts revenaient poissés d'une poussière humide quand ils touchaient les murs ou les rampes d'escalier. Il fit une autre découverte : des toiles d'araignée qui s'étendaient dans tous les coins de murs, plus nombreuses dans les pièces les moins utilisées. Il secoua la tête avec une certaine rancœur. Les Mariell se faisaient des illusions s'ils pensaient leur tante capable de tenir une bâtisse aussi étendue. Rien d'étonnant à ce qu'elle parût si agitée.

Alors qu'il tâtonnait à l'entrée d'une pièce à la recherche de l'interrupteur, il sentit une araignée passer rapidement sur le dos de sa main. Ash frissonna, révulsé par la sensation. Il regarda l'araignée disparaître par un trou s'ouvrant dans une plinthe. L'ampoule était trop faible pour éclairer correctement la pièce, comme cela semblait être la règle à Edbrook, et il se demanda pourquoi il ne l'avait pas encore visitée. Puis il se souvint qu'elle était précédemment fermée. Comme les Mariell n'avaient attesté aucune apparition dans cette chambre, il n'avait pas pris la peine de l'examiner. Peut-être l'avaient-ils ouverte pour qu'il puisse aller où bon lui semblait pendant leur absence.

Les quelques meubles étaient protégés de la poussière omniprésente par des housses. Au-dessus de la cheminée trônait un tableau de belle taille représentant un couple en tenue de soirée. Il eut la désagréable impression que l'homme et la femme le surveillaient.

Il n'eut aucun mal à les identifier. La femme offrait une ressemblance indéniable avec Christina, malgré son maintien plus raide, ses cheveux plus clairs et d'une nature différente. Mais les yeux étaient les mêmes, habités par une lueur amusée que l'artiste avait su rendre avec brio, énigmatiques parce qu'ils ne paraissaient pas vraiment moqueurs ni chaleureux. Ils semblaient trahir quelque savoir intérieur.

L'homme était tout à fait dissemblable. Une version plus âgée et plus austère de Robert. Si le modèle de ce portrait avait eu le sens de l'humour, il l'avait soigneusement caché pendant les séances de pose. Les traits granitiques donnaient peu d'indications sur le caractère profond de cet homme.

Ash reconnut Thomas et Isobel Mariell, les parents décédés de Robert, Simon et Christina. Isobel était la défunte sœur de Tess Webb.

Leurs regards figés mettaient l'enquêteur mal à l'aise. Il éteignit la lumière et referma la porte en sortant de la pièce.

Alors qu'il parcourait le couloir, il prit conscience que son souffle se transformait en vapeur et alla consulter le premier thermomètre à sa portée. Neuf degrés centigrades. Quelle température glaciaire fallait-il atteindre pour que les Mariell se décident à mettre en marche l'antique système de chauffage d'Edbrook, ou à faire du feu dans les nombreuses cheminées de la maison ?

Il entra dans la bibliothèque. Et fut immédiatement aveuglé par un éclair d'une blancheur insupportable.

Ash jura en se protégeant les yeux d'une main. Il avait dû laisser le détecteur de capacitance branché. La feuille d'un cliché photographique sortit lentement sous le Polaroïd et tomba sur le sol. Les bobines du petit magnétophone se mirent à tourner lentement. Gardant une main devant les yeux pour éviter le prochain flash, Ash s'approcha du trépied. Un nouvel éclair inonda la pièce, et une seconde photo tomba sur la première.

Il trouva l'interrupteur et découvrit qu'il était déjà fermé. *Impossible ! L'appareil ne pouvait pas fonctionner !* Il arracha le fil de connexion avec l'appareil photo.

Le flash, de nouveau. Un autre cliché glissa sur le sol, tandis que le magnétophone déroulait toujours sa bande.

— Impossible ! s'écria-t-il.

La lumière aveuglante, encore. Mais cette fois elle hachait l'espace en une succession incroyablement rapide d'éclairs. Les photos étaient crachées par l'appareil à un rythme infernal. Et Ash entendit le magnétophone dont la vitesse de défilement s'emballait de façon incompréhensible.

Incapable de voir correctement, il trébucha sur son matériel en se dirigeant vers le mur. Il s'accroupit et tendit la main pour arracher la prise mais suspendit son geste.

Les flashes avaient cessé. La dernière photographie développée automatiquement sortit du Polaroïd pour rejoindre celles qui jonchaient le sol devant le trépied. Le magnétophone s'était arrêté. La respiration haletante de l'enquêteur était le seul son qui troublait le silence de la pièce.

Ash était ébahi. Il était absolument inconcevable que le matériel ait pu se déclencher ainsi, qu'une fois débranché il ait pu continuer à fonctionner. Une hausse de tension brutale qui aurait affecté le mécanisme délicat du détecteur ? Il leva les yeux vers l'ampoule électrique trop faible. Il n'avait rien remarqué en pénétrant ici, mais il est vrai que le premier éclair du flash l'avait immédiatement aveuglé. De toute façon, le détecteur n'était pas allumé. Cela avait-il eu quelque incidence sur ce qui venait de se passer ? Ash se redressa. Il était désorienté, mais il soupçonnait déjà une supercherie.

Il marcha jusqu'aux clichés éparpillés sur le sol, sur lesquels les détails apparaissaient lentement, comme au sortir d'une brume. Il prit ceux dont le développement était achevé et les examina. L'un le montrait sur le seuil de la bibliothèque ; un autre approchant l'objectif. Il s'assit sur ses talons et regroupa les photographies. Les couleurs et les contours se précisaient sur chaque feuille de papier sensible, et il vit sa silhouette approchant ou reculant selon les prises. A part David Ash et le mobilier de la bibliothèque, les photographies ne révélaient rien.

Ash regroupa tous les clichés en une pile qu'il fourra dans une poche de son veston. Puis il se redressa et sortit de la pièce sans toucher à son matériel. Toujours interdit par ce qu'il venait de vivre, il referma la porte derrière lui et s'immobilisa un moment dans le couloir pour écouter.

Des voix assourdies, à peine plus que des murmures, parvenaient à ses oreilles.

— Christina? fit-il à voix haute. Miss Webb?

Le silence, à présent.

Il alla jusqu'aux autres portes qu'il ouvrit et fouilla d'un regard rapide chaque pièce. Personne.

Il grimpa au premier étage et tourna le dos à sa chambre pour suivre le couloir jusqu'à la chambre de Christina. Il frappa doucement à la porte mais n'obtint aucune réponse. Il l'appela de nouveau, sans plus de résultat.

Il se dirigea alors vers le petit escalier en colimaçon menant au deuxième étage. Dans un lointain passé, les chambres qui s'y trouvaient avaient été occupées par la domesticité, mais il se rappelait que la tante des Mariell lui avait dit dormir là. Il frappa à chaque porte. Sans succès.

Il resta un long moment sans bouger dans le couloir chichement éclairé. A part lui-même, la vieille demeure paraissait vide, et cette constatation le laissait perplexe.

Pourtant, tandis qu'il redescendait au rez-de-chaussée, son visage avait pris une expression de ferme résolution. Les Mariell lui jouaient une fois encore une de leurs stupides farces. Ils essayaient de nouveau de le faire marcher, pour qu'il perde courage, dans le but évident d'exacerber son imagination jusqu'à ce qu'il soit prêt à... Prêt à quoi? Où voulaient-ils en arriver? Croyaient-ils pouvoir l'effrayer une nouvelle fois? Espéraient-ils qu'il abandonnerait Edbrook, possédé par une peur bleue des phénomènes inexplicables, devenant ainsi la risée de sa profession? Il eut un sourire dur. Il faudrait plus que les plaisanteries de la famille Mariell pour obtenir ce résultat!

Arrivé à la dernière marche, il fit une nouvelle pause pour écouter.

Cette fois, il entendait une unique voix.

Qui fredonnait une mélodie très simple.
La même qu'avait chantonnée Christina un peu plus tôt.
Il marcha jusqu'au centre du vestibule et pivota lentement sur ses talons, effectuant un tour complet dans l'espoir de saisir la direction d'où venait la comptine.
La porte de la cave était entrebâillée. La voix montait du sous-sol.
Bien qu'il approchât à pas prudents et silencieux, le faible fredonnement s'éteignit avant qu'il ait atteint la porte.
Il se pencha près de l'ouverture, attentif, et un courant d'air froid lui caressa le visage. Rien.
Ash repoussa largement le battant et chercha du bout des doigts l'interrupteur le long du mur. L'ampoule semblait éclairer encore plus faiblement qu'auparavant l'escalier.
Ash descendit les marches dont le bois émit une série de grincements sinistres sous son poids.
Arrivé en bas, il scruta le grand sous-sol aux murs de brique, avec ses niches sombres, ses toiles d'araignée pendant aux chevrons, les meubles sous leurs housses et les statues brisées. L'humidité et l'odeur de moisi lui parurent plus accentuées que lorsqu'il était venu ici la dernière fois.
— Christina, vous êtes ici? dit-il en se contrôlant.
Ses paroles sonnèrent creux dans l'atmosphère confinée de la cave. Seul le silence lui répondit. Il ne put contenir plus longtemps la colère qui montait en lui.
— Si c'est une autre de vos petites farces idiotes...
Il eut soudain l'impression que le silence lui-même le narguait. Il frissonna, conscient de la température très basse du lieu. Le thermomètre accroché au casier indiquait trois degrés centigrades. Un déclic sourd le fit pivoter sur lui-même. L'appareil photographique venait de se déclencher. Sa présence avait donc été décelée, ce qui le rassura sur la fiabilité de son matériel. Sur l'étagère, il vit le magnétophone raccordé au détecteur de

vibrations qui tournait lentement et alla l'arrêter. Puis il rembobina la bande et alluma une cigarette en attendant. La fumée dont il emplit ses poumons n'était qu'un maigre réconfort contre le froid pénétrant qui régnait ici. Après un moment, Ash appuya sur la touche « Lecture ». Pendant une seconde ou deux, il n'y eut qu'un sifflement à peine audible, puis Ash se raidit en entendant les pas enregistrés sur la bande. Ils allaient croissant, faisant craquer les marches de l'escalier. Un silence suivit. Ash ne savait pas s'il était soulagé ou déçu quand sa propre voix s'éleva du petit haut-parleur.

— Christina, vous êtes ici ?

Il arrêta l'enregistrement et éteignit le magnétophone, puis s'adossa aux casiers à bouteilles et tira longuement sur sa cigarette. La même question tournait dans sa tête : pourquoi ? Quel résultat escomptaient-ils en se comportant ainsi ? Il inspecta la cave du regard jusqu'à ce qu'il soit persuadé d'être seul. Intérieurement, il se félicita d'avoir insisté pour que le chien soit relégué à l'extérieur de la maison pour la nuit. Etait-ce Christina qu'il avait entendue fredonner ? Il avait pu se tromper, ou bien les tuyauteries passant dans une pièce aux étages portaient le son jusque dans la cave. Cette dernière hypothèse était certainement la bonne, se dit-il. Bien qu'il n'eût aucune idée de la façon dont ils avaient pu déclencher l'appareillage installé dans la bibliothèque, ils étaient bien sûr les seuls coupables possibles. Comment ils avaient procédé, il le découvrirait demain, dût-il démonter son matériel pièce par pièce.

Sa gorge était sèche, et il dut admettre qu'il était particulièrement nerveux, malgré les explications logiques qu'il trouvait à la situation. Quel idiot il faisait ! Il se laissait aller à entrer dans le jeu des Mariell ! Furieux, il tira d'un geste brusque une bouteille d'un casier et ôta de la paume de la main la poussière qui en couvrait l'étiquette. *Château Cheval-Blanc, 1932*. Une bonne année, à n'en pas douter. Il la remit à sa place et en prit une autre. Encore un grand cru, constata-t-il avec une certaine envie. Un Château Climens de 1929. Ash se déplaça de quelques pas jusqu'aux étagères où étaient rangées les bouteilles d'alcool. Il choisit un flacon ventru de vieil armagnac et fit sauter la capsule de cire avec l'ongle de son pouce. Les Mariell n'ont qu'à se plaindre, songea-t-il avec mauvaise humeur. Moi aussi, j'ai de quoi me plaindre ! Sa cigarette entre les lèvres, il ôta le bouchon du goulot.

Un rire étouffé s'éleva dans la cave.

Il se retourna aussitôt, à temps pour apercevoir une ombre qui disparaissait dans une des niches. De surprise, il lâcha l'armagnac et la cigarette tomba de sa bouche. La bouteille explosa sur le ciment, aspergeant son pantalon et s'étalant sur le sol en une petite flaque brillante.

Le cri que poussa Ash en voyant l'alcool s'enflammer éveilla de brefs échos dans le sous-sol.

Il fit un pas en arrière. De petites flammèches léchaient déjà le bas de son pantalon et il les éteignit à grandes tapes nerveuses des deux mains en reculant encore.

Il arracha une housse d'un fauteuil cassé et se précipita pour en recouvrir les flammes, puis il piétina le lourd tissu, écrasant les morceaux de verre qui jonchaient le sol. Il craignait que la housse elle-même ne prît feu, mais cela ne se produisit pas.

Sans réfléchir au bruit qui l'avait fait sursauter, il comprit que c'était sans doute la cigarette qui avait enflammé l'armagnac répandu.

Quand il fut certain qu'il n'y avait plus aucun risque d'incendie, il s'adossa contre les casiers à bouteilles pour souffler. La housse était roussie par endroits. Quant à lui, l'émotion avait couvert son corps de transpiration, et il avait si chaud qu'il sentait un feu intérieur le brûler.

D'un geste précautionneux il souleva la housse. Les flammes avaient disparu sans laisser aucune marque sur le ciment. Pourtant, quand il se redressa, il vit la lueur orange des flammes qui dansaient sur les murs et le plafond de la cave...

Il regarda autour de lui, stupéfait. C'était impossible ! Le feu était éteint ! Mais les ombres folles affirmaient le contraire.

Et les jambes de son pantalon brûlaient. Il recula en frappant du plat des mains l'étoffe, comme une minute auparavant. Il ne voyait aucune flamme mais il sentait la chaleur intense qu'elles dégageaient, entendait leur crépitement et commençait à éprouver des difficultés pour respirer à cause du manque d'oxygène.

Mais il n'y avait pas de feu !

Comme pour rassurer son esprit dérouté, pour ne pas céder à l'affolement qui le menaçait, il regarda le thermomètre. Consterné, il vit le mercure grimper dans le tube à une vitesse folle.

Ash sentit une grande faiblesse l'envahir. La chaleur intense sapait rapidement ses forces. Respirer devenait une véritable torture.

Un étourdissement le saisit alors que le thermomètre explosait sous la pression du mercure, et il leva instinctivement les bras devant ses yeux pour les protéger des éclats de verre.

Le claquement sec du verre galvanisa Ash. Il tituba vers l'escalier tout en ouvrant le col de sa chemise, tandis qu'une invisible fumée le faisait tousser. Il s'affaissa sur les premières marches, sentit le bois brûlant, se releva et monta les premiers degrés avec l'énergie du désespoir. Il fallait qu'il sorte de la cave avant de mourir asphyxié. Les flammes et les ombres dansaient sur les murs, et il entendait distinctement le craquement du bois enflammé. Bientôt la chaleur ferait exploser les bouteilles, et les alcools décupleraient la fournaise. Il sentait ses vêtements roussir, le dessèchement de sa peau sur son visage et son crâne.

Il avait presque atteint le sommet de l'escalier, mais la porte donnant sur le rez-de-chaussée était fermée. Il posa une main sur la clenche et poussa un hurlement de douleur comme le métal surchauffé lui brûlait les doigts.

Il tomba à genoux sur l'avant-dernière marche, sa

main blessée tenue dans l'autre. Sa respiration était devenue sifflante, et sa conscience vacillait, au bord de l'asphyxie. Il tira un mouchoir de sa poche et en couvrit la poignée qu'il saisit de nouveau.

Sa main glissa.

Sous lui, le brasier rugissait.

Cette fois, il enserra la clenche de ses deux mains protégées par le mouchoir et pesa de tout son poids.

Le pêne glissa hors de la gâche et il put tirer la porte à lui. Alors ses yeux s'écarquillèrent d'horreur.

Une silhouette sombre lui barrait le passage, de longs cheveux voletant follement autour de sa tête, son ample vêtement agité comme par une tornade intérieure.

20

La silhouette se pencha vers lui. Ce n'était pour l'instant qu'une forme sombre qu'il ne pouvait reconnaître. Ash eut un mouvement de recul avorté, et il sentit son corps se raidir.

Elle avança un peu et son visage apparut, comme éclairé par l'invisible brasier. Il lut alors l'anxiété dans le regard de Christina qui cherchait le sien, et la jeune femme posa doucement une main sur son épaule. Ses lèvres formèrent son nom, bien qu'il ne perçût pas sa voix. Il vit les flammes qui se reflétaient dans les yeux gris-bleu, puis qui diminuaient rapidement tandis qu'il sentait la chaleur baisser derrière lui et les craquements de l'incendie s'atténuer avant de disparaître.

Un mouvement derrière elle attira son attention. Seeker avait suivi sa maîtresse, mais il restait en arrière, la gueule basse et son corps massif parcouru de frissons. Ses gémissements assourdis semblaient presque traduire une peur enfantine.

Le choc avait épuisé Ash et il dut accepter l'aide de la jeune femme pour sortir de la cave. Elle le saisit sous les aisselles et le tira vers elle tandis qu'il accompagnait ses efforts en s'agrippant au chambranle de la porte.

Il se laissa aller contre elle et la sentit ployer sous son poids. Quand il se retourna vers l'escalier, aucune flamme ne l'éclairait plus et il ne ressentit aucune chaleur.

Les marches de bois menaient à un sous-sol humide et glacé ; l'ampoule électrique qui l'éclairait se balançait doucement au bout de son fil électrique, agitant des ombres folles sur les murs.

Edith s'éveilla brusquement, les images du cauchemar bien vivaces devant ses yeux écarquillés. Elle se redressa dans son lit, et la panique qu'elle avait rêvée la tenaillait toujours.

Sa gorge desséchée aspira l'air dans un sifflement rauque, avec la même difficulté que si la fumée de ses songes emplissait la chambre. Sa poitrine se soulevait en spasmes douloureux, serrée dans l'étau d'un étouffement qui n'avait rien d'imaginaire. La souffrance se concentra dans sa poitrine et elle crispa ses mains sur elle.

Edith connaissait ce signe. Elle savait que cette douleur n'avait rien d'irréel, car c'était une vieille compagne. Avec des gestes approximatifs, elle se pencha vers la table de nuit, étendit une main tremblante vers la lampe de chevet. Elle luttait pour contenir cette panique qui risquait de lui être fatale, et des larmes brûlantes coulaient de ses yeux exorbités. Ses doigts charnus se refermèrent enfin sur l'interrupteur et la lumière douce révéla une petite bouteille de pilules sur le meuble. Elle en dévissa la capsule et fit tomber d'une saccade une pilule dans le creux de sa main. Elle attrapa le médicament entre ses lèvres et le fit glisser sous sa langue. Avec un soupir à peine audible, elle laissa son corps torturé retomber sur le lit et attendit que le remède se dissolve, consciente que cette fois le mal refuserait peut-être les chaînes chimiques de la pilule.

Pourtant, peu à peu, la douleur qui comprimait sa poitrine se dilua, faiblit puis disparut. Sa respiration reprit un rythme lent, et son corps cessa de trembler.

Il était déjà arrivé à Edith de cracher le médicament avant qu'il fût totalement dissous, car il occasionnait des maux de tête redoutables. Cette nuit, elle n'en fit rien.

Soutenu par la jeune femme, Ash pénétra dans sa chambre avec la démarche d'un homme soûlé non par l'alcool mais par une émotion trop forte. Recru de fatigue, il s'écroula en travers du lit.

Christina souleva ses jambes et les plaça sur la couverture de façon qu'il repose confortablement. Puis elle alla jusqu'au bureau et versa une bonne dose de vodka dans le gobelet.

— Le feu... murmurait-il quand elle revint auprès de lui.

Elle lui prit une main et la referma sur le verre d'alcool.

— Il n'y avait pas de feu, David. Vous ne l'avez pas compris? C'était une des illusions de la hantise d'Edbrook.

Il se redressa sur un coude avec un effort visible et ne dit rien avant d'avoir vidé le gobelet. Il grimaça en sentant la vodka brûler sa gorge puis dévisagea Christina, le visage fermé.

— Ce n'est pas possible. La chaleur...

— N'existait que dans votre imagination, insista gentiment la jeune femme. Il n'y avait aucun feu dans la cave, simplement le souvenir d'un feu.

Des pensées confuses s'emmêlaient dans son cerveau.

— Votre sœur... C'était donc vrai, vous aviez une sœur jumelle. Et c'est elle qui a mis le feu à la cave il y a bien longtemps, n'est-ce pas?

Christina le contempla un long moment avec sur son visage une expression proche de la commisération.

— Il n'y a aucun danger, David. Vous n'avez rien à craindre.

— Elle a brûlé vive en bas...

— Vous tremblez. Je vais vous couvrir.

Elle lui ôta son veston et ses chaussures avant de ramener une couverture sur son corps frissonnant. Assise au bord du lit, elle dégagea son front des mèches rebelles collées par la transpiration avec une main légère. Ses doigts s'attardèrent sur sa joue.

Sa respiration ne s'était pas encore calmée, et il posait sur elle un regard presque implorant.

— Christina, dites-moi ce qui s'est passé ici, à Edbrook.

Sa réponse n'avait aucune intention de le vexer.

— N'était-ce pas vous qui deviez nous l'apprendre? dit-elle en effleurant son épaule. Reposez-vous, David. Chassez toutes ces pensées tourmentées de votre esprit. Vous êtes si pâle, si fatigué...

— Mais hier... insista-t-il en fronçant les sourcils. Quelques minutes après mon arrivée, j'ai cru vous voir dans le jardin avec Simon. Pourtant ce ne pouvait être vous...

— Allons, détendez-vous.

— Il y a une autre femme ici...

— Nous avons essayé de vous l'expliquer, David. Maintenant, vous devez vous reposer.

Mais sa lassitude extrême céda encore une fois devant son obsession. Il enserra le poignet de Christina dans une main nerveuse.

— Je suis allé jusqu'à votre chambre. Vous n'y étiez pas.

— Je suis restée dans ma chambre depuis le début de la soirée, comme vous l'aviez demandé. Je devais dormir quand vous avez frappé à la porte. J'ai un sommeil très profond, David.

— Mais Miss Webb... Elle n'a pas répondu non plus quand j'ai frappé à la porte de sa chambre.

Christina eut un sourire rassurant, comme une mère dont l'enfant s'imagine que le placard sert de refuge à un monstre aux yeux rouges.

— Nanny prend très souvent des somnifères. Elle dort mal depuis des années. Je doute que vous l'ayez réveillée même si vous aviez enfoncé sa porte... (D'un geste absent elle lissa le bord de la couverture entre ses doigts fins.) Peut-être avez-vous troublé mon sommeil... Je ne sais pas. Je crois me souvenir que je faisais un cauchemar. Je me suis réveillée avec le sentiment que quelque chose n'allait pas du tout dans la maison. Je n'ai pas pu obéir à vos instructions, David. C'est pourquoi je suis sortie de ma chambre pour découvrir la source de mon trouble.

— Et je suis heureux que vous l'ayez fait, assura-t-il avec un soupir satisfait.

Sa voix avait fini par le détendre, et il ressentait maintenant une immense lassitude. Il ferma les yeux pendant un moment, le gobelet toujours dans sa main, sur sa poitrine. Christina le lui prit des doigts et le posa sur la table de chevet.

Il rouvrit les yeux.

— Parlez-moi de votre sœur...

Elle détourna la tête avec une moue qui signifiait qu'elle ne désirait pas ranimer des souvenirs douloureux. Une larme brillante coula lentement sur sa joue. D'un geste doux, Ash l'attira contre lui. Elle se laissa faire et s'allongea.

— Je sais, Christina, murmura-t-il. Je sais combien c'est dur. Moi aussi, ma sœur me manque terriblement, pourtant il s'est passé bien des années depuis qu'elle...

Christina se redressa légèrement pour le regarder.

— Pourquoi avez-vous tant de mal à le dire ? Elle s'est noyée, et pour quelque raison vous n'osez même pas prononcer ce mot. Pourquoi en avez-vous peur, David ?

Il répondit d'une voix triste et froide :

— Parce que c'était ma faute.

Il ne sut s'il lisait la confusion ou l'incrédulité sur le visage de la jeune femme, mais il éprouva le besoin de répéter :

— Elle s'est noyée par ma faute.

Ses yeux se fixèrent au-delà de Christina, dans le vide, mais il regardait en fait dans son passé. Les souvenirs de son enfance, relégués pendant si longtemps dans un coin de sa mémoire, remontaient aisément à sa conscience, comme quelque objet englouti qui se libère d'un piège sous-marin et crève la surface de la mer. Il fut lui-même très étonné de cette résurgence si soudaine d'un pan occulté de sa mémoire. Malgré le danger qu'ils représentaient toujours pour lui, il se sentit presque soulagé d'affronter ces instants d'un passé lointain et terrible. Ash se mit à parler, et les visions se succédèrent devant ses yeux intérieurs.

— Juliet était une enfant très négative. Même après toutes ces années, c'est la première image qui me vient d'elle. Pour être tout à fait franc, je ne garde aucun souvenir agréable d'elle. N'est-ce pas horrible de dire une chose pareille, Christina ? Ma propre sœur, morte alors qu'elle n'était encore qu'une gamine... Pourtant je ne trouve rien de positif à dire sur elle, même si elle me manque beaucoup. Elle était plus âgée que moi de deux ans, et son grand plaisir était de me persécuter, de me faire souffrir. Je crois qu'elle m'en voulait de partager avec elle l'amour de nos parents. Mais les tours qu'elle me jouait dépassaient une simple rivalité enfantine...

Il revoyait en esprit le petit garçon qu'il était alors.

— Il y avait quelque chose de foncièrement méchant, de cruel même, dans ses plaisanteries...

... Le petit garçon éclate en sanglots en voyant sa sœur arracher une aile à la maquette d'avion qu'il vient laborieusement de terminer. Elle lui sourit aimablement, mais dans ses yeux brille une étincelle de malveillance...

... Un pied menu s'écarte doucement de sous la chaise et croche la jambe du garçonnet qui passe, les bras chargés de vaisselle...

... L'enfant, un peu plus âgé maintenant, dort dans son lit. Soudain il se réveille en sentant le fil de fer qui griffe sa joue. David hurle de peur plus que de douleur, et sa sœur regagne son lit sur la pointe des pieds. Des pas résonnent dans le couloir, mais la gamine a déjà caché son arme sous son oreiller et feint le sommeil quand la porte s'ouvre...

... Très excité, l'enfant retient son souffle en suivant des

yeux la lente approche du poisson dans l'eau claire. L'animal ondule en cadence pour vaincre le courant tumultueux de la rivière. Il mordille l'appât, et David affermit sa prise sur la canne à pêche improvisée. Dans une seconde, le poisson sera ferré... Le garçonnet voit avec ébahissement une motte de terre décrire une courbe dans l'air et s'enfoncer dans l'eau non loin du poisson. Celui-ci fuit en quelques coups de queue vifs sans avoir mordu à l'hameçon.

David fait volte-face pour découvrir Juliet qui rit de sa colère. Il pousse un cri de rage qui n'a pour effet que de décupler la joie mauvaise de sa sœur. Il pose la petite canne à pêche qu'il a fabriquée lui-même sur le sol et fonce vers elle, ses petits poings serrés par la colère. Mais elle évite aisément sa charge et en quelques enjambées souples elle court jusqu'à la canne à pêche qu'elle ramasse. Elle le tourmente avec la gaule, le touchant à l'estomac pour le défier. Puis elle fait siffler le long bambou au-dessus de sa tête comme une menace, et il doit rester à distance.

En riant elle se fend à la manière d'un escrimeur et l'extrémité de la canne à pêche fouette la joue du garçonnet qui crie de douleur.

Il touche l'estafilade du bout des doigts et observe avec incrédulité le sang qui les poisse.

La fillette recule, mais elle ne craint pas sa colère, car elle éclate d'un rire moqueur et raille sa joue ensanglantée. Elle se rapproche du cours d'eau, adresse un sourire vicieux à son frère et d'un geste ample lance la canne à pêche dans les flots. La longue tige de bambou est emportée par le courant vers le centre de la rivière où elle disparaît rapidement.

Ce n'est pas simplement cette dernière méchanceté qui met le gamin hors de lui, car il subit depuis longtemps déjà la malveillance de sa sœur. Mais des années de tourments artistement distillés tout au long de chaque journée l'ont empli d'une rage froide et impuissante qu'il a toujours refoulée. Aujourd'hui, pourtant, c'en est trop, et il sent sa fureur exploser, se muant en une vague haineuse envers sa sœur. Il se précipite sur elle, les mains tendues pour la saisir.

Tout comme les perpétuelles vexations qu'elle lui inflige ont éveillé sa colère, celle-ci déclenche la peur chez la fillette. Elle recule maladroitement pour l'éviter.

David voit le danger qu'elle court, et ses mains se tendent à présent dans un but tout différent : pour la retenir.

Mais elle interprète son geste comme une menace, à moins qu'elle le déteste trop pour accepter son aide. Un pas de plus en arrière et elle tombe à la renverse.

Les doigts de David se referment sur le tissu de sa robe et il est entraîné dans la chute. Ils atteignent l'eau de la rivière ensemble, le frère et la sœur unis dans une étreinte désespérée.

Ils s'enfoncent dans un univers d'ombres mouvantes, de sons étouffés et de pressions tourbillonnantes, dans un monde gris et glacé.

Le garçonnet crève la surface sans même le vouloir. Les courants l'ont soulevé comme un fétu de paille. Son corps tourne comme une toupie, et il aperçoit son père qui court vers la rive, sa mère juste derrière lui, la Thermos du pique-nique toujours dans sa main. Ses parents crient, mais il n'entend rien.

David est irrésistiblement tiré sous l'eau, comme par des mains invisibles, et il ferme les yeux que presse le maelström liquide. Il sait qu'il ne doit pas crier car il suffoquerait immédiatement. Pourtant il ne peut s'en empêcher.

Des mains bien réelles saisissent maintenant son corps, et il sent son père qui combat le courant près de lui. Ecartelé entre des forces contraires comme une marionnette, il est l'objet d'une lutte sans merci entre l'homme et la furie de la rivière. Et l'homme gagne peu à peu l'affrontement, arrache son fils à l'étreinte des flots.

L'enfant est propulsé vers la surface, et il aperçoit une nouvelle fois la chevelure sombre de sa sœur qui s'éloigne dans l'écume.

Elle disparaît brusquement, aspirée par quelque tourbillon, et sa main crispée est la dernière vision qu'il a d'elle.

David se sent poussé par des mains fortes vers la rive. Sa mère a enfin abandonné la Thermos et se tient au bord du cours d'eau. Elle l'agrippe dès qu'il est à portée et tire son corps frêle sur la berge.

Son père replonge au centre des courants, et sa hâte désespérée crève un instant la surface bouillonnante. Serrés l'un contre l'autre, la mère et le fils l'observent tandis qu'il disparaît dans les flots.

Après ce qui semble une éternité, l'homme refait surface, emplit ses poumons d'air et s'enfonce de nouveau dans l'eau.

Pour le garçonnet en état de choc, le monde est devenu soudain silencieux. Un brouillard diaphane l'enveloppe comme un cocon. Pourtant la rivière rugit toujours, et une brise fraîche courbe l'herbe. Mais il n'entend ni ne ressent rien qu'un étrange engourdissement.

Soudain, le hurlement de désespoir que pousse son père brise sa léthargie, et il comprend que sa sœur a été avalée par la rivière.

Sa mère l'écrase contre elle, et il a l'impression qu'entre ses bras il sera toujours en sécurité.

Il se recroqueville contre elle, mais son regard fouille la surface tumultueuse où son père vient d'émerger à nouveau, les poings tendus vers le ciel dans un blasphème contre cette nature qui lui a volé sa fille...

... La tête posée sur l'oreiller, près de celle de Christina, Ash revivait la scène avec une acuité aussi douloureuse qu'au moment où elle s'était produite, tant d'années auparavant.

— Je ne le leur ai jamais dit, murmura-t-il. Jamais je n'ai avoué à quiconque qu'elle était morte par ma faute, que je l'avais fait tomber dans la rivière.

— Mais c'était un accident, dit Christina.

— Non. Je voulais qu'elle se noie. A cet instant précis je désirais de toute mon âme sa disparition. Je sais que j'ai tenté de la sauver, mais... quand mon père est ressorti seul de l'eau, j'étais soulagé. Une partie de moi-même était satisfaite...

Après toutes ces années de culpabilité inavouée, l'acceptation de sa réaction lui fit l'effet d'un monstrueux coup de poing en pleine poitrine.

— Et vous vous êtes torturé pendant tout ce temps? Mais vous n'étiez qu'un enfant.

— J'avais tellement peur d'être puni. Je ne pouvais pas m'empêcher de penser que d'une façon ou d'une autre je devrais payer pour l'horreur que j'avais provoquée. Tout le monde saurait ce que j'avais fait, avec quel sentiment... Ils le liraient sur mon visage. Mes parents me démasqueraient, et jamais ils ne me pardonneraient... Juliet ne me pardonnerait jamais.

— Juliet?

Ash bougea un peu et regarda au plafond, loin du visage attentif que la jeune femme tournait vers lui.

— Parfois j'ai l'impression de la voir du coin de l'œil, dit-il. Je crois apercevoir une ombre, et quand je me tourne il n'y a rien. Mais il reste quelque chose dans l'air... Et je la vois telle qu'elle était ce jour-là, une petite fille de onze ans dans une robe blanche...

Il ferma les yeux. L'image de Juliet s'imposait à son esprit, mais il ne pouvait discerner ses traits. Son visage paraissait brouillé, et il en ressentait un malaise aigu. Il rouvrit les yeux.

— La nuit précédant ses funérailles, j'ai entendu sa voix. Elle m'appelait. Je dormais et sa voix est entrée dans mon rêve. Je me suis éveillé et elle m'appelait toujours. Son corps était exposé au rez-de-chaussée, dans le cercueil ouvert. Alors je suis descendu. J'étais terrifié, mais je ne pouvais pas résister. Peut-être une partie de moi-même désirait qu'elle soit toujours en vie. Cela m'aurait sans doute déculpabilisé.

Sa respiration s'était accélérée à l'évocation de ces moments.

— Juliet a bougé, Christina. Son corps a bougé dans le cercueil. Et elle m'a parlé.

Fascinée, la jeune femme l'observait fixement. Il tourna la tête vers elle.

— C'était peut-être un simple cauchemar... Je ne sais pas. Je n'étais qu'un enfant, et je venais de passer par une expérience horrible. Mais quelque chose au plus profond de moi m'affirmait que je ne rêvais pas. Mes parents ont entendu mes hurlements. Quand ils sont descendus, ils m'ont trouvé sur le sol. Je m'étais évanoui...

Sa gorge était sèche, comme brûlée par le brasier qu'il avait cru voir dans la cave. Il passa la langue sur ses lèvres, sans réussir à les humecter.

— J'ai souffert d'une fièvre violente durant deux semaines. J'ai tout évité, la veillée funèbre, l'enterrement, les premiers jours de deuil de mes parents... Et ils ont cru que mon état était dû à cette chute dans la rivière. Ils ont pensé que j'avais contracté un refroidissement. Incroyable, non? Mais j'étais heureux qu'ils pensent ainsi.

Elle posa une main sur la sienne.

— Oh, David... C'est pour cela, n'est-ce pas?

Ash secoua légèrement la tête, sans comprendre.

— C'est à cause de cette tragédie que vous vous êtes orienté vers le métier que vous faites maintenant, pour nier les phénomènes surnaturels et la vie après la mort. Ne le comprenez-vous pas? (Elle pressa sa main avec insistance.) Votre scepticisme se nourrit de votre propre sentiment de culpabilité. Vous avez toujours voulu que les fantômes n'existent pas. Vous aviez peur de ce cauchemar, peur que ce ne soit pas un rêve, que Juliet vous ait vraiment parlé, qu'elle ait vraiment bougé dans son cercueil. Vous avez toujours eu peur que cela se soit réellement passé, et que votre sœur vienne un jour réclamer vengeance. David, ne voyez-vous pas que vous avez vécu avec cette peur depuis votre enfance?

Elle se rapprocha de lui, se redressant légèrement pour déposer un baiser sur sa joue.

Ash se serra contre elle. Ses paroles l'avaient bouleversé, mais il ne pouvait ignorer la logique qu'elles portaient en elles. Pourtant il était encore trop tôt pour accepter ce raisonnement. Il avait souffert trop longtemps. Il avait besoin de laisser cette idée s'installer dans son esprit. Et il avait tellement besoin de repos. Plus tard, il réfléchirait aux propos de la jeune femme. Pour l'instant, et plus que tout, il avait besoin de la présence physique de Christina.

Il gémit doucement et l'étreignit.

21

Il battit des paupières plusieurs fois et finit par ouvrir les yeux.

La chambre était plongée dans une obscurité que trouait la lueur pâle de la lune à travers la fenêtre.

Son corps nu était couvert de transpiration, sa gorge desséchée. Il se souvint du feu dans la cave.

Tout lui revint en mémoire.

Conscient que son désir n'était pas encore satisfait, il se tourna vers Christina pour trouver entre ses bras le réconfort charnel qu'elle lui avait déjà prodigué.

Mais la jeune femme n'était plus là. La place qu'elle avait occupée était vide. Il murmura son prénom, mais aucune réponse ne lui parvint au sein des ombres qui peuplaient la pièce.

Les draps où elle avait dormi étaient rejetés, et il devinait à la lueur lunaire la marque laissée par son corps sur le matelas.

Il étendit la main, caressa l'endroit où elle s'était étendue. Une impression de froid intense envahit ses doigts et il retira sa main avec un hoquet de surprise. Une aura glacée émanait de la place qu'elle avait occupée.

Il retomba sur le dos, loin de la trace laissée par la jeune femme, le torse enserré dans l'étau d'une peur indéfinie. Pourtant il se sentait trop épuisé pour se lever ou réagir.

Ses paupières s'abaissèrent lentement et il s'abîma dans un sommeil anormalement lourd.

22

Edith Phipps gravit d'un pas pressé les quelques marches menant à l'Institut de Recherches Métapsychiques. Le froid vif de l'air matinal avait coloré de rouge ses joues rebondies. Derrière elle, les voitures klaxonnaient dans les embouteillages de cette heure de pointe et les conducteurs vociféraient contre leurs congénères qui avaient la mauvaise idée de rouler en même temps qu'eux. Edith poussa la double porte vitrée et entra dans le grand hall au moment où Kate McCarrick descendait de l'étage. Le médium se dirigea vers elle en hâte.

— Kate... dit-elle, le souffle court.

La jeune femme la regarda d'un air surpris mais continua de marcher vers le comptoir de la réception.

— Bonjour, Edith. Désolée, je n'ai malheureusement pas de temps à vous consacrer, je suis déjà en retard pour la conférence. (Se tournant vers la réceptionniste, elle demanda :) Vous avez appelé un taxi ?

— Il vous attend dehors, répondit l'employée.

— Parfait. Voilà du courrier à poster avant midi.

Elle posa une pile de lettres sur le comptoir.

— Kate, il faut que je vous parle, insista Edith.

— Je n'ai pas le temps maintenant, Edith, rétorqua la jeune femme d'un ton aussi embarrassé que las. Je suis vraiment très en retard. J'essaierai de vous appeler plus tard. Vous restez à l'Institut ?

— Oui. J'ai trois séances ce matin. Mais ce que j'ai à vous dire est très important...

— La conférence aussi, vous le savez. Je dois faire les présentations avant l'ouverture des débats. Ils m'écorcheront vive si je ne suis pas là-bas bientôt.

Aussi poliment qu'elle le put, Kate repoussa le médium et marcha vers la sortie.

— C'est à propos de David! lança Edith Phipps.

Une main sur la poignée de la porte, Kate hésita une fraction de seconde avant de répondre :

— Nous en parlerons plus tard.

Elle sortit et la porte se referma derrière elle. Edith la suivit mais s'arrêta devant la vitre et la regarda monter dans le taxi qui attendait le long du trottoir. Le médium se mordit la lèvre inférieure, consciente qu'il était inutile de poursuivre son amie.

Elle tourna les talons et traversa le hall jusqu'à l'escalier, qu'elle monta d'un pas rapide. Au premier étage, plus fatiguée par son ascension qu'elle ne voulait l'admettre, elle parcourut le couloir jusqu'au bureau de Kate McCarrick où elle entra sans hésiter. Elle déposa son sac à main sur le bureau de la directrice de recherche et alla directement ouvrir le classeur métallique. En quelques secondes elle trouva ce qu'elle cherchait. Elle sortit le dossier « Mariell ».

Avant même de l'ouvrir, elle songea à la première fois où elle s'était posé des questions sur le compte de David Ash.

23

— Edith, je vous présente David Ash.

L'homme brun s'était poliment levé de son siège au moment où Edith entrait dans la pièce, mais sa réserve était évidente. Un visage intéressant, songea-t-elle. Et un regard très profond...

Un léger picotement parcourut sa peau quand elle serra la main qu'il lui tendait, une sensation semblable à celle qu'on éprouve lorsque des doigts frottés sur du velours vous touchent. Elle en fut quelque peu surprise.

Lui-même relâcha une fraction de seconde la pression de sa main, et il sembla au médium qu'il ressentait la même chose qu'elle.

— Kate m'a beaucoup parlé de vous, dit-il un peu platement.

— Et je vous connais de réputation, répondit-elle en assortissant cette remarque d'un sourire qui en enlevait toute animosité.

— Je suis assez surpris que vous ayez demandé à Kate de me contacter pour vous aider.

— Je sais que tu auras du mal à le croire, intervint Kate McCarrick avec bonne humeur, mais Edith admire beaucoup ton travail.

Ash haussa les sourcils en signe d'incrédulité.

— Je ne doute pas de vos motifs, Mr. Ash, enchaîna le médium. Il y a effectivement beaucoup trop de charlatans dans ma profession. Et nous sommes suffisamment dénigrés sans avoir besoin du ridicule que font rejaillir sur nous tous les agissements des fraudeurs.

— Excusez ma franchise, mais je me méfie de votre « profession » dans son ensemble. J'ai remarqué une certaine solidarité dans vos rangs...

— Pas lorsque nous suspectons nous-mêmes une fraude. Cela prend parfois des années, c'est vrai, mais les truqueurs finissent par être démasqués. Or, dans ce cas, toute notre profession en est éclaboussée. Il est nécessaire de tuer dans l'œuf leurs manigances, Mr. Ash, pour minimiser les dégâts.

— Et avant que leur réputation faussement acquise ne prenne trop d'ampleur, ajouta Kate. Plus ils sont connus, plus il est difficile de les confondre.

Ash connaissait la véracité de ce jugement. Comme toute croyance (et pour beaucoup le spiritisme remplaçait la religion), c'est la volonté des adeptes qui devait être confrontée à la réalité des faits autant que le don de chaque médium.

— La personne sur laquelle nous voudrions que tu enquêtes nous paraît dépasser les bornes de l'acceptable, expliqua Kate.

Ash se tourna vers Edith.

— Les bornes de l'acceptable, hein? Il y a donc certaines tromperies qui sont acceptables?

— Je ne nie pas la complaisance de certains médiums pour une certaine théâtralisation, répliqua Edith. Mais cela n'a guère d'importance s'ils en ont besoin pour éveiller leur don.

Le sourire qu'afficha Ash lui déplut fortement.

Kate s'approcha d'eux, consciente de la tension qui s'installait.

— Pourquoi n'expliqueriez-vous pas le cas qui nous occupe à David pendant que je prépare du thé ou du café? Je crois qu'il sera très intéressé.

— Je le crois également, dit Edith en regardant Ash s'asseoir et allumer une cigarette, le visage impassible. Oui, je le crois vraiment.

Malgré lui, Ash était impressionné.

Il planait une tension diffuse dans l'air, et l'attente des participants était presque tangible. Dans la grande pièce, l'éclairage avait été réduit au minimum pour dramatiser l'atmosphère.

Ash observa discrètement le médium assis seul à quelque distance. Son apparence était très étudiée, se dit-il. Ses cheveux d'un noir de jais (sans doute teints) étaient ramenés sur sa nuque en un chignon sévère. Ses yeux lourdement soulignés de mascara s'étiraient vers les tempes, comme si la peau avait été tendue. La bouche sensuelle était mise un peu trop en valeur par un rouge à lèvres carmin. Le nez, bien qu'un peu long, ne déparait pas l'harmonie singulière du visage. Bien entendu, elle était vêtue de noir : un corsage de soie au col boutonné haut, une jupe longue ; même les bas et les chaussures étaient noirs. On en a pour son argent, songea sarcastiquement Ash. Si j'étais un client (et il savait que des sommes importantes changeraient de main avant la fin de la soirée), j'attacherais une certaine importance au décorum. Le médium s'appelait Elsa Brotski, et il se demanda pourquoi elle n'allait pas jusqu'au bout de la tradition et ne faisait pas précéder son nom du terme « Madame ». Tout cela était certes assez artificiel, et sans conteste tout à fait ridicule pour quelqu'un d'aussi sceptique que David. Mais il voyait bien la quasi-vénération dont elle était entourée.

Il laissa errer son regard sur les invités qui lui paraissaient les plus intéressés par la séance. Il y avait là une majorité de femmes et quelques hommes d'un certain âge, qui se montraient plus calmes. Un murmure excité courait chez ces dames.

Ash n'avait encore jamais vu une assistance aussi maigre. Habituellement, les réunions spirites avaient lieu dans des salles importantes, avec un public nombreux. Mais cette séance était privée, et moins d'une trentaine de personnes se pressaient dans la pièce, si l'on exceptait le médium et ses trois aides. Tous étaient assis sur des bancs disposés en U dont l'intérieur était vide. Elsa Brotski s'était installée à égale distance des deux branches, un peu à l'écart.

Pendant que David Ash étudiait les gens autour de lui, Edith Phipps, assise en face, l'observait attentivement.

Pendant ces dernières semaines elle avait appris à le connaître un peu et elle n'avait pas tardé à comprendre que le scepticisme qu'il affichait, aussi excessif fût-il, partait d'un désir sincère de révéler la vérité. Non pas qu'il s'imaginât investi de quelque mission divine : cet homme n'avait aucune pulsion évangélisatrice en lui, et son intelligence était trop complexe pour accepter une explication aussi simpliste. Elle sentait qu'il était motivé par quelque chose qu'il ne comprenait pas lui-même. « C'est un travail, pas une vocation », lui avait-il affirmé lors d'une de leurs conversations, mais elle se demandait jusqu'à quel point il n'essayait pas de se convaincre de ce credo. Sa personnalité était difficile à cerner, sans doute parce qu'il ne se connaissait pas vraiment lui-même. Edith Phipps sentait en lui une frustration, ou plutôt quelque chose de plus profond, peut-être un désir secret et désespéré. Mais elle se trompait peut-être. Sans trop savoir pourquoi, elle soupçonnait une pulsion totalement différente. Quel étrange raisonnement de sa part, se dit-elle. Etait-il possible que la quête de la vérité trouve son ressort dans sa propre négation ? Edith comprit que la confusion qu'elle éprouvait face à lui n'aurait pas existé si son esprit n'avait pas touché celui de cet homme de temps à autre. Et cela ne faisait qu'ajouter au mystère David Ash...

Curieusement, c'est une accalmie dans le bourdonnement des conversations qui tira Edith Phipps de ses réflexions. Elle tourna son attention vers le médium qui, lui, avait gardé le silence depuis son entrée dans la pièce, donnant l'impression de rassembler son énergie psychique pour l'effort qu'elle allait bientôt fournir. Deux hommes vinrent se placer derrière elle, plus à la façon de gardes du corps que d'assistants, et elle adressa un sourire impérieux à son public.

Les dernières conversations cessèrent dès qu'elle prit la parole.

— Merci à vous tous d'être venus ce soir. Je crois que je ressens déjà l'impatience de nos chers disparus de l'autre côté. Oui, ils attendent de communiquer.

Elle scruta les visages attentifs lentement, un à un, créant ainsi un lien avec chacun. Certains prirent cet examen pour une reconnaissance et il y eut quelques gestes de satisfaction.

Edith se sentit rougir légèrement : par sa simple présence, n'entrait-elle pas dans cette mise en scène ? Avant la séance, Ash lui avait demandé d'où lui venait la certitude d'avoir affaire à une simulatrice. « Un véritable médium sent ces choses », avait-elle répondu avec une ambiguïté involontaire. Elle s'était rendu compte de la légèreté de son explication et avait ajouté qu'Elsa Brotski avait accepté trop d'argent ces dernières années pour être vraiment honnête, car ceux qui avaient le don ne l'utilisaient jamais pour un profit personnel. Se faire payer pour ses capacités médiumniques n'était pas la bonne façon d'agir, avait-elle dit, impliquant par là un chemin spirituel à suivre plus qu'une attitude. Il l'avait comprise. Qu'il ait accepté ou non cette théorie était un autre problème.

Et il y avait une autre raison pour douter de la sincérité de ce médium, avait noté Edith Phipps. Elsa Brotski était d'une infaillibilité très suspecte. Jamais elle n'échouait dans ses tentatives pour contacter un esprit de l'autre côté. Cette prouesse lui enlevait paradoxalement toute crédibilité, car tous les médiums essuyaient des échecs, souvent en plus grand nombre que leurs succès, à dire vrai. Or cette femme semblait abonnée à la réussite. Sans grand ménagement, Ash s'était interrogé à haute voix sur la jalousie professionnelle. Loin de se vexer, Edith lui avait simplement rappelé qu'elle et l'Institut ne lui demandaient qu'une enquête sur Elsa Brotski. Il devait prouver la fausseté ou la véracité du phénomène auquel il assisterait, rien de plus.

Se faire admettre à une séance n'avait posé aucune espèce de problème, car tout le monde était bienvenu, semblait-il. Cette facilité avait quelque peu dérouté Edith. Habituellement, les charlatans filtraient soigneusement les participants afin de glaner autant de renseignements que possible sur chacun d'eux, cela dans le but d'assener aux clients trop crédules quelques révélations anodines mais personnelles qui rendaient le don du prétendu médium indéniable. Pourtant ni elle ni Ash n'avaient été contactés ou espionnés, de près ou de loin, avant la séance. Le seul obstacle avait été le délai consécutif à une liste d'attente impressionnante, car cette femme se taillait rapidement une réputation de médiumnité exceptionnelle. Ils avaient dû patienter deux mois avant de recevoir des invitations. Par précaution, ils avaient fait leur demande de façon séparée et sous des identités fictives. Afin d'être présents à la même séance, Edith avait repoussé sa participation sous un prétexte crédible. Leur attente prolongée avait eu l'avantage de permettre une intéressante collecte de renseignements sur les antécédents d'Elsa Brotski.

Edith remarqua le léger hochement de tête que lui adressait discrètement Ash tandis que l'intensité lumineuse des appliques murales baissait un peu plus. Elle entendit le petit gémissement ravi de sa voisine, une femme d'une quarantaine d'années qui sentait le talc et le savon. Un petit projecteur se fixa sur le « médium », accentuant la pâleur de sa peau et le rouge de ses lèvres. Bien que la pièce ne fût pas plongée dans l'obscurité, il était presque impossible de ne pas diriger son attention vers le cercle lumineux dont l'intensité s'adoucissait progressivement.

Elsa Brotski paraissait s'abîmer dans une transe profonde. Ses lèvres, semblables à présent à deux larges cicatrices parallèles dans la clarté du projecteur, s'écartèrent sur un gémissement rauque du plus bel effet. Elle leva les deux bras et ses assistants avancèrent de chaque côté de sa chaise pour saisir une main dans la leur, tendant l'autre au participant le plus proche.

— Formez la chaîne, murmura-t-elle d'une voix assourdie.

Comme s'ils n'attendaient que ce signal, les participants à la séance joignirent leurs mains à celles de leurs voisins. La paume de l'homme dans la force de l'âge assis à la droite d'Ash était rugueuse et sèche, tandis que celle de la femme à sa gauche était aussi moite qu'un morceau de viande à l'étal d'un boucher. Mentalement il décerna une note honorable à Elsa Brotski pour cette introduction très réussie à la séance. Il observa le médium avec intérêt. Elle avait fermé les yeux et sa tête s'était baissée sur sa poitrine que soulevaient de profondes inspirations. Puis elle se redressa, ouvrit lentement les yeux et dit, d'une voix convenablement enrouée :

— Clare.

Elle répéta le nom et quelqu'un à deux sièges d'Ash s'agita sur le banc en balbutiant une timide réponse.

— J'ai avec moi quelqu'un de l'autre côté qui aimerait parler à Clare, annonça calmement Brotski avant de tourner la tête sur sa gauche dans l'attitude de quelqu'un qui écoute un chuchotement derrière lui. Oui, je sais, Jeremy. Mais il faut vous montrer patient... (Puis, faisant de nouveau face à son public :) Faites-vous connaître, Clare. Nombreux sont les esprits qui désirent se manifester ce soir.

Ash réprima une grimace. Cette femme ne perdait pas de temps : une mise en condition théâtrale mais rapide, et elle entrait aussitôt dans le vif du sujet.

— Je crois que c'est moi, dit une voix hésitante dans l'ombre.

Immédiatement, le rayon d'un autre projecteur passa sur le visage des participants et s'arrêta sur celui d'une femme assise sur le bord du banc, la bouche ouverte et les yeux brillants d'une excitation effrayée. Elle battit des paupières dans la lumière soudaine qui s'adoucit rapidement.

Ash n'avait encore jamais vu une telle mise en scène, et il observa la suite avec intérêt.

— Jeremy ne veut plus que vous vous tourmentiez, dit Elsa Brotski. Il est heureux là où il se trouve maintenant, mais il aimerait que vous entriez en contact avec lui de cette façon plus souvent, car il a beaucoup à vous dire. Ferez-vous ce que Jeremy vous demande, Clare?

La femme acquiesça, les larmes aux yeux.

— Il me dit de vous assurer qu'il ne souffre plus, pas même de sa jambe. Vous vous faisiez beaucoup de souci à propos de sa jambe blessée, n'est-ce pas, Clare?

Un autre hochement de tête. Cette fois, Clare pleurait de joie, sans retenue.

— Jeremy aura d'autres choses à vous dire la prochaine fois. Ne vous inquiétez plus, et maintenant que vous l'avez retrouvé, n'attendez plus aussi longtemps pour le contacter.

— Oh non, je le lui promets, dit Clare d'une voix un peu chevrotante. Je le promets...

Pas très subtil mais efficace, reconnut Ash. Une nouvelle recrue, peut-être pour sa vie entière — sa vie physique, du moins. Le médium réclamait-il des honoraires ou acceptait-il simplement les remerciements financiers de ses invités? La question était en fait de peu d'importance. D'ailleurs l'expérience prouvait que les clients émotionnellement satisfaits se montraient très généreux quand on laissait le montant de leurs dons à leur entière discrétion.

— J'ai avec moi un monsieur d'un certain âge. Il a les cheveux blancs et porte une belle barbe, reprit Elsa Brotski. Il voudrait entrer en contact avec quelqu'un qui s'appelle...

La séance se poursuivit ainsi sans accroc, le projecteur capturant dans un cercle de lumière la personne intéressée par un message de l'au-delà. Le procédé et sa présentation étaient redoutablement efficaces, bien qu'assez grand-guignolesques pour Ash. Ce qui l'intriguait le plus était la façon dont cette femme toute de noir vêtue pouvait connaître tant de détails sur ses invités et leurs « chers disparus ». Elle avait nécessairement des renseignements sur chacun d'eux avant la séance.

Brotski s'adressait aux participants sans suivre d'ordre défini. A chaque fois le projecteur isolait la personne concernée, créant l'impression que seules elle et la spirite avaient quelque importance à ce moment précis. Un artifice très physique pour aider à la concentration de deux personnes, jugea l'enquêteur qui écoutait d'une oreille distraite les messages bien banals de l'au-delà.

... Consulte un docteur pour ce mal de dos persistant, ma chérie, il le soignera. Tu passeras tes vacances à l'étranger cette année, et tu rencontreras quelqu'un qui aura des choses très intéressantes à te dire. Ne t'inquiète pas pour moi, je suis heureux ici, dis à grand-mère Rose que son Tom est ici avec moi et qu'il sera prêt à entrer en contact avec elle quand le temps sera venu. Je t'ai toujours aimée malgré ce que tu pensais parfois, et je t'aime toujours. Fais attention à ce nouveau four que tu viens d'acheter. Tu as raison, ces névralgies viennent d'un trouble de la circulation. Ne pleure plus à cause de moi, je t'en prie, cela fait cinq ans et il est temps que tu surmontes ton chagrin pour refaire ta vie, mais entre en contact avec moi bientôt encore ; oui, bien sûr, tu me manques. Cet entrepreneur n'a pas bâti correctement la véranda, fais vérifier son travail par un expert. Tu ne te trompes pas sur le compte de ton patron, il ne t'apprécie guère ; il est temps que tu te trouves un autre emploi, ma fille...

Pourtant, d'après les réactions de joie ou d'émotion souvent accompagnées de larmes, ces propos d'une insignifiance affligeante paraissaient receler pour ceux à qui ils étaient adressés un sens profond.

L'accumulation des messages les rendait très convaincants. Mais Ash était loin d'être aussi enthousiaste que le reste de l'assistance.

Tout le monde n'avait pas encore été interpellé par l'au-delà, et Ash lui-même ainsi qu'Edith faisaient partie des laissés-pour-compte. Le médium ne parlait-il qu'à ceux sur lesquels il avait pu glaner des renseignements ? N'importe : si elle s'adressait à un nombre raisonnable d'invités, les autres seraient sans doute favorablement impressionnés. Peut-être lui fallait-il deux ou trois séances avant d'établir des « contacts », ce qui aurait donné à cette femme fort habile le temps d'apprendre d'une façon ou d'une autre quelques détails sur les postulants ? Ash se demanda qui l'aborderait après la séance pour lui soutirer quelques anecdotes personnelles. Il s'était préparé à cette éventualité : il s'était inventé de toutes pièces un passé très intéressant qu'il se ferait un plaisir de communiquer à...

Le projecteur s'arrêta sur le visage d'Edith.

Ash tressaillit. Ils ne savaient rien d'elle, même pas son vrai nom. Pourquoi le faux médium, qui désignait Edith d'un doigt accusateur, avait-il pris le risque de choisir une parfaite étrangère ?

Ash eut l'impression qu'un long silence suivait la désignation par le faisceau de lumière d'Edith. Celle-ci s'agita sur le banc, mal à l'aise, et jeta un rapide coup d'œil étonné dans sa direction.

Le visage d'Elsa Brotski s'était crispé sous l'effet d'une colère subite. Son regard glissa vers David Ash. Bien qu'il se sût anonyme dans la pénombre qui baignait la pièce, il se sentit brusquement vulnérable. L'impression était des plus désagréable.

— Faites-les sortir ! s'écria Brotski.

Tout le monde, et en particulier Ash et Edith, se figea sous la violence de l'exclamation.

— Ces deux-là ! ajouta le faux médium en désignant les gêneurs.

L'un de ses assistants approcha vivement, scrutant les ténèbres pour identifier le deuxième intrus. Ash se leva et passa par-dessus le banc, une main tendue devant lui pour repousser l'homme qui paraissait plus adepte de la brutalité physique que du contact éthérique.

Mentalement, Ash se permit une jolie bordée de jurons. Les choses ne prenaient pas la tournure voulue. Il n'avait pas désiré une confrontation publique pour démasquer cette simulatrice. Il avait eu l'intention de parler à Elsa Brotski à la fin d'une séance, pour la mettre en garde : si elle ne mettait pas fin à ses agissements, il révélerait sa fraude à tous et donnerait des détails sur la façon dont elle trompait ses « invités » et comment elle s'était enrichie à leurs dépens. Habituellement, ce genre de menace suffisait. Une fois démasqués, les charlatans avaient toutes les peines du monde à se reconstruire une crédibilité auprès de leurs clients. La plupart disparaissaient sans demander leur reste, pour parfois se tourner vers d'autres activités tout aussi répréhensibles.

Ash vit l'homme se rapprocher de lui et reçut une poussée brutale qui faillit le déséquilibrer ; pourtant l'assistant du médium n'était pas encore assez près de lui pour l'avoir lui-même touché. Ash se tourna vers Elsa Brotski.

Elle tremblait de tout son corps et ses yeux lançaient des éclairs. Il se dégageait d'elle plus qu'une impression de colère : ses yeux exprimaient le dégoût et la peur. La peur qu'il lui inspirait. Cette sensation lui parut curieusement forte, puissante. Jamais encore il n'avait ressenti de cette façon ce qu'il pouvait inspirer à quelqu'un. La haine d'Elsa Brotski se trouvait à l'intérieur de l'esprit d'Ash, comme si ce regard pouvait s'introduire dans ses pensées. Bien que cette comparaison lui parût ridicule, il imagina que ses yeux émettaient une sorte de rayon gamma, comme dans les films de science-fiction, et ce rayon pénétrait son cerveau pour l'envahir. Il eut alors la révélation du stratagème qu'utilisait cette femme dans ses séances. C'était un faux médium, mais elle n'en possédait pas moins un don exceptionnel.

Des mains le saisirent, et il entendit près de son oreille une voix basse chargée de menaces.

— Ça suffit, mon vieux. Dehors, maintenant...

Ash se dégagea d'une bourrade.

— Vous ne conversez pas avec l'âme des défunts, n'est-ce pas ? dit-il calmement à Elsa Brotski.

Le projecteur révélait la fureur qui habitait le prétendu médium. Les autres participants s'agitaient sur les bancs, et leur attention passait de la femme à cet inconnu qui l'apostrophait. Quelqu'un grogna une protestation quelconque, et d'autres firent chorus, se tournant vers Ash.

— Il est temps que ces gens apprennent comment vous réussissez votre petit tour, poursuivit-il, imperturbable.

L'assistant tenta de l'agripper de nouveau, mais Ash le repoussa sans douceur.

— Vous possédez un don indéniable, lança-t-il d'une voix forte pour couvrir les murmures indignés. Mais ce n'est pas celui que vous prétendez avoir.

Il remarqua que le second assistant contournait les invités dans sa direction.

— Cette femme est télépathe, expliqua-t-il aux visages tournés vers lui. C'est un don admirable, mais elle s'en sert pour vous tromper.

En fait, c'était une simple théorie, étayée par cette sensation de coup physique qu'il avait eue un peu plus tôt. Elle avait dirigé vers lui la puissance de son esprit. A présent, l'expression du médium avait changé et elle jetait des coups d'œil inquiets à ses invités. Elle se sentait acculée, mais elle n'avait pas encore perdu la partie.

— C'est faux! s'écria quelqu'un.

— Elle se sert de son don pour vous soutirer de l'argent, insista Ash.

D'autres réactions outrées, des cris véhéments.

— Ecoutez-moi, reprit posément Ash. J'ai été envoyé ici par l'Institut de Recherches Métapsychiques pour enquêter sur cette femme. Son don de spirite nous semblait suspect depuis déjà quelque temps...

Si Kate McCarrick avait été présente, elle se serait jointe au chœur indigné des gens, mais pour une raison quelque peu différente : l'Institut n'employait jamais ces méthodes pour démasquer les charlatans. A la vérité, Ash s'étonnait lui-même de la façon presque injurieuse avec laquelle il agissait. Peut-être était-ce dû à l'approche des deux assistants, qui se comportaient plus comme des gorilles, ou à l'attaque mentale de cette femme qui laissait son esprit comme outragé.

— Vous vous trompez, dit quelqu'un dans le public. Vous ne savez pas de quoi vous parlez !

Plusieurs grognèrent leur assentiment.

— Elle m'a aidé, lança un autre. Elle m'a apporté la paix de l'âme.

— Elle nous a ramené notre fils ! s'écria une voix féminine.

— Non ! martela David. Elle n'a rien fait de tout cela. Je me suis un peu renseigné sur son passé et je peux vous dire qu'elle n'est pas du tout ce qu'elle prétend. Demandez-lui de vous raconter l'histoire édifiante de ce culte pseudo-religieux qu'elle a fondé il y a neuf ans à Leeds, et pourquoi elle a fermé son « temple » à la hâte quand la police a ouvert une enquête sur ce qui se passait derrière ses murs, sur ces cérémonies étranges où des jeunes filles devaient se livrer à des rituels très charnels avec de vieux messieurs ! Demandez-lui des nouvelles de cet homme veuf qui la payait royalement chaque semaine pour recevoir une lettre manuscrite de sa regrettée épouse !

Les protestations scandalisées fusaient de toutes parts.

— Demandez-lui pourquoi elle a dû quitter Edimbourg aussi vite, continua-t-il. Les autorités sont assez peu clémentes avec les « aides spirituels » qui font signer des donations aux vieilles femmes infirmes en leur vendant un séjour plus agréable dans l'au-delà, entourées de leurs chers disparus.

— N'écoutez pas cet homme, il est fou ! cracha Brotski. La plupart d'entre vous me connaissent. Vous savez ce que j'ai fait pour vous. Allez-vous croire un tel tissu de calomnies ?

Les mains crispées sur les bords de sa chaise, elle n'en restait pas moins rivée à son siège, comme abasourdie par cette charge contre elle.

— Parmi ceux qui sont déjà venus ici, combien ont payé pour cet insigne privilège ? rétorqua Ash. Réfléchissez-y. Combien avez-vous dû payer pour parler aux morts ?

Les deux assistants l'avaient rejoint et ils le saisirent brutalement. Il résista, et l'un des hommes murmura à son oreille :

— Si tu as deux grains de jugeote, mon pote, tu vas partir bien gentiment. Ou tu ne seras pas le premier à qui j'aurai brisé les deux jambes...

Une main calleuse s'abattit sur la bouche d'Ash alors qu'il allait parler. Il enfonça vicieusement son coude dans le torse de son assaillant derrière lui et eut la satisfaction d'entendre un gémissement étouffé. La main quitta sa bouche.

— Allumez les lumières! réclama une voix anxieuse. Je ne vois pas ce qui se passe!

Mais l'éclairage ne changea pas. La seule tache de lumière restait braquée sur la femme en noir, toujours immobile sur sa chaise. Certains remarquèrent alors qu'elle regardait fixement quelqu'un dans la pénombre. Sa bouche béait mollement, et ses yeux exprimaient un malaise évident.

D'autres dans la pièce prirent conscience de son attitude. Le brouhaha s'atténua.

— *Nooon*... gémit Elsa Brotski dans une plainte douloureuse.

Chacun dans la pièce se rendit compte qu'il se passait quelque chose de très étrange, et un silence total s'établit rapidement.

Les mains des assistants tenaient toujours Ash, mais elles n'exerçaient plus aucune pression.

Il reconnut alors la voix d'Edith, bien qu'elle restât dans l'obscurité, car le projecteur mobile s'était éteint.

— *Laissez-nous en paix*, dit-elle dans un murmure rauque que tout le monde entendit très distinctement.

Ash se libéra de l'emprise sans force des assistants, sans rencontrer aucune résistance. Personne ne bougeait. La voix qui montait dans la pièce avait un timbre inquiétant, et il semblait qu'elle murmurait à l'oreille de chacun. Pourtant tous les gens présents savaient qu'elle venait de la petite femme assise parmi les invités sur un banc.

Quelqu'un respirait maintenant avec de terribles halètements.

La voix, de nouveau.

— *Nous ne sommes rien pour vous. Laissez-nous en paix.*

Un timbre féminin, et pourtant étrangement... différent.

Quelqu'un poussa un cri aigu, bref. Une invitée venait de sentir sur sa joue un souffle glacé aussitôt évanoui.

— *Nous ne voulons pas venir ici, pas avec vous.*

La voix avait subi une altération subtile, mais elle provenait toujours d'Edith.

— *Il ne faut pas se servir de nous ainsi. Cela nous fait souffrir. Cela nous ramène...*

— Edith? fit Ash, ébahi.

Il voyait sa silhouette, les épaules affaissées que soulevait une respiration anormalement profonde. Son visage restait néanmoins dans la pénombre, indiscernable.

Elle parla de nouveau, mais cette fois la voix n'était plus la sienne : c'était celle d'un homme habité d'une colère vibrante.

— *Laissez-les se souvenir de nous tels que nous étions. Ce que vous faites est mal...*

— *... Entendez-vous? Ce que vous faites est mal!*

Tous les regards se tournèrent vers Elsa Brotski, car c'était maintenant elle qui parlait de cette voix masculine qui sortait une seconde auparavant de la gorge d'Edith Phipps. Les yeux de la femme en noir bougeaient sans se fixer, comme ceux d'un aveugle. Elle humecta ses lèvres trop rouges d'une langue tremblante.

— *Vous dérangez un monde que vous ne connaissez pas*, continua la voix.

Sa bouche formait des syllabes qui n'avaient aucun rapport avec les paroles prononcées.

Ash se retourna vers Edith. Elle s'était écroulée sur son siège et son voisin la soutenait pour l'empêcher de glisser du banc.

— *Vous devez arrêter, vous... Je ne peux plus te voir, maman...*

La voix avait changé en pleine phrase, était devenue celle d'un enfant. Brotski tressauta sur sa chaise.

— *Viens me chercher, maman, ne me laisse pas ici...*

Dans l'assistance, une femme se mit à sangloter.

— C'est ma petite fille...

Une autre voix remplaça celle de l'enfant :

— *Nous sommes heureux, nous sommes heureux...*

L'enfant, de nouveau :

— *Je veux retourner à la maison...*

Puis le caquetage insane d'une femme âgée :

— *Je vous vois, je vous vois tous...*

A présent, un flot ininterrompu de voix désincarnées, aux timbres multiples, montait du corps rigide d'Elsa Brotski. Les voix différentes se succédaient, s'entrechoquaient dans un pandémonium horrible, certaines suraiguës dans leur désir d'être entendues, d'autres calmes, la plupart incompréhensibles.

— ... *Sans moi Ton frère t'envoie Noël Je ne veux plus souffrir Je ne te vois pas Dis non à Martha Pourquoi Arrêtez s'il vous plaît Regarde sous le tapis de l'escalier Quelle année Maman viens me chercher Arrêtez Ne l'écoute pas Nous ne t'oublierons jamais ici C'est mal Je suis heureux Tant de choses à te Aucune peine Je vous vois tous Cette personne te fera souffrir Maman je t'en prie Je t'attends ici Arrêtez Il y a grand-père Dans la lumière Quel que soit ton chagrin Il y a un dieu Ne pleure plus Sois heureuse Arrêtez Un jour tu verras Arrêtez Arrêtez Arrêtez Arrêtez Arrêtez...*

Ces derniers mots avaient été criés.

Le corps d'Edith tressauta et ses yeux s'ouvrirent brusquement. Elle releva la tête et tourna son regard vers la forme noire figée sur la chaise. Elle sentit physiquement le sang qui quittait son visage.

Elsa Brotski luttait pour se lever de sa chaise, mais une force incompréhensible la maintenait assise. Son dos se cambra violemment et ses mains se crispèrent sur les bords de sa chaise au point de paraître totalement exsangues. Le blanc de ses yeux exorbités était effrayant à voir. On eût dit que des doigts invisibles relevaient ses paupières, et sa bouche béait d'horrible manière, réduisant ses lèvres pourtant charnues à deux fines lignes plus sombres. Ses joues s'étaient creusées et, malgré la lumière du projecteur, elles accrochaient une ombre pâle.

Une légère brume commençait à s'élever de sa bouche, une vapeur qui aurait pu laisser penser que l'air autour d'elle s'était glacé. Mais Edith avait déjà vu ces émanations ectoplasmiques, ces matérialisations du corps astral qui sortaient par les orifices des médiums en de très rares occasions. Elle était certaine d'assister à un de ces phénomènes. La vapeur était encore trop ténue, trop peu abondante pour prendre une forme identifiable.

Les paroles sans suite continuaient de se déverser de sa bouche ouverte au maximum, mais elles s'étaient réduites à un murmure insolite, alors que la langue et les lèvres d'Elsa Brotski restaient immobiles.

— *Arrêtez Arrêtez Arrêtez Arrêtez...*

L'exhalaison brumeuse se résorba et disparut, des ombres passaient maintenant sur son visage, de curieuses altérations de la lumière qui affectaient subtilement ses traits, de façon fugitive. Les pommettes parurent saillir, la mâchoire s'alourdir; les sourcils se froncèrent. Des physionomies éphémères s'esquissaient dans un ballet d'ombres changeantes qui modifiaient, l'espace d'une seconde, l'apparence de la jeune femme.

Dans la pièce, les invités, qui l'avaient toujours considérée avec une admiration respectueuse, ne purent contrôler plus longtemps leur panique. Un concert de cris apeurés et de voix nerveuses couvrit le babillage incohérent débité par Elsa Brotski.

La jeune femme qui avait cru reconnaître la voix de sa petite fille décédée voulut approcher le faux médium, mais elle fut repoussée par ceux qui cherchaient à fuir la pièce.

Deux autres femmes qui marmonnaient comme des

enfants effrayées bousculèrent Ash en se précipitant vers la porte. D'autres les imitèrent dans une mêlée de corps survoltés par une terreur grandissante. Ash ne comprit pas immédiatement la raison d'une telle panique. Ces gens devaient être plus à même que d'autres de comprendre ce qui arrivait à leur cher médium... Puis il se rendit compte que cette femme projetait mentalement la peur qui la submergeait, et l'atmosphère de la pièce en était saturée. Lui-même la ressentait. S'il n'avait pas rationalisé le phénomène, il aurait sans doute couru lui aussi vers la sortie. Bon Dieu ! songea-t-il. Pas étonnant qu'elle les ait tant impressionnés !

Il tressaillit en sentant une main se poser sur son bras et poussa un soupir de soulagement en voyant Edith Phipps à son côté. Le médium semblait totalement remis de son évanouissement et ne montrait aucun signe d'affolement.

— Elle génère elle-même le phénomène, lui dit-il. J'ai déjà vu cette sorte de crise hystérique.

Elle le considéra comme s'il était subitement devenu fou.

— Non, ce n'est pas cela. Il faut que nous l'aidions avant qu'il ne soit trop tard. Nous devons la faire sortir de sa transe.

La pièce s'était vidée de la plupart des invités qui se bousculaient déjà dans le couloir. Edith et Ash avaient une vision très claire de la femme sur la chaise.

— Doux Jésus ! souffla Edith.

Mais tout le monde ne s'était pas précipité à l'extérieur. Quelques personnes, dont les trois assistants d'Elsa Brotski, étaient restées immobiles, hypnotisées par la scène. Quelqu'un gémit longuement, et il y eut le bruit d'un corps qui s'effondre sur le sol.

Le visage d'Elsa Brotski ne lui appartenait plus.

La chair se soulevait, ondulait. La peau se flétrissait pour, la seconde suivante, se tendre et prendre une texture presque translucide. On ne pouvait plus confondre les transformations qu'elle subissait avec un quelconque jeu d'ombres, car le remodelage incessant de ses traits avait pris une horrible évidence. Sous la surface de la peau semblaient se succéder des physionomies innombrables dont chacune tentait de s'imposer en défigurant Elsa Brotski à sa propre image. L'incroyable scène glaçait d'effroi tous les spectateurs, figés dans une fascination proche de la nausée.

Le visage d'Elsa Brotski paraissait prêt à exploser sous les multiples tensions qui le ravageaient.

Très impressionné, Ash observait la continuelle métamorphose avec une sorte de détachement intéressé. Il était curieux de voir jusqu'où iraient les transformations et comment se terminerait cet étrange phénomène. Il n'éprouvait aucune pitié pour la jeune femme, et il ne pouvait s'empêcher de se reprocher son insensibilité.

Il sentit Edith bouger à côté de lui et leva une main pour l'arrêter. Mais elle s'était déjà éloignée vers Elsa Brotski. Un moment sa silhouette ronde masqua la scène à David, puis elle apparut dans le cercle de lumière, à côté de la chaise.

Elle se pencha vers la femme et posa ses deux mains sur le visage ondulant. Ash l'entendit parler d'une voix douce.

Il la rejoignit, dépassant ceux qui restaient pour contempler avec des yeux fixes cette scène incroyable. L'assistant qu'Ash avait repoussé un peu plus tôt se retourna vers l'enquêteur mais ne fit pas mine de s'interposer. Il recula et prit le chemin de la sortie sans jeter un regard en arrière. Son collègue restait immobile dans un coin, incapable ou peu désireux d'aider la femme qui l'employait. Quant au troisième, celui qui avait dirigé le second projecteur sur le visage des invités concernés par les « messages » de l'au-delà, il se cramponnait au trépied de son appareil, en secouant sans arrêt la tête avec incrédulité.

Edith sursauta en sentant le corps d'Elsa Brotski se soulever, son dos s'arquer en une courbe parfaite, les mains toujours rivées aux bords de la chaise. Son estomac se mit à saillir comme au dernier mois d'une grossesse, mais sa tête était toujours penchée sur sa poitrine, ce qui donnait l'impression qu'elle était presque indépendante du reste du corps. Ses yeux avaient roulé en arrière, ne présentant plus qu'une surface blanche et luisante.

Le spectacle était réellement terrifiant car ses traits étaient toujours agités par ces multiples physionomies qui ondulaient sous la peau.

Et de sa bouche coulait le flot ininterrompu de voix distinctes, une litanie sinistre de mots sans suite chargés d'une colère grandissante.

— ... *Blasphème Soigne le chat C'est différent ici Danger Rappelle-toi cette époque Un long tunnel La lumière Arrêtez Maman je t'en prie Beaucoup de fleurs Arrêtez Dis à tout le monde La fin C'est mal Toutes les souffrances meurent N'oublie pas sous le tapis de Rejoins-nous Nous ne voulons pas Je vous vois tous Laissez-nous en paix Arrêtez Rien ne reste de Pourquoi Arrêtez...*

Du sang se mit à couler des narines d'Elsa Brotski, puis du coin de ses yeux.

Ash se plaça devant elle, un peu effrayé par la force inhumaine des convulsions qui la soulevaient. Il ne savait quelle attitude adopter, et il fit la même chose qu'Edith quelques secondes auparavant. Il prit entre ses mains le visage de la femme, luttant contre la répulsion qu'il éprouvait en sentant la peau onduler sous ses paumes.

Le ventre de la jeune femme se tendit encore et se pressa contre lui en une parodie de séduction lascive. Les yeux révulsés le fixaient horriblement. Une pestilence insupportable chargeait le souffle ténu qu'exhalait Elsa.

Les spasmes se concentrèrent en un tremblement si violent qu'Ash faillit lâcher le visage torturé. Son dos se courba encore, menaçant de briser la colonne vertébrale. Sa tête reposait sur sa poitrine comme une gargouille vivante.

Un mot supplantait maintenant le flot des voix :

— ... *Arrêtez... Arrêtez... Arrêtez... Arrêtez...*

Le tremblement parut atteindre une intensité maximale. Soudain le corps d'Elsa Brotski se raidit.

Ash aurait pu tout aussi bien tenir entre ses mains une statue de marbre, tant la peau de la femme était devenue en une seconde froide et dure.

Les voix s'étaient tues. Mais un son suraigu montait à présent des profondeurs de la gorge rigide.

Le cri prit une intensité douloureuse, devint assourdissant.

Puis il y eut un mot. Un seul. Un nom. Et Elsa Brotski s'affaissa brutalement, inconsciente, sur sa chaise.

Edith Phipps regarda longuement Ash, se demandant pourquoi le prénom de David venait d'être prononcé.

24

Ash s'étira dans le lit et passa une main sur son front douloureux. Sa gorge était sèche et il déglutit avec difficulté. Ses yeux s'ouvrirent péniblement. Il aspira l'air sans hâte.

Il bougea un peu, puis se redressa dans un mouvement lent et presque tremblant. Un jour gris emplissait la chambre d'une lueur pâle qui adoucissait les ombres si profondes pendant la nuit. Ash murmura une protestation inarticulée contre sa propre faiblesse physique.

Il lui fallut en effet fournir un effort démesuré pour lever son poignet à la hauteur de ses yeux. La surprise aida à chasser sa léthargie. Il était tard dans l'après-midi ; Ash avait dormi une bonne partie de la journée.

Il s'adossa à la tête du lit et enfouit son visage dans ses mains, soufflant pour disperser cette inexplicable lassitude, puis ses doigts descendirent vers sa poitrine. Son corps était moite et sentait la sueur. Il se souvint de la transpiration qui le baignait quand il s'était éveillé en pleine nuit. Ash repoussa les draps et les couvertures, sans prêter attention à la température pourtant basse de la pièce. Sa peau sécha rapidement dans l'air froid. Il observa un moment la literie en désordre. Elle ne gardait nulle trace d'une autre présence que la sienne. Il vit les traces de sperme sur les draps.

Lentement, il se leva. Une douleur lancinante brûlait

derrière ses globes oculaires. Il vacilla jusqu'à la fenêtre, s'appuya aux montants et regarda au-dehors.

Le parc semblait figé dans une immobilité totale. Pas la moindre brise, aucun mouvement de nuages, mais il est vrai que le ciel n'était qu'un immense dôme grisâtre. Il ne perçut aucun son.

Même la maison baignait dans un calme étrange, Ash s'en rendit compte bien que ses pensées soient retournées à la nuit précédente. Il revit Christina, son corps blanc radieusement exposé par la nudité, sa chevelure sombre cascadant autour de son visage et sur ses épaules, jusqu'à ses seins dressés. Par la pensée il effleura de nouveau sa peau soyeuse et se souvint de la sensualité avec laquelle la jeune femme avait réagi à ses caresses. Il revécut les frissons de plaisir qu'il lui avait procurés.

Ash se détourna de la fenêtre et s'assit quelques secondes sur le bord du lit, le visage dans les mains. Où était-elle allée ? Pourquoi l'avait-elle abandonné en pleine nuit ?

Il se releva et s'habilla laborieusement, sans même se laver auparavant. Arrivé devant la porte, il s'arrêta, une main sur la poignée. Il laissa s'écouler un long moment, étonné de sa propre répugnance à sortir dans le couloir ; puis il comprit que ce sentiment venait du silence singulier qui régnait dans la vieille demeure. Il semblait en sourdre une sombre menace, l'impression que la charpente, les pierres, la maison dans son essence même attendaient. Mais quoi ? Sa réaction l'énerva. David Ash, l'archétype de l'homme pragmatique, se laissait gagner par une imagination morbide... et idiote. Edbrook n'était qu'une bâtisse, rien de plus. Certes, son histoire possédait un épisode tragique, si tragique même qu'il projetait peut-être toujours son image quelques dizaines d'années plus tard. Mais cela n'avait pas grand-chose à voir avec une véritable hantise. Il n'y avait pas de fantômes ici, pas de spectres ni d'esprits assez fous pour honorer de leur présence un endroit aussi ennuyeux.

Néanmoins Edbrook créait peut-être elle-même ses illusions.

Un peu rasséréné par cette idée, Ash ouvrit la porte.

Le couloir était désert, comme il l'avait prévu. Mais le sentiment d'étrangeté tirait sa force de ce vide absolu, justement. Un vide... presque pensif.

Ash parcourut le couloir sombre, dépassa la cage d'escalier dans les profondeurs de laquelle il jeta un coup d'œil, puis se dirigea vers la chambre de Christina. L'atmosphère lui parut lourde, oppressante, et il sentit une lassitude indicible s'infiltrer en lui. Bien qu'il eût dormi une bonne partie de la journée, chaque pas lui demandait un effort extrême, et le brouillard qui ouatait ses pensées ne se dissipait toujours pas.

Il s'arrêta devant la porte et frappa légèrement. Il n'y eut pas de réponse. Sans prendre la peine de réitérer son appel, il entra.

Il s'immobilisa sur le seuil de la pièce qu'il parcourut du regard, la bouche entrouverte.

La chambre de Christina était d'une banalité rassurante. Le lit aux montants de cuivre brillant était fait, sa couette en duvet proprement étalée. Aucun des bibelots sur les meubles n'était dérangé, et les lourds rideaux étaient retenus en leur milieu par de gros nœuds devant la fenêtre.

Rien d'anormal dans cette pièce. Sauf peut-être...

La sobriété rigide qui y régnait. Aucune revue, aucun livre ne traînait nulle part, pas plus que des vêtements ou des objets personnels. Et tout était curieusement affadi ici, comme dans une chambre restée trop longtemps fermée.

Aucun indice ne permettait de penser que cette pièce avait été occupée récemment. La chambre de Christina était aussi vivante qu'un musée abandonné.

Posées sur le petit bureau, deux photographies dans des cadres ovales attirèrent son attention. Il s'approcha pour les examiner. Il en prit une et la débarrassa de la fine couche de poussière qui la couvrait. Il reconnut sur le papier sépia les parents de Christina qui lui adressaient un sourire compassé. L'autre photo regroupait leur progéniture. Il allait la prendre quand il se vit dans le miroir poussiéreux accroché au mur au-dessus du bureau. Il remarqua ses yeux bouffis et l'ombre d'une barbe naissante sur son menton et se détourna de son reflet.

Il sortit de la chambre après avoir caressé du bout des doigts le lit froid, comme on effleure les vêtements d'un être cher pendant son absence. Dans le couloir, il rebroussa chemin jusqu'à l'escalier qu'il descendit en hâte, troublé maintenant par le silence absolu qui figeait l'atmosphère. Il passa de pièce en pièce, vérifiant que son matériel n'avait pas été touché, éteignant les détecteurs qui se déclenchaient à son entrée, s'assurant que la poudre qu'il avait répandue ne retenait aucune empreinte.

Les battements de son cœur s'accélérèrent quand il s'approcha de la cave. Il chercha les marques qu'auraient pu laisser des flammes du haut des marches. À part la tache laissée par la bouteille d'armagnac sur le sol poussiéreux, il ne vit aucune trace d'un incendie quelconque. Pas de cendre, pas de bois brûlé ou de suie sur les murs. Rien. La fournaise où il avait bien cru périr n'était qu'une illusion. Les archives de l'Institut de Recherches Métapsychiques regorgeaient de rapports décrivant ce genre de phénomène. Ash n'était pas certain d'en éprouver le moindre soulagement.

Il alla ensuite vers la cuisine et s'arrêta devant la porte close. Des sons lui parvenaient à travers le battant de bois. Des grattements sourds.

Ash ouvrit la porte sans bruit.

Le souris sur la table ne perçurent sa présence que lorsque la porte buta contre un meuble. Les petits rongeurs déguerpirent comme par magie.

Le demi-pain qu'elles avaient grignoté portait des taches de moisissure et il sentit son estomac chavirer à cette vue.

Il tituba jusqu'à l'évier et cracha un long filet de bile, engluant deux cafards qui se traînaient sur l'émail. Il se rejeta en arrière, ravalant le liquide acide qui montait toujours dans sa gorge.

« Mon Dieu ! Cet endroit est devenu répugnant ! Que s'est-il passé pendant cette nuit ? Quelle horrible transformation a frappé Edbrook ? »

Il se força à faire un pas en avant et à ouvrir le robinet. Un liquide brunâtre en jaillit par intermittence, avant de se muer en une eau translucide qui emporta les deux insectes dans un tourbillon. Il referma le robinet d'une sèche torsion du poignet.

La porte donnant sur la terrasse n'était pas fermée à clé et il sortit dans l'air frais, heureux d'exposer son visage au vent qui venait de se lever. D'un revers de la main il essuya sa bouche et inspira à pleins poumons. Sa lassitude se dissipa presque instantanément. Il frissonna en sentant la morsure du froid.

Après un moment, il appela Christina.

Espérait-il une réponse ? Il refusa de se poser la question et cria de nouveau le prénom de la jeune femme.

Seul un silence irréel lui répondit.

Il s'avança au bord de la terrasse, mit ses mains en coupe autour de sa bouche et hurla de toutes ses forces :

— Chriistiiinaa...

Il recommença une quatrième fois, mais sans plus guère d'espoir.

Christina avait déserté Edbrook. Avec Nanny Tess, selon toute vraisemblance. Ash était seul. Il se retourna vers la vieille demeure des Mariell. Pourquoi avait-il l'impression qu'Edbrook se réjouissait de son isolement ?

25

La Fiesta rouge se glissa dans le flot des voitures qui filaient sur l'autoroute en direction du nord-ouest et prit de la vitesse, comme heureuse de quitter les embouteillages urbains.

Mais aucune joie n'habitait le visage tendu de la conductrice.

Ash enfila son pardessus en se dirigeant vers l'escalier. Il avait quitté sa chambre sans même prendre le temps d'en refermer la porte. Il descendit rapidement au rez-de-chaussée. Il n'avait pas l'intention de s'attarder plus longtemps dans cette maison lugubre. L'air frais du dehors avait chassé la léthargie qui l'accablait depuis son lever, et il ne désirait pas subir de nouveau l'influence néfaste qui sévissait entre ces murs.

Au pied des marches, il hésita. Son regard s'attarda sur l'énorme téléphone en bakélite posé sur la petite table, de l'autre côté du vestibule. Encore une tentative, décida-t-il. Il pouvait bien gaspiller quelques secondes de plus. Il alla décrocher et porta le lourd combiné à son oreille. Il eut un petit sourire amer : le téléphone ne fonctionnait pas, comme il s'en doutait.

Il raccrocha sans précaution avant d'essuyer sur la manche de son manteau la poussière qui maculait sa paume.

Ses pas pressés résonnèrent dans le grand vestibule vide. Il atteignit la double porte d'entrée, en ouvrit un battant et sortit. Sans ralentir, il descendit les trois marches de pierre et s'éloigna à grandes enjambées d'Edbrook. Il remonta le col de son pardessus pour se protéger de la brise glacée. Il faisait crisser le gravier de l'allée avec un plaisir sauvage.

Le semi-remorque frôla la Fiesta en la doublant, et les turbulences créées par le monstre mécanique firent tanguer dangereusement la petite voiture. Edith crispa un peu plus ses mains sur le volant pour stabiliser la trajectoire de son véhicule.

Un coup d'œil dans le rétroviseur lui révéla la cohorte impatiente qui la suivait, avec ses conducteurs surexcités par la liberté illusoire de l'autoroute. Elle vérifia sa propre vitesse. Quatre-vingts kilomètres à l'heure. Mais la circulation trop dense en forçait beaucoup à ne pas rouler plus vite qu'elle.

— Regardez-vous, marmonna-t-elle ironiquement. Vous ressemblez à un convoi de corbillards...

Elle eut un sourire sans joie. La comparaison convenait parfaitement à son humeur. Mais pourquoi ressentait-elle cette peur incontrôlable ? Pourquoi cette inquiétude irraisonnée pour David ? Elle ne pouvait répondre à ces questions, bien sûr. La clairvoyance n'était pas toujours très explicite, mais plutôt le résultat d'une sensibilité plus aiguë que la moyenne, une réceptivité hors du commun. Et cette fois l'impression était si forte, si désespérée... Et elle venait de David lui-même. Elle recevait de plein fouet l'appel au secours que son subconscient désorienté envoyait. Mais le message était brouillé, confus...

Elle freina en voyant qu'elle s'était un peu trop rapprochée du véhicule devant elle.

Calme-toi, se dit-elle. Quelle que fût l'abomination qui habitait cette maison appelée Edbrook, elle ne serait d'aucune utilité à David si son corps était broyé dans un accident.

Mon Dieu! Quelles pensées sinistres! Et très mauvaises pour toi, se morigéna-t-elle. Très, très mauvaises...

Edith risqua un coup d'œil à la carte routière étalée sur le siège côté passager. Elle ne voulait pas rater la sortie d'autoroute. Ensuite elle suivrait une route pendant un certain temps, puis une autre et encore une autre avant d'arriver enfin à Ravenmoor.

Elle écarta les deux lettres qui avaient glissé sur la carte, des lettres signées par une certaine Miss T. Webb, et vérifia le chemin à suivre.

— C'est encore loin, soupira-t-elle en reportant son attention sur l'autoroute.

Elle tressaillit comme un autre camion doublait la Fiesta.

Une fois dans la cabine téléphonique délabrée, Ash s'accorda quelques secondes pour calmer sa respiration avant d'appeler l'Institut. La marche forcée qu'il s'était imposée depuis Edbrook avait eu le mérite de lui éclaircir les idées. Il se sentait l'esprit vif et le corps plus vigoureux, malgré la fatigue du trajet. L'étrange lassitude qu'il avait éprouvée à Edbrook ne nécessitait peut-être comme remède qu'un peu d'air frais et d'exercice. Il accusait la bâtisse elle-même, son ancienneté poussiéreuse et son atmosphère malsaine. Et il ne pouvait négliger l'effet destructeur qu'avaient eu sur sa personne ces deux dernières nuits. Les Mariell avaient joué avec lui un jeu dont la seule règle était leur malveillance. Ils avaient essayé de le discréditer, mais il ne savait toujours pas pourquoi. Etait-ce important pour lui ? Se souciait-il vraiment de leurs mobiles pour cette sinistre mise en scène ? Curieusement, il dut admettre que cette question le préoccupait. Mais il n'aurait su dire jusqu'à quel point. Une chose était sûre : les Mariell le déstabilisaient dangereusement. Il s'aperçut qu'ils exerçaient sur lui une sorte de fascination perverse. Surtout Christina. La nuit dernière...

Par un effort de volonté, il arrêta le cours de ces pensées. Il avait besoin de parler à quelqu'un de raisonnable, quelqu'un qui puisse le remettre sur les rails. Et ce quelqu'un avait un nom qu'il connaissait bien : Kate McCarrick.

Il fouilla ses poches et jura en voyant les pièces d'un penny dans sa paume. Impossible de téléphoner avec cette monnaie.

Il sortit de la cabine et regarda derrière lui, vers Edbrook.

Mais il se mit en marche dans la direction opposée.

C'était la sortie d'autoroute qu'elle devait emprunter. Edith mit son clignotant et s'engagea sur la bretelle. Bientôt la Fiesta s'enfonça sur les petites routes de campagne à une allure plus sereine. Elle traversa des petites villes et des hameaux silencieux. La plaine s'étendait devant elle, et les premières collines se dessinaient dans le lointain.

Le crépuscule tombait lentement, et le médium alluma les phares de sa voiture.

Ash atteignit les abords de Ravenmoor d'un pas beaucoup moins énergique. Ses épaules s'étaient quelque peu affaissées et il gardait les yeux rivés au ruban noir de la route qu'il suivait. Les trois kilomètres qui séparaient Edbrook du village avaient largement entamé sa vigueur du départ.

Les maisons devenaient plus nombreuses, se resserrant pour former une rue bordée de trottoirs qu'il reconnut comme l'axe principal de l'agglomération. Les habitants avaient allumé quelques lampes dans leurs foyers, et sans doute des feux rougeoyants dans les cheminées. Ce spectacle pourtant banal l'emplissait d'un agréable sentiment de sécurité, bien qu'il n'en ressentît que plus cruellement sa propre solitude.

Sa respiration se condensait devant lui en bouffées de vapeur aussi évanescentes que ses pensées. Sa fatigue physique le protégeait de la fraîcheur croissante. Il passa devant des magasins aux devantures brillamment éclairées sans s'arrêter. Là-bas, il avait repéré une lumière très accueillante.

Son pas s'allongea et il lui sembla que l'impatience asséchait un peu plus encore sa gorge.

Edith se tenait à côté de la voiture pendant que le pompiste faisait le plein, grommelant des propos édifiants sur les nuits qui s'allongeaient, l'hiver qui approchait, les étés qui ne se ressemblaient plus et le prix de la viande qui ne cessait de grimper. Son garage n'était qu'un commerce modeste, bien sûr, sans doute parce qu'il se trouvait sur une route secondaire, et vendre de l'essence n'était pas le boulot le plus passionnant au monde, mais il offrait l'occasion d'échanger quelques idées avec les voyageurs de passage...

Oh non, Ravenmoor n'était pas très loin d'ici, et il connaissait cette baraque appelée Edbrook, plantée au milieu d'un sacré grand parc. Non, la maison n'était pas très loin non plus, à moins de quatre kilomètres pour tout dire, avant d'arriver au village. Non, il ne savait pas exactement qui habitait là-bas, enfin il ne connaissait pas les noms, parce que la baraque était du style discret, si Edith voyait ce qu'il voulait dire, à l'écart de la route et sans voisins immédiats. D'ailleurs ceux qui vivaient là gardaient leurs distances, mais de toute façon il n'aurait certainement pas sympathisé avec eux — le garagiste s'arrêta le temps d'un petit rire entendu — parce qu'il n'était pas du coin et qu'il s'était installé avec sa deuxième femme seulement une dizaine d'années plus tôt. Ça ferait bientôt deux ans que la pauvre était morte.

Et il n'avait pas tellement d'atomes crochus avec les gens qui habitaient dans des grandes baraques comme Edbrook. Mais oui, pour en revenir à eux, puisque Edith voulait le savoir, il connaissait de vue une dame qui vivait là-bas. Elle venait de temps en temps faire le plein d'un amour de vieille bagnole propre comme un sou neuf et qui ne devait pas servir beaucoup. Il savait qu'elle venait d'Edbrook parce qu'un jour elle n'avait pas eu la somme en liquide et lui avait fait un chèque. Naturellement, il lui avait demandé de marquer son adresse au dos du chèque, mais non, il ne se souvenait pas de son nom, juste de l'adresse. Hélas non, elle n'aimait pas trop bavarder, pas comme lui qui appréciait toujours de discuter avec quelqu'un d'aussi aimable qu'Edith... Pour aller à Edbrook? Rien de plus facile : il suffisait de continuer tout droit, puis de prendre la seconde à droite, de faire bien attention pour ne pas rater la petite route sur la gauche et de tourner encore à gauche au premier croisement. Ensuite tout droit. Oui, il était déjà passé devant cette baraque, mais il ne l'aimait pas trop. Elle dégageait de mauvaises vibrations, comme aurait dit son petit-fils qui était un sacré numéro...

Il fit une nouvelle pause pour rire avec une satisfaction évidente, puis il reprit gravement son débit.

... Edith devait comprendre qu'à son âge — il atteignait les soixante-douze ans et gardait bon pied bon œil, au travail du matin au soir sans rechigner — on avait suffisamment vécu pour sentir ce genre de choses, si Edith voyait toujours ce qu'il voulait dire. On finissait par savoir sans même se poser de question... Et voilà, le plein était fait, son petit bolide était paré pour la route. Fallait-il une facture? Rien de tout cela? Eh bien, il allait lui chercher la monnaie de son gros billet. Peut-être sa voiture avait-elle besoin d'un peu d'huile? Non? Non, bien sûr, ces petites voitures consommaient bien moins d'huile que les grosses cylindrées de l'ancien temps. Ainsi allait le progrès, n'est-ce pas? Pourtant, si elle voulait son avis, il pensait que certaines choses avaient plutôt régressé, et ça n'était plus comme avant, mais c'était la vie et il fallait bien suivre le courant...

Enfin le pompiste se dirigea vers son bureau. Soulagée qu'il le fît sans parler, Edith lui emboîta le pas et entra derrière lui pour prendre sa monnaie. Elle se glissait derrière le volant de la Fiesta et attachait sa ceinture de sécurité quand il sortit sur le seuil de son bureau pour la saluer d'un geste de la main. Sans un mot.

Le patron de l'auberge de Ravenmoor ouvrit la porte de son établissement et sortit sur le trottoir pour prendre la mesure du temps qu'il faisait. Il redoutait la pluie qui cloître les gens chez eux, à l'exception des habitués. L'homme au pardessus noir émergea de l'obscurité et faillit le bousculer. Sans être du village, le nouveau venu ne lui était pas inconnu. L'aubergiste jugea qu'un bon bain et un petit coup de rasoir ne feraient sans doute qu'améliorer l'apparence de ce premier client de la soirée. Mais en bon commerçant il se garda bien de la moindre remarque et s'écarta pour laisser entrer Ash.

Avec une excuse à peine articulée, l'enquêteur traversa le vestibule et pénétra dans la salle du bar. Derrière lui, le patron suivait d'un pas tranquille de propriétaire.

— Fait pas chaud, ce soir, lâcha-t-il en forme d'invite à une conversation, en passant derrière le comptoir.

Ash eut un petit hochement de tête et désigna les bouteilles d'alcool alignées sur la desserte.

— Une double vodka, commanda-t-il d'une voix rauque. Bien tassée.

Edith freina doucement, mit ses lumières en position pleins phares et approcha son visage du pare-brise pour mieux voir l'entrée de la propriété.

Tandis que la Fiesta avançait, elle discerna le mot

« Mariell » gravé dans les montants en pierre de la grille grande ouverte. La voiture quitta la route et s'engagea dans l'allée pour s'arrêter presque aussitôt. A l'extrémité de la longue ligne droite de l'allée, elle pouvait discerner la forme sombre d'une grande bâtisse qui se découpait sur le ciel éclairé par la lune. Aucune lumière ne brillait dans la façade.

Le médium ne ressentait aucune impression particulière.

Edbrook aurait pu n'être qu'une immense carcasse de pierre vide.

— David... murmura-t-elle comme pour éveiller une réponse malgré la distance.

Non, elle ne sentait rien. Pourtant la simple idée de pénétrer dans cet endroit lugubre lui répugnait. Si seulement David...

Edith appuya légèrement sur l'accélérateur et la Fiesta se mit à rouler à vitesse réduite vers Edbrook.

Des pelouses apparurent de chaque côté de l'allée, bordées au loin par des bois et ponctuées de massifs d'arbustes. Dans la pâle clarté lunaire, Edith n'aurait pu dire si le parc était entretenu. Elle sursauta brusquement. Pendant une seconde, elle avait cru que des gens étaient dispersés sur les pelouses, mais elle comprit à la rigidité minérale des silhouettes qu'il s'agissait en fait de statues. Elle chassa de son esprit l'idée saugrenue que les œuvres de pierre épiaient sa progression.

La maison envahit bientôt tout son champ de vision, sa façade violemment éclairée par le double pinceau des phares.

Elle gara la Fiesta au coin de la bâtisse, sous un arbre dont les branches dépouillées retombaient en courbes sinistres vers l'allée de gravier. La voiture se trouvait ainsi à distance convenable des trois marches de pierre menant à la double porte d'entrée. A distance convenable... se répéta-t-elle ironiquement, gênée par son manque d'assurance. Elle considéra la maison avec une curiosité teintée d'anxiété. Elle se demandait la raison de cette tension qu'aucune image mentale ne venait expliquer.

Alors pourquoi cette peur? Elle s'était lovée au plus profond de son esprit, tel un foyer de perversion qui s'étendait avec une lenteur redoutable, assurée de la contaminer tout entière et de saper sa volonté. Et cette peur se nourrissait hors d'elle... Dans la maison.

Tu y es, Edith, se dit-elle. Maintenant, tu sens quelque chose. Un vide affreux dont la cause est ancrée dans le passé d'Edbrook. Une horreur sans nom qui a attiré David dans une spirale vertigineuse.

Edith avait décidé de ce voyage avec suffisamment de fermeté pour endiguer son inquiétude. Elle avait l'intention de prévenir David du danger qu'il courait, car le refus de son propre don aveuglait l'enquêteur. Il semblait que le blocage psychologique qu'il avait imposé à cette facette de son esprit, cette barrière entre le conscient et le subconscient, l'avait forcé à trouver une autre façon de s'exprimer, en chassant à l'extérieur les messages de cette sensitivité refoulée. Et c'est Edith qui avait reçu ces appels au secours. David ignorait probablement qu'il avait envoyé des signaux de détresse, mais le médium les avait captés. Or elle comprenait maintenant que cette inquiétude avait fortement entamé sa détermination.

Edith pensa un moment à redémarrer et à s'éloigner de cet endroit malfaisant sur-le-champ. Il n'y avait personne dans cette maison, de toute façon. L'absence d'éclairage aux fenêtres en était la preuve. David était sans doute retourné à Londres, jugeant son enquête terminée. Alors l'inquiétude qu'elle ressentait n'était qu'une illusion... Non, se reprit-elle. Elle pouvait douter de ses suppositions, pas de ses perceptions. Si David était effectivement parti, tant mieux ; et si la maison était déserte, elle pourrait rebrousser chemin avec le sentiment de ne pas avoir reculé.

Pourtant elle ne sentait toujours rien devant la maison elle-même. Edbrook ne paraissait abriter qu'un vide total qui la désorientait. Mais s'il n'y avait rien dans cette bâtisse à la façade sévère, alors Edith n'avait aucune raison d'être effrayée.

Elle ouvrit la portière et frissonna dans l'air froid du soir. Son pas crissa sur le gravier tandis qu'elle se dirigeait vers les trois marches. Devant la porte, elle s'arrêta.

Un des battants était entrouvert sur une obscurité presque palpable.

Edith appuya sur le bouton de la sonnette encastrée dans le mur à côté de la porte. Son geste n'éveilla aucun écho dans les profondeurs d'Edbrook. Elle recommença, laissant son doigt plus longtemps, mais sans plus d'effet.

Alors elle frappa du poing le battant fermé, et ses phalanges rougirent aussitôt sous la force de ses coups. Comme elle ne percevait pas de réponse, elle se décida et repoussa largement la porte entrebâillée. L'obscurité recula.

— Eh! appela-t-elle en passant la tête à l'intérieur. Vous m'entendez?

Elle réprima un sourire nerveux. Elle avait bien failli crier : « Il y a quelqu'un? »

Elle tressaillit quand l'odeur emplit ses narines, une odeur corrompue d'humidité, de confinement... et d'autres choses encore. Curieusement, elle crut déceler celle du charbon de bois.

Intriguée, Edith avança à pas prudents dans le vestibule.

Préparée par le crépuscule, sa vision s'habitua assez vite aux ténèbres d'Edbrook qui parurent se dissiper un peu.

— *Oh, mon Dieu...* souffla-t-elle.

Dans le grand vestibule, une ombre émergea de la porte qui s'ouvrait sous l'escalier.

26

Ash posa les deux coudes sur le comptoir et montra son verre vide au patron.

— Une autre vodka. Double.

L'aubergiste prit le verre en lançant un regard circonspect à ce curieux client. L'homme ne buvait pas par habitude sociale, il l'aurait juré, mais pour une raison plus sérieuse. Il lui tourna le dos et versa l'alcool dans le verre.

— Avec une pression? s'enquit-il par-dessus son épaule.

Ash écrasa son mégot dans un cendrier.

— Pourquoi pas? Je ne conduis pas, ce soir.

La salle s'était peuplée de quelques clients, sans pour autant égaler son affluence habituelle : la nuit était trop froide pour inciter les consommateurs occasionnels à quitter le confort de leur foyer. Les conversations restaient discrètes, se mêlant en un murmure confus, brisé par les seules exclamations de joie ou de dépit poussées par les joueurs de fléchettes dans la petite salle contiguë.

L'aubergiste plaça la double vodka devant Ash et s'éloigna pour tirer sa bière pression, sans cesser d'observer ce client au visage fatigué.

— Vous disiez que vous séjourniez dans le coin... commença-t-il aimablement.

Ash plongea deux doigts dans le seau à glace.

— Pas très loin, oui. (Il fit tomber un glaçon dans son verre.) Mais ça fait quand même une sacrée balade.

— Vous logez en dehors du village, alors? fit le patron en emplissant le verre de bière convenablement moussue.

— Ouais, à une centaine de kilomètres.

L'aubergiste fronça les sourcils, et Ash crut bon de forcer un petit sourire sur ses lèvres pour lui faire comprendre qu'il plaisantait.

— Non, à trois ou quatre kilomètres d'ici, je crois, ajouta-t-il. Mais j'ai l'impression d'en avoir parcouru cent. Je suis à Edbrook. Vous connaissez?

— Edbrook... Oui, je vois où c'est.

— Avec les Mariell.

Ash secoua la tête, goûtant l'ironie du propos.

Le patron posa le demi devant lui et se pencha sur le comptoir.

— C'est assez retiré, en effet. Vous comptez rester longtemps là-bas?

— Pas si je peux faire autrement, répondit Ash en sortant deux pièces d'une livre de sa poche. J'ai l'intention de prendre le train pour Londres ce soir, en fait. S'il n'y avait pas...

Il haussa les épaules et but une gorgée de vodka.

— J'en déduis que vous n'appréciez guère votre séjour, commenta l'aubergiste d'un ton badin.

Le rire aigre de son client le surprit. Ash eut la grimace crispée d'un homme soûl.

— Je suppose qu'on peut dire que les Mariell sont excentriques.

— Les Mariell?

— Ouais, et tous. Robert et Simon, et cette chère vieille Nanny Tess. Même... même Christina.

Le patron se redressa, et son visage se ferma.

— Vous devriez peut-être ne pas trop forcer sur la vodka, conseilla-t-il d'une voix froide. Si vous devez retourner là-bas ce soir...

Il laissa la phrase en suspens et alla jusqu'à la caisse. Quand il amena sa monnaie à David, il ajouta :

— Si c'est à Edbrook que vous logez, bien sûr.

Puis il abandonna ce client vraiment trop singulier, et Ash le suivit des yeux sans comprendre. Avec un haussement d'épaules, l'enquêteur prit sa bière et en but une longue gorgée. Il choisit une pièce de dix pence dans la monnaie posée devant lui sur le comptoir et se leva en emportant sa vodka. Il traversa la salle sans trop tanguer, mais il dut se concentrer sur chacun de ses pas.

Dans le vestibule, il s'arrêta devant le téléphone public. Il engagea la pièce dans la fente, décrocha et composa un numéro.

— Réponds, Kate, grommela-t-il après un moment. Tu n'es jamais là quand j'ai besoin de toi.

Mais les sonneries s'ajoutaient aux sonneries. Finalement, il poussa un soupir et s'adossa au mur, conscient d'avoir oscillé.

Dans l'appartement de Kate McCarrick, le téléphone sonnait obstinément. La clé tourna dans la serrure, la porte s'ouvrit et la jeune femme entra précipitamment. Elle abandonna sa mallette sur le sol et courut presque jusqu'au téléphone.

Elle décrocha d'un mouvement sec.

— Allô? dit-elle d'une voix anxieuse.

Il y eut un déclic et la ligne bourdonna.

Kate se rembrunit.

— Mer...

— ... de! jura David en raccrochant le combiné.

Il appuya sa tête contre le mur, les yeux levés au plafond. Du pouce et de l'index il massa lentement son front et ses paupières, puis resta un long moment immobile. La fatigue et l'alcool faisaient battre ses tempes.

Laisse-les jouer leur foutu jeu avec quelqu'un d'autre, mon vieux! se sermonna-t-il. Quelle importance pour toi?

— Ouais, quelle importance? grogna-t-il.

Il se demanda s'il n'exagérait pas à plaisir le trouble qu'il ressentait. N'était-il pas déçu parce que Christina avait quitté Edbrook sans lui laisser aucun message, sans une reconnaissance quelconque de cette intimité qu'ils avaient partagée la nuit précédente? Il se souvenait de l'art qu'elle avait déployé pour éveiller son désir, lentement d'abord, puis avec une science consommée, jusqu'à ce qu'il bascule dans la même passion qu'elle. Le simple souvenir de leurs ébats ranima presque son désir.

Mais le feu! Cette pensée traversa son esprit comme un coup de fouet. L'incendie n'avait été qu'une illusion créée par sa propre imagination. Non, c'était faux! Impossible! Il n'avait pu rêver la chaleur suffocante, le brasier qui rugissait sous lui... Que lui était-il arrivé dans cette cave? Va-t'en maintenant, murmura une voix intérieure. Laisse-les se vautrer dans leur perversion...

D'une poussée Ash s'écarta du mur et se dirigea vers la porte. L'air frais du dehors lui ferait le plus grand bien. La porte s'ouvrit devant lui et un jeune couple entra, le garçon tenant sa compagne par la taille. Ils disparurent dans la salle du bar avec un rire complice.

Ash sortit dans la rue et remonta le col de son pardessus pour se protéger du froid nocturne. Derrière lui, la porte de l'auberge se referma doucement.

Tout son corps se raidit quand il vit la Wolseley garée le long du trottoir. A travers le pare-brise, le visage flou de Christina se tournait vers lui.

Il s'arrêta une seconde, indécis. Puis il traversa la rue, ouvrit la portière côté passager et se pencha à l'intérieur de la voiture.

— Pourquoi êtes-vous parti? lança Christina d'une voix vibrante de colère.

Il n'en croyait pas ses oreilles.

— Pourquoi je suis...? Bon Dieu! C'est la meilleure!

— Vous n'avez dit à personne que vous partiez!

Il s'installa dans le véhicule, aussi furieux qu'elle.

— Et à qui l'aurais-je dit? Il n'y avait personne à

Edbrook! Que s'est-il passé, Christina? Pourquoi la maison était-elle déserte?

Elle mit le moteur en marche.

— Je vous ai posé une question! insista-t-il.

— Je vous ai laissé dormir. Vous étiez épuisé.

— Je vous ai demandé où vous étiez passée!

Elle enclencha une vitesse et la Wolseley s'éloigna du trottoir.

— Eh! Attendez un peu! Où croyez-vous aller?

— A Edbrook, évidemment, répliqua-t-elle sans quitter la route des yeux.

— Je ne suis pas sûr...

Elle lui jeta un regard rapide.

— Vous ne vous enfuyez pas, n'est-ce pas? Pas après la nuit dernière?

Le sang battait à ses tempes et il les massa de la pointe de ses doigts.

— Ce qui s'est passé entre nous...

— ... était merveilleux. Vous ne vous souvenez pas?

— J'ai du mal à... Je suis très fatigué et je ne sais plus où j'en suis, Christina.

L'automobile traversait le village à vive allure. Elle sortit bientôt de Ravenmoor.

Ash s'assit de biais sur son siège pour observer la jeune femme.

— Que se passe-t-il à Edbrook, Christina? Je n'y comprends rien. Est-ce que vous et vos frères jouez à quelque jeu absurde?

Concentrée sur sa conduite, elle gardait le silence. La vitesse du véhicule augmentait peu à peu.

— Il n'y a pas de fantôme, n'est-ce pas? continua-t-il. C'est vous qui l'avez inventé de toutes pièces. Pour je ne sais quelle raison vous avez monté ce stratagème contre moi. Pourquoi, Christina? Dites-le-moi, je vous en prie.

Les pneus crissèrent comme la Wolseley prenait un tournant sans ralentir.

— Pour l'amour de Dieu, Christina! Répondez-moi! Que voulez-vous?

La jeune femme appuya encore sur la pédale de l'accélérateur.

— Vous n'avez jamais eu de sœur jumelle, n'est-ce pas ? Tout ça n'était qu'un tissu de mensonges, une pièce de votre jeu.

— Vous vouliez partir avant d'avoir terminé votre enquête, dit froidement Christina.

— Vous ne m'écoutez pas ! Vous n'avez pas entendu un mot de ce que je viens de dire, hein ? Vous n'avez jamais eu une sœur qui serait morte quand vous étiez enfant ! Cette sœur n'a jamais existé. Mais je crois à une chose : il y a bien une schizophrène parmi les Mariell...

Il dut s'agripper au dossier de son siège quand la voiture tangua en s'engageant à pleine vitesse dans une courbe.

— C'est vous, n'est-ce pas, Christina ?

Le corps rigide, le regard braqué droit devant elle, la jeune femme ne lui offrait qu'un profil pur que frappait la clarté lunaire.

Frustré par son mutisme obstiné, Ash fouilla dans sa poche et en sortit son paquet de cigarettes et son briquet. Il eut un sourire sarcastique.

— J'aurais dû le comprendre. Toutes ces histoires sur l'amour des Mariell pour leur intimité familiale... La folie n'est pas très facile à reconnaître, hein ? Et encore moins à discuter !

Il alluma le briquet et remarqua le tressaillement de Christina. Le coup d'œil nerveux qu'elle lança à la flamme lui procura une satisfaction puérile. Garde le briquet allumé, se dit-il.

— Robert et Simon vous ont toujours protégée, Christina ? Et Nanny Tess également, sans doute ?

Il approcha la flamme de son visage. Peut-être voulait-il mieux voir ses traits. Peut-être désirait-il lui faire peur. La voiture ralentit et tourna dans une route plus étroite. Ils dépassèrent la cabine téléphonique d'où David avait essayé d'appeler Kate McCarrick.

Christina avait collé son visage contre la vitre de la

portière, mais elle regardait toujours devant elle. La Wolseley reprenait de la vitesse. Plusieurs fois, comme si la flamme l'attirait irrésistiblement, la jeune femme y jeta un coup d'œil furtif. Puis elle retournait son attention sur la route.

Bien que conscient de son sadisme, Ash savourait le malaise visible de la conductrice. C'est à cause de l'alcool, se dit-il cyniquement en approchant une nouvelle fois la flamme de Christina. J'ai bien droit à une petite compensation pour le cauchemar qu'elle et sa famille m'ont fait subir...

— Je ne sais pas comment vous avez fait, reprit-il, comment vous et vos frères avez pu créer ces effets. Le feu dans la cave, la... (Il fit un geste vague de sa main libre.) ... la fillette que j'ai cru voir dans le bassin. Mais vous êtes tous très malins, hein ? Eh bien ! pas assez pour moi...

Il approcha une nouvelle fois la flamme de son visage.

Christina eut un mouvement de recul, détournant les yeux, et la voiture tangua dangereusement. Il saisit son poignet de sa main libre pour redresser le volant.

La peau qu'il touchait possédait une texture étrange.

Il baissa les yeux sur sa main et la cigarette tomba de ses lèvres.

Les doigts crispés autour du volant n'étaient qu'un assemblage d'os noircis, reliés entre eux par des filaments de chair calcinée.

Christina tourna lentement la tête vers lui. Il vit son sourire glacé avant que son visage ne soit pleinement révélé par la lune.

Il hurla.

Car le côté qui était resté caché pendant tout le trajet était horriblement carbonisé. Les paupières brûlées avaient disparu, faisant saillir le globe énorme de l'œil. A cette partie de son crâne noirci n'adhéraient plus que quelques cheveux épars. Les lèvres s'étaient retroussées jusque sur les gencives, racornies par les flammes, et l'alignement macabre des dents lui adressait un sourire cauchemardesque.

Ash laissa tomber le briquet dont la flamme s'éteignit immédiatement. Mais la lune éclairait toujours la vision dantesque du visage à moitié détruit.

27

La Wolseley roulait à pleine vitesse sur la petite route de campagne, selon une trajectoire des plus dangereuses. Les branches fines des buissons fouettaient les vitres latérales à chaque fois que les pneus de l'automobile mordaient sur le bas-côté herbu. Pourtant Christina — ou la créature qu'elle était devenue — pressait toujours la pédale de l'accélérateur.

Ash s'était écarté d'elle autant qu'il le pouvait, et son dos s'écrasait contre la portière. De nouveau il ne voyait plus que son profil éclairé par la douceur d'un demi-sourire serein. Mais dans son esprit restait gravée la vision horrible de l'autre partie du visage de la jeune femme.

Les piliers de pierre annonçant les grilles d'Edbrook apparurent et la voiture les dépassa sans presque ralentir dans le tournant. Ash fut projeté en avant et son front heurta durement le pare-brise ; pourtant il sentit à peine le choc. La masse sombre de la maison grossit rapidement devant eux.

Il ouvrit la bouche, mais qu'il ait voulu crier ou protester n'avait aucune importance, car aucun son ne sortit de sa gorge contractée. La Wolseley fonça dans le parc pour s'arrêter dans un dérapage contrôlé accompagné du hurlement des freins martyrisés devant la façade d'Edbrook. Le gravier soulevé par les pneus crépita sur la maçonnerie.

Ash se retourna et chercha frénétiquement la poignée de la portière. Il refusait de regarder l'abomination assise à côté de lui et ne pensait qu'à fuir. Il poussa un grognement bref qui était peut-être un sanglot étouffé quand il trouva enfin la poignée.

Dans sa précipitation il tomba presque au-dehors. Il réussit pourtant à conserver un semblant d'équilibre et se lança dans une course titubante. Dans l'état de panique où il se trouvait, Ash ne remarqua pas l'autre véhicule garé sous les branches basses d'un chêne, à l'extrémité de la façade. Il crut entendre un rire bas et grinçant qui s'élevait dans la Wolseley. Un rire qu'on pouvait imaginer sorti d'une gorge brûlée.

Il voulut gravir les trois marches de pierre d'un bond, mais son pied accrocha la bordure de la dernière et il s'étala lourdement, roulant jusqu'à la porte d'entrée qui stoppa brutalement son élan. Il s'accrocha à l'une des poignées de cuivre de la double porte et se releva à la force d'un bras, tout en martelant le bois du plat de son autre main.

Dès qu'il fut sur pied, il jeta un coup d'œil par-dessus son épaule en direction de la Wolseley. La portière côté conducteur s'ouvrait lentement. Et il crut percevoir une sorte de ricanement lugubre. Il frappa contre la porte des deux poings, ignorant les vibrations qui engourdissaient ses bras. Il aurait voulu appeler à l'aide, mais les muscles de sa gorge étaient tellement contractés qu'il ne pouvait même pas parler.

Il n'osait pas regarder directement la voiture, mais il ne put s'empêcher de tourner la tête jusqu'à ce que son image s'inscrive au bord de son champ de vision. Christina sortait du véhicule.

De sa poitrine monta ce qui ne pouvait être qu'un gémissement terrifié. Ses coups de poing contre le battant se firent moins vigoureux, plus espacés. Il désirait de toute son âme fuir cet endroit, échapper à la silhouette macabre qui approchait maintenant. Mais une faiblesse inexplicable l'avait brusquement envahi, une lassitude infinie pesait sur tout son corps et sapait sa volonté. Sans même se retourner, il savait qu'elle avait atteint la première des trois marches. Un cri avorté brûlait sa poitrine. Il perçut le raclement d'une chaussure sur la pierre.

Il faillit perdre l'équilibre quand la porte devant lui s'ouvrit largement.

Il n'y avait rien d'accueillant dans l'attitude de Nanny Tess. Le visage sombre, elle commença à grommeler. Mais déjà il était entré dans le vestibule et avait claqué le battant derrière lui. Nanny Tess recula, suffisamment étonnée pour oublier ce qu'elle voulait dire.

Il tremblait si violemment que ses ongles crissèrent contre la serrure quand il tourna la clé. Le claquement des pièces métalliques le soulagea sans le rassurer pleinement. Il se baissa et tira le verrou inférieur d'un battant puis de l'autre dans le sol. Puis il se redressa et s'adossa contre la lourde porte, comme pour ajouter son poids à cette barrière de chêne.

Un gémissement lui échappa en découvrant le nouvel état d'Edbrook.

La lumière dispensée par les ampoules était encore plus faible qu'auparavant, presque grise, comme si elle accusait elle aussi l'inexplicable délabrement. Mais elle suffisait à révéler la crasse qui couvrait les murs et les plafonds, les toiles d'araignée poussiéreuses, la moisissure qui marquait les coins des murs, les longues craquelures dans les boiseries. Au-dessus des panneaux de chêne, le papier peint pendait en lambeaux sinistres, et des débris blanchâtres qui devaient être du plâtre tombé du plafond jonchaient le sol du vestibule. Partout flottait l'odeur âcre de la pourriture, un entêtant parfum d'abandon.

Au pied de l'escalier, Robert et Simon Mariell l'observaient. Ash retrouva enfin l'usage de la parole :

— Pour l'amour du ciel! s'écria-t-il. Christina...

Les deux frères sourirent.

On frappa légèrement à la porte.

Ash fit volte-face avec la même nervosité que s'il avait été touché. Il s'écarta d'un bond de la porte.

Le tambourinement s'arrêta.

Il poussa un cri de terreur quand le double battant trembla sous une volée de chocs puissants. Le chêne épais vibra, gémit et parut se déformer sous une poussée inhumaine. Les gonds crissèrent et le bois se fêla en de multiples endroits.

Lentement, Ash recula, les yeux fixés sur la porte qui craquait de façon anormalement sonore.

Soudain la pression exercée de l'extérieur cessa. Un silence total emplit le vestibule.

Jusqu'à ce que Robert dise :

— Nanny, ouvrez la porte, s'il vous plaît.

Avec une horreur paralysante, Ash vit la tante des Mariell s'approcher de la porte et tourner la clé dans la serrure.

— Non! Ne la laissez pas entrer! implora-t-il.

Nanny Tess hésita. Elle considéra un moment Ash avec incertitude, puis son neveu. Un sourire paisible aux lèvres, Robert lui adressa un simple hochement de tête. Elle se baissa pour relever le verrou.

Dans un mouvement d'une rapidité surprenante, elle ouvrit un des battants de chêne, dévoilant la silhouette sombre qui attendait à l'extérieur.

Ash sentit quelque chose le quitter, comme la perte presque palpable d'une chaleur interne, laissant son corps faible et glacé. Quand il s'enfuit, ce fut avec des gestes maladroits; ses pieds avaient du mal à se soulever, et l'escalier qu'il atteignit lui parut un obstacle insurmontable.

Robert souriait toujours quand Ash le bouscula. Les mains nonchalamment plongées dans les poches de son pantalon, Simon le suivit des yeux avec un petit rire moqueur.

Ash s'aida de la rampe pour se hisser à l'assaut des marches. Maintenant qu'il s'était consciemment jeté dans la fuite, sa peur se mêla à son instinct de conservation pour ranimer un peu de ses forces anesthésiées par la terreur. Ses efforts y gagnèrent un peu en efficacité, et il eut l'impression de gravir plus vite les degrés de l'escalier. Il trébucha en arrivant au premier étage mais continua sur les mains et les genoux avant de se redresser et de foncer dans les ténèbres du couloir qui menait à sa chambre.

La porte était ouverte. Il entra dans la petite pièce et referma le battant qu'il verrouilla aussitôt. Il appuya son front couvert de transpiration contre le bois et tenta de calmer sa respiration pour mieux entendre ce qui se passait dans le couloir. Des pas approchaient, il en était certain.

Il ferma les yeux un moment, en une supplication muette.

Il s'écarta d'une poussée de la porte et saisit le rebord de la commode voisine. La tirant de droite et de gauche, il parvint à l'amener devant la porte ; d'un dernier effort il la colla contre le panneau de bois comme une barricade improvisée. Il espérait que le meuble trapu rendrait impossible toute intrusion. Il appuya sur l'interrupteur et l'ampoule nue qui pendait au bout de son fil au centre du plafond dispensa sa faible lumière.

Sans quitter la porte des yeux, il recula lentement jusqu'au mur opposé.

Bientôt il entendit qu'on frappait doucement le bois de la porte.

Son nom fut murmuré.

— Laissez-moi tranquille ! hurla-t-il d'une voix proche de l'hystérie. Laissez-moi !

Son cri devint plaintif, presque un gémissement, et il s'écroula lamentablement dans le vieux fauteuil.

— Laissez-moi tranquille...

Le chuchotement cessa.

28

Rien ne bougeait dans la grande demeure appelée Edbrook.

Aucun pas ne résonnait dans les longs couloirs glacés ; aucun mouvement ne dérangeait l'atmosphère poussiéreuse des pièces sauf l'infime grattement de la vermine dans le rembourrage affaissé des canapés et des fauteuils, ou la course vacillante de quelque araignée réveillée par la froidure de l'air. Nulle brise n'agitait les rideaux crasseux et les housses grisâtres. Les énormes murs de pierre imposaient un silence minéral, et l'aube drapait les fenêtres d'une pâle lueur sépulcrale.

Dans une chambre, à l'étage, un homme assis dans un vieux fauteuil en face d'une porte barricadée tressaillait dans un sommeil agité.

Engoncé dans son pardessus au col relevé, David Ash dormait, son menton ombré de barbe baissé sur sa poitrine. Dans la triste lumière de l'aurore, son visage paraissait jaunâtre, ses traits alourdis par la fatigue, son front ridé sur les images de son rêve...

... L'enfant s'éveille ; il entend l'appel chuchoté dans la nuit.

— David...

Il sort de sa chambre, attiré par la voix douce, et descend l'escalier jusqu'à la pièce éclairée par les cierges. Un cercueil est posé à l'extrémité de la pièce.

Le jeune garçon s'approche, les yeux agrandis par la crainte de ce qu'il va découvrir. Il se penche au-dessus du cercueil et regarde à l'intérieur.

Le corps qui y repose n'est pas celui de sa sœur.

La défunte est plus âgée, d'une beauté radieuse dans la mort.

Ses paupières se relèvent.

Elle lui sourit.

Le sourire se transforme en un rictus insane.

Christina tend les mains vers lui comme pour l'embrasser.

Ses lèvres bougent et elle murmure :

— David...

Ash reprit conscience avec un cri étranglé. Son corps tressauta, et un de ses pieds renversa la bouteille de vodka vide abandonnée sur le sol. Il détailla la pièce avec le regard brumeux de quelqu'un qui s'étonne du lieu où il s'éveille. La lumière fade de l'aube se mêlait à celle trop faible de l'ampoule électrique au plafond, baignant la chambre d'une clarté morne qui gommait les reliefs et les couleurs comme un suaire impalpable. Il cligna des yeux plusieurs fois, pour ôter la lourdeur qui accablait ses paupières gonflées. Sans les voir, Ash savait ses yeux rougis. Il déglutit péniblement. Sa bouche et sa gorge desséchées le brûlaient. Il passa une main tremblante dans ses cheveux ébouriffés.

Soudain le souvenir du rêve s'imposa à lui. Il gémit doucement à la vue de la commode bloquant la porte et se rappela pourquoi il l'avait traînée là.

Il retint sa respiration et se força à tendre l'oreille. Sur les accoudoirs du fauteuil, ses mains crispées étaient parcourues d'un tremblement incoercible. Un silence total nimbait la demeure, et il sentit sans se l'expliquer la vacuité qui régnait au-dehors de la chambre. Edbrook était calme, comme si la maison imitait l'homme et retenait sa respiration.

Ash quitta le fauteuil et d'un pas lent traversa la pièce jusqu'à la barricade improvisée. Il prit appui sur la commode et approcha l'oreille de la porte, à l'affût de la moindre perturbation de l'autre côté, du plus petit gémissement, du souffle le plus ténu. Mais il n'entendit rien.

D'une démarche vacillante il retourna jusqu'à la fenêtre. Ses sens recouvraient peu à peu leur acuité coutumière et ses muscles retrouvaient leur coordination. Il scruta les jardins du regard. Un crachin léger brouillait le contour des statues et la végétation d'un halo argenté par l'aube glauque.

Sa détermination lui revint à mesure que son esprit sortait des dernières brumes de la somnolence.

Il sortit le sac fourre-tout de l'armoire et le posa sur le lit. Il entreprit d'y jeter sans ordre ses affaires personnelles, les tassant pour y faire entrer un maximum de choses. Ses gestes devinrent plus vifs, plus nerveux. Il ajouta ses notes et ses croquis ramassés sur le petit bureau puis tira la fermeture Eclair. Celle-ci se coinça sur un pan de chemise qui dépassait, mais Ash ne prit pas la peine de la dégager. Il dut se hisser sur la pointe des pieds pour attraper la valise sur le haut de l'armoire. Il la déposa sur le lit, à côté du sac fourre-tout, l'ouvrit et la considéra un moment. Il allait devoir collecter son matériel dans toute la maison.

Ash se tourna de nouveau vers la porte.

Il s'approcha d'un pas circonspect de la commode et la saisit par les bords. Rassemblant ses forces, il tira le lourd meuble de côté. Une main appuyée sur le bois, il resta de longues secondes à regarder la clé, indécis. Il dut se forcer pour ouvrir la porte.

Nanny Tess se tenait immobile devant lui, dans les ombres du couloir.

— Mon Dieu... lâcha-t-il dans un souffle.

Elle avança dans la lumière et il vit l'égarement qui marquait son visage, les rides plus profondes, le teint étrangement hâve, comme au sortir d'une longue maladie.

Elle parla d'une voix possédée par l'urgence mais

qu'elle gardait basse, et Ash eut l'impression qu'elle se défiait de quelque oreille indiscrète.

— Vous devez partir, Mr. Ash. Tout de suite.

— Où sont-ils? lui demanda-t-il dans un chuchotement.

— Peu importe, rétorqua-t-elle sur un ton proche de la réprimande. Ne me posez pas de questions. Ce n'est plus un jeu. La situation est devenue beaucoup plus grave. Il s'est passé quelque chose qui a tout changé. Ils vous en veulent, Mr. Ash, ils vous en veulent terriblement.

Elle recula d'un pas et jeta un coup d'œil effrayé dans le couloir, puis elle le regarda de nouveau.

— Il y a un train qui s'arrête tôt chaque matin à Ravenmoor pour délivrer le courrier. Vous avez encore le temps de le prendre si vous vous dépêchez.

Ash n'avait besoin d'aucune autre explication. Il retourna jusqu'au lit et saisit son sac fourre-tout. Ses yeux s'attardèrent un moment sur la valise béante, et son équipement lui parut soudain sans importance. Il se détourna et traversa la chambre d'un pas pressé. Il sortit dans le couloir pour s'apercevoir que Nanny Tess avait disparu. Alors il se figea.

Au fond du couloir, dans l'ombre, la forme ramassée du chien attendait.

Lentement, Ash commença à s'éloigner à reculons. Il évitait tout geste brusque qui aurait pu être interprété comme un signe de panique par le bouvier des Flandres. Avec un grondement bas et menaçant, Seeker se releva et avança sans hâte vers lui.

Les doigts de l'homme se crispèrent sur son sac. Si l'animal l'attaquait, il s'en servirait comme d'un bouclier et le lui enfoncerait entre ses formidables mâchoires. Mais ensuite? Combien de temps parviendrait-il à neutraliser la fureur du chien? Il ne pouvait se réfugier dans la chambre sans se couper toute retraite. Peut-être devrait-il appeler Nanny Tess à son aide... Elle saurait certainement comment contrôler le cerbère d'Edbrook.

Mais pourquoi ne l'avait-elle pas attendu? Et si sa disparition faisait partie de leur plan et n'avait pour seul but que de l'inciter à quitter la chambre pour être à la merci du chien?

Seeker avait adapté son avance à la retraite de l'homme. La distance entre eux ne diminuait pas. Dans l'obscurité presque totale du couloir, Ash ne discernait que le double feu de ses yeux et la forme massive de son corps puissant.

Sans quitter l'animal du regard, il continuait de reculer. Il savait qu'il allait atteindre très vite le palier. S'il avait jeté un coup d'œil derrière lui, il aurait pu voir une silhouette qui montait lentement l'escalier. Ce n'est que lorsqu'il perçut le ricanement étouffé qu'il osa regarder vivement dans cette direction.

Simon était arrivé en haut des marches. Mais ce n'était pas exactement Simon.

Malgré le peu de lumière, Ash ne pouvait ignorer la pâleur mortelle du nouveau venu. Sa peau était flétrie, souillée de taches comme si elle se décomposait. Sous le col ouvert de sa chemise, le cou décoloré était marqué d'une horrible cicatrice d'un rouge vif qui mordait profondément la chair livide. Sa tête était curieusement penchée de côté.

Malgré sa terrible apparence, Simon arborait un sourire paisible.

Bouleversé par cette vision, Ash lança son sac fourre-tout au visage de Simon. Le chien bondit vers lui.

Ash entendit le raclement des griffes sur le parquet du couloir et le grondement de l'animal. Abandonnant toute idée d'arrêter le chien, Ash bascula par-dessus la rampe du palier et s'y accrocha de justesse, le corps pendant dans le vide. Les mâchoires de Seeker claquèrent dans le vide à quelques centimètres de ses doigts, et Ash se laissa tomber. Il prit rudement contact avec le sol du rez-de-chaussée et sentit une douleur fulgurante dans sa cheville gauche.

Il s'écroula sur le dos, le souffle coupé, tout son corps

engourdi par la chute. Tandis que la douleur s'éveillait, lancinante, il remarqua brusquement les volutes de fumée qui s'élevaient dans l'air. Il perçut les craquements distants d'un feu et crut sentir la chaleur qui irradiait du sol.

Et il entendit le bruit feutré de pas descendant l'escalier.

Ash roula sur lui-même et s'agenouilla avant de se relever. Sa cheville le faisait affreusement souffrir, mais il avait d'autres préoccupations, plus urgentes. Seeker tournait au pied de l'escalier. L'animal glissa sur le parquet dans sa précipitation mais reprit rapidement son équilibre et fonça sur sa proie.

Ash recula en clopinant. Sa seule chance était de mettre un obstacle solide entre lui et le chien. La porte de la cuisine était trop éloignée. Il n'aurait jamais le temps de l'atteindre. Il poussa la porte la plus proche. Celle de la cave.

Un mur de flammes le repoussa, pantelant, et il leva les bras devant lui en une dérisoire protection.

Mais il avait vu une silhouette qui progressait dans la fournaise. Contre toute logique, elle gravissait les degrés de l'escalier souterrain et approchait du rez-de-chaussée, comme inaltérée par le feu qui rugissait dans le sous-sol. Totalement hypnotisé par cette vision, Ash baissa lentement les bras.

La silhouette avait presque atteint le haut de l'escalier. Incrédule, il vit un homme rongé par des flammes féroces qui l'enveloppaient complètement. Malgré l'horrible brasier qui couvrait son visage, Ash crut reconnaître les traits de cette torche vivante.

Environné de flammes, Robert Mariell sortit lentement de la cave.

29

Seeker s'arrêta, et Ash eut l'impression que l'image de l'homme enflammé brûlait dans le crâne du chien comme une malédiction. L'animal s'aplatit sur le sol et se mit à frissonner. De ses redoutables mâchoires monta un gémissement apeuré.

Ash n'attendit pas plus longtemps. En boitillant, il s'écarta de la fournaise qu'était devenue la cave et de la silhouette qui se consumait horriblement.

Le chien parut se rendre compte que sa proie lui échappait. La gueule au ras du sol, il contourna le brasier humain et se lança à la poursuite d'Ash.

Celui-ci ralentit à peine pour jeter une chaise à l'animal. Le projectile bloqua un moment la course de Seeker. Simon Mariell était à présent arrivé en bas des marches, sa silhouette macabre illuminée par les flammes qui dévoraient son frère, un rire railleur montant de sa gorge étranglée.

Ash trébucha jusqu'à la porte de la cuisine qu'il franchit, faisant immédiatement volte-face pour la claquer derrière lui. Elle était presque fermée quand le mufle de Seeker apparut et ses mâchoires claquèrent sur la manche de son pardessus.

D'une secousse il tenta de dégager son bras, sans pour autant cesser de peser de tout son poids sur le battant. Ash poussa un cri aigu quand enfin le manteau céda. Le chien boula dans le vestibule, un morceau d'étoffe arraché entre ses mâchoires. Ash ferma la porte et s'appuya contre elle. Il sentit la masse de l'animal qui se précipitait rageusement contre le bois. Le battant trembla sous le choc mais tint bon. Il y eut ensuite un grattement frénétique contre l'épais panneau. Ash traversa en clopinant la cuisine sale et atteignit la porte extérieure qu'il ouvrit d'un geste nerveux.

L'air froid du matin le gifla et il s'y exposa avec délices. Il se précipita dans la bruine glacée avec un soulagement intense. Avidement il emplit ses poumons de l'air vif, comme pour les laver de l'atmosphère malsaine d'Edbrook. Il avait réussi à s'évader et cette constatation l'emplissait d'une énergie nouvelle. Il avait presque envie de hurler sa joie.

Arrivé à l'extrémité de la terrasse, il osa enfin se retourner vers la sombre demeure. Dans la pluie légère qui gommait la lumière, la bâtisse lui parut plus sombre, ses fenêtres pareilles à des gouffres de nuit. Pourtant ce n'était qu'une maison faite de briques, de madriers et de verre, un édifice élevé par l'industrie de l'homme, et rien de plus. Une vieille construction usée par les ans, rendue sinistre à ses yeux par la seule abomination qui vivait entre ses murs gris. D'une main distraite il essuya l'eau qui noyait sa vue. Tout cela était impossible, irréel. Pourtant il n'avait pas rêvé.

Mais le cauchemar n'était pas terminé. Une vitre du rez-de-chaussée explosa sous la formidable poussée de Seeker. Le chien bondit à l'extérieur.

Ash descendit tant bien que mal les quelques marches qui menaient aux allées couvertes de dalles. Il s'engagea en claudiquant aussi vite qu'il le pouvait sur celle du milieu, horriblement conscient qu'il ne pourrait pas distancer l'animal. Il jeta un coup d'œil apeuré derrière lui et vit que Seeker avait atteint la limite de la terrasse et descendait sans hâte le court escalier, assuré que sa proie ne pourrait lui échapper. Une écume blanchâtre frangeait ses babines et son pelage luisait sous le crachin. Il trottina sur les dalles glissantes, la gueule basse, un grondement rauque montant de son corps puissant.

Ash se retourna vers le chien et se mit à reculer lentement, incapable de détacher ses yeux de la menace animale qui se rapprochait rapidement. L'homme se ramassa sur lui-même sans cesser de battre en retraite. A sa peur se mêla une haine désespérée pour cet animal qui le chassait ainsi. Une obscénité fit frémir ses lèvres, comme un inutile défi qu'il allait hurler. Avant qu'il ait pu crier, ses talons butèrent contre un obstacle solide. Sa retraite était bloquée. Il comprit qu'il avait atteint le muret à moitié effondré qui entourait le bassin. Seeker parut s'aplatir sur le sol, tout son corps se tendant pour l'attaque.

Ash entendit l'eau bouillonner derrière lui.

Instinctivement il se retourna et oublia aussitôt le chien. Des profondeurs fétides émergeait une vision si terrifiante qu'il sentit une grande faiblesse l'envahir. Ses jambes se dérobèrent sous lui et il tomba sur les genoux.

Ce qui restait de sa chevelure pendait en paquets poisseux sur ses épaules. Souillée de longues traînées verdâtres, sa chemise de nuit en lambeaux collait à son corps altéré par la mort. Des résidus de végétation décomposée maculaient la peau telles des excroissances révoltantes qui auraient jailli de sa chair pendant son long séjour dans le cloaque du bassin.

Seeker se coucha sur le sol et leva son mufle vers le ciel plombé. Un hurlement lugubre monta dans l'air humide.

L'apparition agrippa les bords du muret de ses doigts squelettiques. Une de ses mains n'était plus qu'une horrible serre décharnée. Elle tourna vers Ash un visage ravagé par les flammes, tordu dans un abominable rictus malveillant. La moitié de son corps n'était plus qu'une masse répugnante de chairs rongées par le feu. Comme la nuit précédente, elle fixa sur lui un œil sans paupière qui ne clignait pas.

Lentement, elle se hissa hors des eaux nauséabondes, son corps dégouttant sur les dalles pour former une mare verdâtre autour de ses pieds nus et racornis. Elle perdit l'équilibre comme au ralenti et s'écroula grotesquement pour se relever aussitôt, les bras tendus vers lui. Des algues putréfiées s'enroulaient autour de ses poignets, pareilles à des bracelets d'un vert écœurant.

Avec un haut-le-cœur, Ash battit en retraite. Il vit ce qui restait de ses lèvres se retrousser sur un mot horriblement déformé. Peut-être son nom.

Elle poussa un cri perçant quand la moitié de son corps s'enveloppa brusquement de flammes.

Un voile blanc oblitéra l'esprit de l'enquêteur. Submergé par l'instinct de conservation, il sentit son corps réagir presque indépendamment de sa volonté. Il s'élança dans une fuite aveugle tandis que le cri continuait de résonner dans son crâne comme une malédiction intérieure. L'effort physique chassa le vide de son esprit et il reprit conscience de la réalité. Le hurlement démoniaque le poursuivait, plus puissant qu'auparavant, doublé de l'écho d'un rire moqueur et insane.

Il dérapa sur l'herbe humide et une brûlure terrible déchira sa cheville. Mais il n'y prêta pas attention et tituba à travers un massif de fleurs laissé à l'abandon, puis s'enfonça entre les arbustes en direction des bois tout proches. Le cri s'était éteint, et les arbres lui semblaient un abri sûr contre l'abomination hurlante.

La pluie se mit à tomber plus lourdement et chaque pas devint plus dangereux dans la grisaille de l'aurore. Les bras tendus devant lui pour écarter les branchages, il pénétra enfin dans la forêt. L'eau brouillait sa vision, et il contourna plusieurs arbres en tâtonnant contre leur écorce rugueuse. Il était certain de ne pas être seul dans les bois car il percevait des rires étouffés et des paroles incompréhensibles mais sardoniques autour de lui. Une ou deux fois, il crut distinguer une forme pâle entre les arbres, à quelque distance, qui courait au même rythme que lui.

Il ne savait pas où le menait cette fuite éperdue, mais il n'avait qu'un but : s'éloigner le plus possible d'Edbrook et du cauchemar qui l'habitait. Dès qu'il aurait atteint une route, il pourrait s'orienter et arriverait bien à rejoindre le village. Alors il serait en sécurité, dans un univers raisonnable et rassurant. Des buissons trop épais l'obligèrent à faire un crochet sur la gauche. Une forme blanchâtre derrière lui, et il força encore l'allure.

Soudain il pénétra dans une clairière. Il comprit aussitôt où sa fuite l'avait mené. Exténué, il trébucha et tomba sur les genoux et les mains dans l'herbe haute. La pluie frappait son dos avec force. Devant lui, Ash vit la forme massive du mausolée des Mariell.

Les épaules voûtées par la fatigue, il aspira goulûment l'air humide. Ses cheveux collaient à son front en paquets détrempés. La pluie tambourinait sur la pierre grise du monument mortuaire et formait un halo argenté autour de la masse sombre. Lentement, le déluge nettoyait la pierre de la boue qui la maculait, révélant aux yeux exorbités de l'homme l'inscription funéraire sur la plaque flanquant l'entrée de la petite crypte.

Presque malgré lui, il lut les noms gravés dans le granit :

THOMAS EDWARD MARIELL
1896-1938

*

ISOBEL ELOISE MARIELL
1902-1938

D'une main tremblante Ash s'essuya les yeux. La poussière se dissolvait peu à peu, révélant les autres inscriptions jusqu'alors invisibles. Ses lèvres remuaient doucement comme il lisait malgré lui les noms qui apparaissaient maintenant, et une horreur nouvelle glaça son âme tandis qu'il comprenait l'abomination dévoilée par les caractères ciselés dans la pierre.

LEURS ENFANTS BIEN-AIMÉS

*

ROBERT
1919-1949
SIMON
1923-1949
CHRISTINA
1929-1949

La dernière date, celle du décès, s'imprima dans sa conscience, comme multipliée par la terrible réalité qu'elle imposait.

De l'intérieur du mausolée s'éleva le gloussement macabre d'une fillette.

Il remarqua alors que la grille de fer forgé était ouverte, et il perçut un autre bruit : le raclement de la pierre contre la pierre. Dans les profondeurs du tombeau familial, il crut discerner le lent mouvement d'un cercueil dont on repousse l'énorme couvercle de granit. Et sur un des bancs, n'était-ce pas un autre cercueil qui s'ouvrait ?

La fillette rit de nouveau.

30

Ash fonçait aveuglément à travers les sous-bois. Il tombait pour se redresser aussitôt, inconscient des branches qui fouettaient son visage et ses mains; s'accrochaient à ses vêtements. Le sol cachait une multitude de pièges qui le faisaient trébucher, et les oiseaux accompagnaient sa fuite d'un concert frénétique de cris aigus. Mais Ash continuait sa course. Jamais il ne se retourna, car il était terrorisé à l'idée de voir ce qui le poursuivait. Il traversa un rempart de buissons, sauta par-dessus le tronc moussu d'un arbre mort et vit soudain l'ouverture devant lui.

Avec un brusque cri de soulagement, il tituba sur la route.

Il s'accorda quelques secondes afin de reprendre son souffle, l'oreille dressée pour surprendre la progression de ses poursuivants. Mais tout paraissait calme dans les bois qu'il venait de quitter. Ce qui s'était éveillé dans le mausolée ne l'avait pas pris en chasse. Néanmoins il reprit un trot léger que syncopait sa cheville blessée.

La sécheresse brûlait sa gorge, mais il n'en avait cure. La lumière matinale avait gagné en force, et la pluie s'était assagie, se muant en une bruine pénétrante.

Il ne prit conscience du véhicule qui approchait que lorsque celui-ci ne fut plus qu'à une centaine de mètres. D'abord il entendit le ronronnement du moteur, puis le craquement sec des branches tombées sur la route que les roues écrasaient. Il jeta un coup d'œil par-dessus son épaule et vit le double pinceau des phares qui perçait le rideau du crachin. Il essaya désespérément d'accélérer sa course, mais il était à bout de forces et ses enjambées se firent flageolantes.

Les phares illuminèrent la route luisante. Les mâchoires serrées, Ash se concentra sur sa fuite, chaque pas plus incertain que le précédent.

La Wolseley freina doucement à sa hauteur, et il fit un bond malhabile de côté. La vitre côté conducteur était baissée, et une main lui fit signe.

— Mr. Ash, dit la voix inquiète de Nanny Tess. Montez, je vous en prie. Vous êtes épuisé, vous n'y arriverez jamais seul.

Il ralentit en titubant avant de s'arrêter complètement, courbé en deux par l'essoufflement qui comprimait son torse. Sa voix avait des accents hystériques quand il parvint enfin à demander :

— Qu'est-ce que vous me voulez ?

Le visage de Nanny Tess exprimait une anxiété réelle.

— Simplement vous aider. Montez. Je vous conduirai jusqu'à la gare. C'est votre seule chance.

Ash comprit qu'elle disait vrai. Il avait atteint les limites de sa résistance physique et mentale, et il n'arriverait jamais seul au village. Il s'approcha et s'appuya des deux mains sur le capot de la Wolseley.

— Dites-moi d'abord pourquoi ils m'ont fait cela...

Elle lui désigna le siège à côté d'elle.

— Montez, Mr. Ash, avant de vous écrouler sur la route.

Il contourna la voiture en gardant les mains sur la carrosserie, ouvrit la portière et s'effondra à l'intérieur. Il devait prendre le risque de lui faire confiance, car il n'avait pas d'autre solution.

Le véhicule redémarra et prit rapidement de la vitesse. Toujours haletant, Ash la considéra du coin de l'œil avec suspicion. Nanny Tess paraissait avoir beaucoup changé, mais pas de l'horrible façon qui avait touché les Mariell. Elle semblait hagarde, ses cheveux étaient décoiffés, ses traits plus prononcés, striés de rides plus nombreuses et profondes qu'auparavant.

— Ils ont eu tort de se conduire ainsi avec vous, dit-elle enfin d'une voix altérée. Je leur ai demandé de cesser ce jeu, je les ai suppliés même.

— Je n'y comprends rien, souffla-t-il.

Elle lui lança un regard aigu et se rembrunit devant son état.

— Oh, ils ne le voulaient pas non plus. Ils voulaient vous égarer, afin d'augmenter encore votre terreur.

— Mais pourquoi? Que leur ai-je fait?

Les essuie-glaces couinaient en repoussant la pluie grisâtre sur le pare-brise.

— Ils voulaient vous prouver que vous aviez tort. Toutes vos théories, votre scepticisme envers une vie après la mort... Ils voulaient vous montrer... Vous faire payer...

Il la regardait fixement, sans comprendre.

— Il n'y a jamais eu de sœur jumelle, Mr. Ash, dit-elle à voix basse.

Il émit un soupir écœuré.

— Je l'avais compris. C'est Christina qui est schizophrène, n'est-ce pas?

— Qui est? Vous ne voyez toujours pas? Après tout ce qui vous est arrivé? (Elle se tourna une seconde vers lui, et il préféra éviter son regard.) Il semblait que deux esprits habitaient son corps, l'un normal, doux, aimant, l'autre perverti, vicieux, dégénéré. Nous avons tout fait pour cacher la partie sombre de sa personnalité au monde entier.

Ses mains se crispèrent sur le volant.

— Après la mort et Thomas et d'Isobel, il incombait à ses deux frères et à moi-même de prendre soin de Christina, de la protéger de sa mauvaise nature. Mais quel déchirement, Mr. Ash, quand il nous fallait l'enfermer pour l'empêcher de représenter une menace, tant pour nous que pour elle.

Elle ralentit un peu quand la voiture atteignit un croisement, et Ash vit la vieille cabine téléphonique sur le côté de la route. Un instant, il fut tenté d'ouvrir la portière et de sauter du véhicule. Il pourrait appeler pour demander de l'aide et... Mais non, il était plus simple de laisser Nanny Tess le conduire à la gare où il prendrait le premier train pour fuir cet endroit détestable.

Nanny Tess engagea la Wolseley sur la route principale et accéléra. Les essuie-glaces continuaient à balayer le pare-brise maintenant sec avec un couinement irritant, mais la conductrice ne paraissait pas l'avoir remarqué.

Epuisé, vaincu par les dernières épreuves qu'il avait subies, Ash écouta la voix basse et presque mélancolique de Nanny Tess.

— C'est Simon qui a été la cause de la tragédie. Voyez-vous, leurs jeux enfantins les avaient poursuivis dans la maturité, bien que j'eusse prévenu les garçons de se méfier de leur sœur. Peut-être Simon s'était-il lassé de la double personnalité de Christina, à moins qu'il n'ait agi ce jour-là par simple peur de la créature qu'elle devenait parfois.

Elle se tut une seconde et coupa l'essuie-glace, au grand soulagement de son passager.

— J'étais partie chercher Robert à la gare. Il revenait d'une réunion avec ses conseillers financiers à Londres. Je... J'avais cru que Simon serait capable de maîtriser la situation. Peut-être a-t-il voulu jouer un de ses tours puérils à sa sœur...

— Continuez, lui demanda-t-il calmement, car elle se murait dans un silence douloureux.

Elle parut faire un effort pour se ressaisir et reprit :

— Simon avait enfermé Christina et le chien dans la cave. Il savait combien elle détestait cet endroit, l'obscurité et l'humidité, ces murs sans fenêtre. Nul n'a jamais su comment, elle a réussi à allumer un feu. Souvent je la fouillais pour lui prendre les allumettes qu'elle aimait garder sur elle. Elle était véritablement fascinée par leur petite flamme. Elle me disait souvent que, lorsqu'une flamme s'éteint, le filet de fumée est son âme qui monte au ciel.

Elle eut un sourire amer à ce souvenir, mais son expression redevint tendue presque aussitôt.

— Peut-être jouait-elle quand elle a allumé ce feu dans la cave, peut-être était-ce un acte de malveillance délibéré. Comment savoir? Il est également possible qu'elle ait simplement voulu effrayer Simon pour qu'il la relâche. Quoi qu'il en soit, elle n'a pu maîtriser le feu qui s'est rapidement étendu au sous-sol entier.

» Robert et moi sommes revenus du village pour trouver la cave emplie de flammes. Simon était accroupi en face de la porte ouverte. Il pleurait en désignant la fournaise. Nous pouvions entendre les cris de Christina qui montaient vers nous à travers les craquements de l'incendie, et les hurlements torturés de Seeker.

» Robert n'a pas hésité une seconde. Il s'est précipité au sous-sol, malgré les flammes et la chaleur...

Les roues du véhicule écrasèrent une branche morte sur la route et Ash sursauta au claquement sec du bois, mais Nanny Tess ne parut rien remarquer.

— Quelques minutes plus tard, deux silhouettes sont sorties des flammes. La première était Christina. Ses vêtements avaient pris feu, et un côté de son corps brûlait.

La vieille femme ferma les yeux à ce souvenir, et Ash regarda avec anxiété devant eux. Quand il retourna son attention vers elle, elle observait de nouveau la route.

— Elle a été trop rapide pour nous. Elle s'est enfuie en courant, et nous étions complètement pétrifiés par l'autre... Robert. Tout son corps était enveloppé de flammes. Je... je ne sais pas comment il avait eu la force de monter les marches... Il s'est écroulé à mes pieds... dans une agonie tellement horrible... Oh, tellement horrible...

« Nous avons essayé de le sauver, d'étouffer les

flammes qui le dévoraient. Mais c'était sans espoir. Sa chair grésillait, il était devenu un véritable brasier vivant. Ses cris... Je les entends encore dans la maison, la nuit... Même quand j'ai pris un somnifère, j'entends les cris horribles qu'il a poussés pendant son agonie.

— Et Christina ? Vous l'avez retrouvée ?

— Oui, Mr. Ash. Elle était allée se jeter dans le bassin où elle s'était noyée. Comme je vous l'ai déjà dit, elle devait être trop faible pour se sortir de l'eau ou simplement surnager.

Un coude contre la vitre de la portière, sa main devant ses yeux, Ash se laissa aller en arrière.

— Bon Dieu... souffla-t-il.

— A l'époque, nous avions encore des domestiques, et ils ont réussi à circonscrire l'incendie jusqu'à l'arrivée des pompiers. Sinon, je suppose qu'Edbrook aurait été transformée en un tas de cendres. Cela aurait peut-être mieux valu...

Un sourire lointain, d'une grande tristesse, accrocha ses lèvres pendant une seconde fugitive.

— Simon était inconsolable, éperdu. Il s'accusait de la mort de sa sœur et de son frère. Voyez-vous, malgré leurs taquineries constantes, ils étaient très liés entre eux, surtout après le décès de leurs parents. Quelques semaines après la tragédie, Simon s'est pendu à la rambarde de l'escalier.

Malgré tout ce qu'il avait subi à Edbrook, Ash regarda la vieille femme avec incrédulité, doutant presque de son état mental.

— Ce n'est pas possible, murmura-t-il. Rien de tout cela n'est vrai. Je les ai vus, bon Dieu ! J'ai discuté avec eux ! J'ai mangé avec eux ! Christina m'a ramené de la gare en voiture !

Nanny Tess secoua doucement la tête.

— Mais Christina... insista Ash. Je l'ai touchée ! Nous... Son corps était bien vivant !

Pourtant il se souvint du lit glacé à côté de lui, là où elle avait dormi...

— Vous avez vu et touché le vide. Nous étions seuls dans la maison, Mr. Ash, vous et moi. Et pourtant Robert, Simon et Christina étaient avec nous, mais pas en tant qu'êtres de chair et de sang. Et Seeker aussi. Son pauvre esprit d'animal est tellement désorienté...

— Vous êtes folle, dit Ash d'une voix blanche.

De nouveau ses lèvres ébauchèrent un sourire que la tristesse n'habitait pas seule.

— Vous êtes-vous senti affaibli dans la maison, Mr. Ash ? Malgré toute votre science des phénomènes parapsychologiques, vous ne vous êtes donc pas rendu compte que votre énergie psychique vous était volée, soutirée comme la mienne l'est depuis toutes ces années ? C'est ainsi qu'ils existent, ne le comprenez-vous pas ?

« Ils reviennent de temps à autre à Edbrook, et ils se nourrissent de mon énergie. « *Cette chère Nanny Tess, la gardienne d'Edbrook et des enfants, dans la vie comme dans la mort...* » Et ils continuent à jouer à leurs jeux comme si la fatalité avait enchaîné leurs esprits ensemble. Je crois que la comédie qu'ils vous ont jouée les a ravis. Je prie seulement le ciel pour que ce soit leur dernière plaisanterie...

— Ils étaient réels... marmonna-t-il, mais sa voix manquait de conviction.

— Dans votre esprit, oui. Et l'esprit humain est un monde mystérieux, peut-être aussi mystérieux que celui où leurs âmes continuent d'errer. Ils se sont servis de votre esprit, Mr. Ash, ils en ont sondé les niveaux les plus profonds et ont utilisé les pensées et les souvenirs qui s'y cachaient.

Mais il ne pouvait se départir de son incrédulité.

— Avez-vous sur vous ce petit magnétophone ? demanda-t-elle.

Avec des gestes engourdis, il fouilla les poches de son veston sous son manteau. Il sortit le petit appareil.

— Allumez-le, lui dit-elle, et il fut frappé par le ton dédaigneux qu'elle employait. Et repassez l'enregistrement que vous avez fait à Edbrook.

Sans se rebeller il rembobina la bande pendant un moment, puis appuya sur « Stop » et enclencha la touche « Lecture ». Malgré la déformation métallique de l'engin, Ash reconnut sans peine sa propre voix.

— « *Comment sont morts vos parents ?* » s'entendit-il demander à Christina.

La bande se déroulait lentement, sans autre bruit qu'un doux ronronnement.

— « *Vous étiez enfants quand cela est arrivé ?* »

Aucune réponse.

Ash fronça les sourcils et rembobina un peu plus la bande avant de presser de nouveau la touche « Lecture ».

— « *Ressemblait-elle à quelqu'un que vous connaissez ou avez connu ?* »

Lui-même questionnant Simon dans la cave. Un silence suivit sa phrase. Consterné, il rembobina encore un peu la bande magnétique.

— « *... remarqué que leur présence affectait l'électricité.* »

Ses propres paroles, quand il se trouvait dans la bibliothèque en compagnie de Robert Mariell. Mais aucune autre voix ne lui donnait la réplique. La bande continuait à se dérouler.

— « *Non, je parle toujours de phénomènes inexpliqués. Je vous en prie, poursuivez.* »

Il écouta encore une seconde le souffle qui sortait du petit haut-parleur puis arrêta le magnétophone d'un geste rageur. Il vit que la Wolseley arrivait presque à l'entrée de Ravenmoor.

— Mais pourquoi ? Pourquoi moi ? demanda-t-il avec un curieux mélange de détachement et de perplexité.

Elle poussa un soupir exaspéré, et il se rendit soudain compte qu'elle ressemblait bien peu à la personne qu'il avait rencontrée le premier jour, la vieille fille réservée, la tante attentionnée.

— Une alliance, répondit-elle enfin.

Il secoua la tête, sans comprendre.

— Une alliance d'esprits, précisa-t-elle en conduisant à vitesse réduite la voiture dans la rue principale déserte. Un pacte conclu avec un esprit qui est resté de l'autre côté. Quelqu'un qui est très proche de vous, Mr. Ash.

Il sentit les muscles de son cou se tétaniser. Une épouvante nouvelle montait en lui. De toutes ses forces, il avait voulu retourner dans le monde de la normalité, et il la voyait tout autour de la voiture dans les maisons et les magasins qu'ils dépassaient, les panneaux de signalisation, les réverbères, tous ces signes quotidiens du monde réel. Mais à l'intérieur du véhicule, l'anormalité l'avait accompagné. La voix de Nanny Tess n'était plus qu'un murmure monotone, mais chaque mot pénétrait son cerveau comme un aiguillon. Une partie de lui-même refusait ce qu'elle disait, mais l'autre comprenait. Et lentement la peur submergeait son raisonnement.

— Votre rejet obstiné de la vie après la mort n'a fait qu'ajouter à leur amusement. Ils savaient que vous masquiez cette croyance derrière votre scepticisme pour vous protéger. N'est-ce pas la vérité ? La culpabilité que vous ressentez depuis la mort de votre sœur ne vous a-t-elle pas poussé à vous retrancher derrière ce mur d'incrédulité rationalisante ? Après toutes ces années, ne craignez-vous pas toujours qu'elle revienne pour exiger votre châtiment, pour que vous payiez ce que vous lui avez infligé ? Je vous l'ai dit, l'esprit humain est un monde très mystérieux...

La Wolseley se gara devant la petite gare et, à travers les vitres du hall, Ash vit le train à l'arrêt devant le quai. Mais il resta assis dans la voiture, bouleversé par la révélation. Son corps entier tremblait, et il se sentait minuscule, sans défense. Son esprit luttait sans espoir pour réfuter ce qu'elle venait de dire.

Nanny Tess paraissait aussi troublée que lui, et une profonde détresse brillait à présent dans ses yeux embués.

— Mais ils sont allés trop loin. J'ai essayé de les arrêter, j'ai fait tout ce que j'ai pu, mais comme toujours leur volonté a été la plus forte. Je suis aussi coupable que vous... J'avais promis à Isobel de veiller sur eux, et ils ont tous péri. Comment pourrai-je jamais être pardonnée ?

Elle pressa son front contre le volant, la tête entre ses bras. La détresse voilait ses paroles, et Ash eut du mal à saisir la suite.

— A présent le pire s'est produit. Des questions seront posées à propos d'Edbrook, une enquête ouverte...

Malgré la confusion mentale dans laquelle il se débattait, Ash réussit à ressentir une flambée de colère.

— Vous n'avez aucune inquiétude à avoir. Je n'irai raconter à personne ce qui s'est passé à Edbrook. Qui serait assez fou pour me croire ?

— Vous ne comprenez donc pas ? Je vous dis que leur jeu est allé trop loin ! Quelqu'un d'autre s'est trouvé impliqué dans leur jeu, quelqu'un qui n'avait pas le cœur aussi solide que vous !

Elle releva la tête. Sur son visage ridé, encadré de mèches blanches désordonnées, se lisait un tourment extrême. Dans un mouvement qu'on aurait pu croire paresseux s'il n'y avait eu ces yeux horrifiés, elle tourna la tête vers la banquette arrière.

Ash voulut résister, mais il se sentait irrésistiblement poussé à faire de même.

Assise derrière lui, Edith Phipps le fixait d'un regard vitreux. Les mâchoires du médium étaient crispées dans la mort, les dents supérieures mordant la lèvre inférieure dans un rictus lugubrement grotesque. Son visage figé ne montrait aucune mollesse, et son corps paraissait rigide. Le cadavre n'exprimait que le cri muet d'une terreur absolue.

Ash se recula contre le tableau de bord. Il ne ressentait pas d'horreur, car il existait une limite à ce genre d'émotion. Non, dans ces instants hors du temps, alors qu'il découvrait le corps tétanisé d'Edith Phipps, toutes ses réactions étaient annihilées par un désespoir immense qui le laissait impavide.

Puis il entendit le petit rire aigrelet qui montait de la gorge de Nanny Tess. Il la regarda et vit la folie qui brûlait dans ses yeux effrayés. Alors il reprit conscience de la réalité.

Il ouvrit la portière et sauta hors de la voiture.

31

Ash bouscula l'employé du chemin de fer qui venait du quai et entrait dans le hall. L'homme poussa une exclamation de colère, mais Ash courait déjà vers le train qui démarrait lentement.

Agrippant la poignée d'une portière sans cesser de courir, il l'ouvrit et se hissa sur le marchepied puis à l'intérieur du wagon. Il s'engouffra dans un compartiment vide et s'écroula sur une banquette. Il se redressa quand il entendit la portière claquer par la vitesse que prenait le train. Il se laissa aller contre le dossier rembourré, sa tête ballottant de droite et de gauche ; avec un étonnement distant, il écoutait les propos incohérents qu'il se murmurait à lui-même. Dans un geste dont il n'était pas vraiment conscient, il griffait le col de sa chemise de ses deux mains comme s'il avait des difficultés à respirer. Un filet tiède de transpiration coulait lentement dans le creux de son cou.

Le train avait atteint une vitesse moyenne et le convoi tanguait au gré de son rythme toujours assez lent. Ash remercia le ciel de quitter enfin ce lieu infernal, Edbrook, et les terreurs que recelaient ses murs, les Mariell dont l'existence dépendait uniquement du remords et des peurs des vivants, leur tante qui s'abîmait doucement dans une culpabilité qui la mènerait immanquablement à la folie. Il les quittait tous, pour toujours, et Christina avec eux...

Des sensations et des impressions diverses l'assaillaient. Il lui était arrivé trop de choses en trop peu de temps pour qu'il ait eu le temps de comprendre ou d'accepter. Il avait ressenti une terreur absolue, mais il avait également succombé à une passion brûlante. Et il avait fait l'amour avec... Avec quoi, ou qui ? Une apparition ? C'était impossible, ce ne pouvait être qu'impossible...

Il eut un geste écœuré qui traduisait à peine le sombre désespoir qui béait dans un coin de son esprit. Car il ne pouvait oblitérer les instants qu'il avait vécus.

Robert, Simon et Christina étaient des fantômes. Tous trois s'étaient ligués à un autre esprit qui lui était toujours très proche, une sœur qui le haïssait même au-delà du monde des vivants et qui avait conspiré contre lui du plus profond de son sépulcre. Et cette horrible perversion avait créé l'illusion d'une hantise.

Il se raidit brusquement. Il était assis dans le sens inverse de la marche du train et il voyait donc le quai se dérouler par la vitre. Une silhouette apparut, et l'homme tourna la tête vers lui.

Robert Mariell lui sourit aimablement.

Puis Ash vit quelqu'un d'autre sur le quai. En chemise, les mains enfoncées dans les poches de son pantalon, Simon suivait du regard le wagon où se trouvait Ash. Sa gorge ne portait plus aucune cicatrice, et sa tête restait droite sur ses épaules. Son visage, tandis qu'il regardait le train s'éloigner, affichait le rictus moqueur que l'enquêteur connaissait bien.

Ash croyait le bout du quai désert, mais il aperçut une silhouette enfantine à l'extrémité de la bande de béton. Une silhouette dont émanait une innocence perverse. La mort ne vieillissait pas les défunts ; elle était restée une petite fille. Avec sa robe blanche, celle dans laquelle elle s'était noyée, elle portait des socquettes immaculées. A côté d'elle se tenait Seeker, immobile et obéissant.

Ash se précipita vers la fenêtre, fit glisser la vitre avec un claquement de couperet de guillotine. Il se pencha à l'extérieur et tendit une main vers l'apparition.

— *Juliet!* hurla-t-il.

A présent il voyait clairement ses traits juvéniles, ce visage qu'il avait voulu gommer de sa mémoire pendant tant d'années. Les lèvres de l'enfant se retroussèrent sur un sourire d'une totale malveillance.

Avec la progression du train la vision s'éloigna, et le chien se transforma en une tache sombre près d'une silhouette menue et indistincte.

Ash hurlait la douleur comprimée si longtemps dans sa poitrine. Des larmes coulèrent sur son visage maculé de poussière.

Les mains qui s'enfoncèrent dans la chair de ses épaules étaient comme des serres vicieuses. Un moment il craignit d'être projeté à travers l'ouverture béante de la fenêtre. Il s'accrocha au montant de la vitre avant de faire volte-face pour affronter son agresseur. Des ongles acérés labourèrent ses joues.

Les yeux de Christina se réduisaient à deux fentes où brillait une haine folle. Son visage était vierge de toute brûlure, son corps intact, mais ce n'était pas la jeune femme qu'il avait cru connaître à Edbrook. Devant lui se dévoilait la personnalité schizophrène que Robert et Simon avaient voulu cacher au monde. Sa chevelure n'était plus qu'une masse sauvage et sombre, sa bouche se tordait en un atroce rictus animal. La lueur qui brûlait dans ses pupilles bleu-gris trahissait la folie qui la défigurait.

Elle se jeta sur lui telle une harpie assoiffée de sang. Sa robe voletait autour d'elle, comme agitée par la fureur d'un vent invisible. Elle cracha et hurla des insanités en tentant de labourer son visage de ses doigts pareils à des griffes. Il recula dans un coin du compartiment et leva les bras devant lui pour se protéger. Il se laissa frapper, trop terrorisé pour réagir, mais la douleur devint vite intolérable, et il se mit à riposter à l'aveuglette. Il décocha des coups de poing forcenés en criant son nom comme une injure. La peur et la rage se mêlaient en lui pour l'emplir d'une fureur irréelle.

Il se rendit brusquement compte qu'il criblait le vide d'une pluie de coups. Pourtant il continua encore de longues secondes avant de s'arrêter, épuisé. Alors il baissa les bras. Il resta ainsi pendant un temps indéterminé avant de se ressaisir. Il sentit le liquide chaud qui coulait sur ses joues pendant que ses yeux scrutaient inutilement les moindres recoins du compartiment. Mais Christina avait disparu, si elle avait jamais existé.

Il finit par reprendre conscience des mouvements rythmiques imprimés par la marche du train et se concentra sur son équilibre.

Plus tard, il passa la main sur ses joues et resta longtemps à contempler le sang qui maculait sa paume.

Epilogue

Les ombres lourdes d'une nuit sans lune noient la campagne. Sur l'allée envahie de feuilles mortes mugit un vent mauvais qui souffle en bourrasque vers la grande bâtisse grisâtre. Une automobile immatriculée dans une autre région est garée, solitaire, près de la maison.

Edbrook paraît abandonnée; la nuit s'est déversée entre ses murs glacés.

Pourtant une silhouette circule dans ses ténèbres. De pièce en pièce passe une femme d'âge certain. Elle fredonne une mélodie aux accents mélancoliques, une comptine qui naguère a bercé les enfants de cette maison. Mais la chanson rappelle des souvenirs enfuis, et les enfants ne sont plus là depuis une éternité.

La vieille femme tient entre ses mains ridées par les ans une boîte de carton gris. Une à une, elle craque les allumettes et les jette ici et là.

La masse sinistre d'Edbrook s'assombrit avec la nuit. A une fenêtre apparaît un point lumineux. Bientôt la lueur d'un bel orange se multiplie, s'étend, prend une vigueur destructrice.

Et elle embrase Edbrook.

Achevé d'imprimer en juin 1994
sur les presses de l'Imprimerie Bussière
à Saint-Amand (Cher)

POCKET - 12, avenue d'Italie - 75627 Paris Cedex 13
Tél. : 44-16-05-00

— N° d'imp. 1561. —
Dépôt légal : mars 1992.
Imprimé en France